Das Mädchen mit dem Perlenohrring

Das Buch

Delft 1664. Die Welt der jungen Griet ist wohlgeordnet, bis ihr Vater bei einem Arbeitsunfall sein Augenlicht verliert. Um die Familie zu unterstützen, wird das Mädchen als Dienstmagd in den Haushalt des angesehenen Malers Johannes Vermeer gegeben. Hier hält harte Hausarbeit sie in Atem, und die Schikanen von Vermeers eifersüchtiger Gattin ließen sich kaum ertragen, wären da nicht die faszinierenden Bilder des Meisters, die Griet auf magische Weise in ihren Bann ziehen. Obwohl der Zutritt streng verboten ist, wagt sich Griet heimlich in das Allerheiligste des Hauses, in Vermeers Atelier, um dort stundenlang Farben und Gegenstände nach ihren eigenen Vorstellungen zu ordnen. Immer häufiger ruht nun der Blick des Künstlers auf ihr, und das Band zwischen Herr und Magd wird enger. Eine verschwörerische Beziehung wächst. Vermeer beginnt, sie heimlich zu malen, und unter seinen Händen nimmt ein Bild Gestalt an, dessen Wirkung er sich selbst kaum noch entziehen kann. Als er Griet schließlich bittet, einen Perlenohrring anzulegen, beschwört das eine Katastrophe herauf, die nicht nur für Griet ungeahnte Folgen hat ... Lassen Sie sich einfangen von einem »erzählerischen Zauber, der Vermeers bekanntem Gemälde mehr als würdig ist«. (*Brigitte*)

Die Autorin

Tracy Chevalier, geboren 1962, wuchs in Washington D. C. auf. 1984 zog sie nach England, wo sie als Lektorin arbeitete. Ihr erster Roman *Das dunkelste Blau* wurde 1997 für die Fresh Talent Promotion ausgewählt. Tracy Chevalier lebt mit ihrem Mann und ihrem Sohn in London.

Von Tracy Chevalier ist in unserem Hause außerdem erschienen:
Wenn Engel fallen

Tracy Chevalier

Das Mädchen mit dem Perlenohrring

Roman

Aus dem Englischen
von Ursula Wulfekamp

List Taschenbuch

Besuchen Sie uns im Internet:
www.list-taschenbuch.de

Umwelthinweis:
Dieses Buch wurde auf chlor- und säurefreiem Papier gedruckt.

List Verlag
List ist ein Verlag der Ullstein Buchverlage GmbH, Berlin.
1. Auflage Oktober 2004

Titel der Originalausgabe: *Girl with a Pearl Earring*
(HarperCollinsPublishers, London)
Übersetzung: Ursula Wulfekamp
Umschlagkonzept: HildenDesign, München – Stefan Hilden
Umschlaggestaltung: Hauptmann & Kampa Werbeagentur,
München – Zürich
Die Titelabbildung und alle Abbildungen des Innenteils mit freundlicher
Genehmigung von © Concorde Filmverleih GmbH, München
Satz: Franzis print & media GmbH, München
Druck und Bindearbeiten: Clausen & Bosse, Leck
Printed in Germany
ISBN 3-548-60434-X

Für meinen Vater

1664

Meine Mutter sagte mir nichts von ihrem Kommen. Sie wollte nicht, daß ich befangen wirke, erklärte sie mir später. Das überraschte mich; ich hatte geglaubt, sie kennt mich gut. Fremde halten mich immer für ruhig. Als kleines Kind hatte ich nie geweint. Nur meiner Mutter fiel auf, daß mein Kinn sich anspannte, daß meine runden Augen noch weiter wurden.

Ich war in der Küche und schnitt gerade Gemüse, als ich von der Haustür her Stimmen hörte – die Stimme einer Frau, hell wie blankes Messing, und die eines Mannes, tief und dunkel wie das Holz des Tisches, an dem ich gerade arbeitete. Es waren Stimmen, wie wir sie in unserem Haus nur selten hörten. Schwere Teppiche schwangen in ihnen mit, Bücher, Perlen und Pelze.

Ich war froh, daß ich am Morgen die Vordertreppe so gründlich gescheuert hatte.

Aus dem vorderen Zimmer kam die Stimme meiner Mutter näher – ein Kochtopf, ein Deckelkrug. Sie gingen auf die Küche zu. Ich schob den Lauch, den ich gerade geschnitten hatte, an seinen Platz, legte das Messer auf den Tisch und wischte mir die Hände an der Schürze ab.

Meine Mutter erschien in der Tür; ihre Augen blitzten warnend. Die Frau, die ihr folgte, mußte sich ducken, weil sie so groß war, größer noch als der Mann, der hinter ihr in den Raum trat.

In unserer Familie waren alle klein, sogar mein Vater und mein Bruder.

Die Frau sah aus, als wäre sie im Sturm unterwegs gewesen, obwohl es ein windstiller Tag war. Ihre Haube war verrutscht, so daß sich kleine blonde Locken gelöst hatten und ihr in die Stirn hingen wie Bienen, die sie mehrmals ungeduldig zu vertreiben suchte. Ihr Kragen saß schief und war nicht so gut gestärkt, wie es sich gehörte. Sie schob die graue Ärmeljacke von den Schultern, und da sah ich, daß sie unter ihrem dunkelblauen Kleid ein Kind erwartete. Es würde zum Jahresende geboren werden, wenn nicht früher.

Das Gesicht der Frau war wie eine ovale Servierplatte, gelegentlich funkelnd, dann wieder matt. Ihre Augen sahen aus wie zwei hellbraune Knöpfe; ich hatte diese Farbe nur selten zusammen mit blonden Haaren gesehen. Sie tat, als würde sie mich genau betrachten, aber sie konnte ihre Aufmerksamkeit nicht lange auf mich gerichtet halten. Immer wieder schweiften ihre Augen durch den Raum.

»Das ist also das Mädchen«, sagte sie unvermittelt.

»Das ist meine Tochter Griet«, erwiderte meine Mutter. Ich nickte der Dame und dem Herrn achtungsvoll zu.

»Nun ja, besonders groß ist sie ja nicht. Ist sie denn kräftig?« Als die Frau sich umdrehte, um den Mann anzusehen, streifte sie mit ihrer Jacke den Griff des Messers, das ich benutzt hatte. Es rutschte vom Tisch und schlitterte über den Boden.

Die Frau stieß einen Schrei aus.

»Catharina«, sagte der Mann sanft. Er sprach ihren

Namen aus, als habe er eine Zimtstange im Mund. Die Frau wurde still und bemühte sich, ruhiger zu werden.

Ich trat vor und hob das Messer auf, putzte die Klinge an meiner Schürze ab, bevor ich es wieder auf den Tisch legte. Das Messer war auch gegen das Gemüse gestoßen. Ich schob ein Karottenstückchen an seinen Platz zurück.

Der Mann beobachtete mich; seine Augen waren grau wie das Meer. Er hatte ein langes, kantiges Gesicht, und seine Miene war gefaßt, im Gegensatz zu der seiner Frau, die wie eine Kerze flackerte. Er hatte weder Bart noch Schnurrbart, und darüber war ich froh, denn das gab seinem Äußeren etwas sehr Sauberes. Über seine Schultern hing ein schwarzer Umhang, dazu trug er ein weißes Hemd und einen feinen Spitzenkragen. Sein Hut saß auf Haaren, die das Rot der vom Regen gewaschenen Backsteine hatten.

»Was hast du hier gemacht, Griet?« fragte er.

Die Frage erstaunte mich, aber ich wußte, daß ich meine Überraschung verbergen mußte. »Ich habe Gemüse geschnitten, Mijnheer. Für die Suppe.«

Ich ordnete Gemüse immer zu einem Kreis an, jedes als eigenes Teil, wie bei einem runden Kuchen. Es gab fünf solcher Kuchenstücke: Rotkohl, Zwiebeln, Lauch, Karotten und Steckrüben. Ich hatte jedes Teilstück mit der Messerkante begradigt und in die Mitte eine Karottenscheibe gelegt.

Der Mann klopfte mit dem Finger auf den Tisch. »Ist es in der Reihenfolge angeordnet, in der es in die Suppe kommt?« fragte er, ohne vom Kreis aufzuschauen.

»Nein, Mijnheer.« Ich zögerte. Ich konnte nicht sagen, warum ich das Gemüse so angeordnet hatte. Meinem Gefühl nach gehörte es einfach so, aber ich hatte Angst, einem Herrn das zu sagen.

»Du hast das Weiße getrennt«, sagte er und deutete auf die Rüben und die Zwiebeln. »Und das Orange und Lila liegen auch nicht nebeneinander. Warum das?« Er nahm ein Kohlstückchen und eine Karottenscheibe in die Hand und schüttelte sie, als wären sie Würfel.

Ich schaute zu meiner Mutter, die fast unmerklich nickte.

»Die Farben beißen sich, wenn sie nebeneinanderliegen, Mijnheer.«

Er zog die Augenbrauen hoch, als hätte er keine solche Antwort erwartet. »Verbringst du viel Zeit damit, das Gemüse anzuordnen, bevor du die Suppe kochst?«

»O nein, Mijnheer«, antwortete ich bestürzt. Er sollte nicht denken, daß ich saumselig wäre.

Aus den Augenwinkeln nahm ich eine Bewegung wahr. Meine Schwester Agnes spähte um den Türpfosten und hatte bei meiner Antwort den Kopf geschüttelt. Es kam nur selten vor, daß ich log. Ich sah zu Boden.

Der Mann drehte den Kopf ein klein wenig zur Seite, und Agnes huschte davon. Er ließ das Kohlstückchen und die Karottenscheibe in ihr jeweiliges Viertel fallen. Das Kohlstück landete halb in den Zwiebeln. Am liebsten hätte ich es an seinen richtigen Platz gelegt. Ich tat es nicht, aber er wußte, daß ich es tun wollte. Er stellte mich auf die Probe.

»Genug der Worte«, sagte die Frau. Obwohl sie auf ihn ärgerlich war, weil er mir Aufmerksamkeit schenkte, warf sie mir einen zornigen Blick zu. »Also morgen dann?« Sie sah zu dem Mann, bevor sie aus der Küche schritt, gefolgt von meiner Mutter. Der Mann schaute ein letztes Mal auf die Zutaten für meine Suppe, dann nickte er mir zu und ging der Frau nach.

Als meine Mutter wiederkam, saß ich neben dem Kreis von Gemüse. Ich wartete, daß sie zu sprechen anfing. Sie hatte die Schultern hochgezogen wie vor der Winterkälte, obwohl es Sommer war und heiß in der Küche.

»Du wirst morgen als Dienstmagd bei ihnen anfangen. Wenn du anstellig bist, bekommst du acht Stuiver am Tag. Du wirst bei ihnen wohnen.«

Ich preßte die Lippen zusammen.

»Sieh mich nicht so an, Griet«, tadelte meine Mutter. »Es geht nicht anders, jetzt, wo dein Vater seine Arbeit verloren hat.«

»Wo wohnen sie?«

»Am Oude Langendijck, an der Kreuzung mit dem Molenpoort.«

»Im Papistenviertel? Sind sie katholisch?«

»Am Sonntag darfst du nach Hause kommen. Das haben sie zugesichert.« Meine Mutter klaubte die Rüben auf, zusammen mit ein paar Kohl- und Zwiebelstückchen, und ließ sie in einen Topf Wasser fallen, der auf dem Feuer stand. Die Kuchenstücke, die ich so sorgsam angeordnet hatte, waren zerstört.

Ich stieg über die Treppe zu meinem Vater hinauf. Er saß auf dem Speicher ganz nah am Fenster, wo das Licht auf sein Gesicht fiel. Mehr konnte er jetzt nicht mehr sehen.

Vater war Fliesenmaler gewesen. Seine Finger waren noch von der blauen Farbe gefärbt, mit der er auf weiße Fliesen Putten und Mädchen gemalt hatte, Soldaten, Schiffe, Kinder, Fische, Blumen, Tiere; dann hatte er die Fliesen glasiert, gebrannt und verkauft. Eines Tages explodierte der Ofen. Er verlor sein Augenlicht und seine Arbeit. Er hatte Glück gehabt – zwei andere Männer waren ums Leben gekommen.

Ich setzte mich neben ihn und nahm seine Hand.

»Ich hab's gehört«, sagte er, bevor ich etwas hervorbringen konnte. »Ich habe alles mitgehört.« Sein Gehör hatte die Schärfe seiner fehlenden Augen übernommen.

Mir fiel nichts zu sagen ein, das nicht wie ein Vorwurf geklungen hätte.

»Es tut mir leid, Griet. Ich hätte dir gerne ein besseres Leben ermöglicht.« Die Stelle, wo seine Augen gewesen waren, wo der Arzt die Haut zusammengenäht hatte, sah betrübt aus. »Aber er ist ein guter Herr, und gerecht. Er wird dich gut behandeln.« Von der Frau sagte er nichts.

»Woher weißt du das, Vater? Kennst du ihn?«

»Weißt du nicht, wer er ist?«

»Nein.«

»Erinnerst du dich an das Bild, das wir vor ein paar Jahren im Rathaus gesehen haben, das van Ruijven dort ausgestellt hat, nachdem er es gekauft hatte? Eine Ansicht von Delft, vom Rotterdam- und Schiedam-Tor. Wo der Himmel so viel Platz einnimmt und das Sonnenlicht auf einige der Häuser fällt.«

»Und in der Farbe ist ein bißchen Sand, damit die Backsteine und die Dächer grobkörnig aussehen«, ergänzte ich. »Und auf dem Wasser sind lange Schatten und winzige Menschen auf dem diesseitigen Ufer.«

»Genau das.« Vaters Augenhöhlen weiteten sich, als hätte er noch Augen und betrachte wieder das Gemälde.

Ich erinnerte mich gut daran und wußte auch noch, daß ich gedacht hatte, wie oft ich an genau der Stelle gestanden, aber Delft nie so gesehen hatte, wie der Maler die Stadt sah.

»Dann war dieser Mann also van Ruijven?«

»Der Gönner?« Vater lachte. »Nein, Kind, nicht der. Das war der Maler. Vermeer. Johannes Vermeer und seine Frau. Du sollst in seinem Atelier saubermachen.«

Zu den wenigen Dingen, die ich mit mir nahm, legte meine Mutter noch eine Haube, einen Kragen und eine Schürze, damit ich jeden Tag einen Satz waschen und den anderen tragen konnte und immer adrett aussehen würde. Außerdem gab sie mir einen Zierkamm aus Schildpatt, der die Form einer Muschel hatte; er hatte meiner Großmutter gehört und war viel zu kostbar für eine Dienstmagd. Dazu ein Gebetbuch, in dem ich lesen konnte, wenn ich dem Katholizismus im Haus entkommen wollte.

Während wir meine Habseligkeiten zusammensuchten, erklärte sie, warum ich für die Vermeers arbeiten sollte. »Du weißt doch, daß dein neuer Herr Obmann der Sankt-Lukas-Gilde ist und die Position schon hatte, als dein Vater letztes Jahr verunglückt ist?«

Ich nickte. Ich war noch immer benommen von der Vorstellung, für einen solchen Künstler zu arbeiten.

»Die Gilde kümmert sich um ihre Mitglieder so gut sie kann. Erinnerst du dich an den Kasten, in den dein Vater jahrelang jeden Monat etwas Geld steckte? Das Geld ist für Männer bestimmt, die in Not geraten sind, wie wir jetzt. Aber du weißt, es reicht nicht allzuweit, vor allem jetzt nicht, wo Frans als Lehrling arbeitet und kein Geld verdient. Uns bleibt nichts anderes übrig. Wir wollen nichts von der öffentlichen Wohlfahrt nehmen, solange wir auch so zurechtkommen. Dann hörte dein Vater, daß dein neuer Herr ein Mädchen sucht, das in seinem Atelier saubermachen kann, ohne etwas zu verstellen. Er hat dich vorgeschlagen, weil er dachte, daß Vermeer als Obmann unsere Verhältnisse kennt und uns helfen wird.«

Ich ließ mir ihre Worte durch den Kopf gehen. »Wie macht man in einem Zimmer sauber, ohne etwas zu verstellen?«

»Natürlich mußt du die Sachen wegnehmen, aber du

mußt einen Weg finden, sie an genau denselben Platz zurückzustellen, so daß es aussieht, als wären sie nie bewegt worden. So, wie du es jetzt für deinen Vater tust, wo er nicht mehr sehen kann.«

Seit dem Unglück meines Vaters hatten wir gelernt, alle Dinge an einen bestimmten Platz zu stellen, damit er sie immer finden konnte. Aber es war eine Sache, das für einen Blinden zu tun, und etwas ganz anderes bei einem Mann, der den Blick eines Malers hatte.

Nach dem Besuch sprach Agnes kein Wort mit mir. Sie schwieg noch immer, als ich mich abends zu ihr ins Bett legte, aber sie drehte mir nicht den Rücken zu. Sie starrte zur Decke. Nachdem ich die Kerze ausgeblasen hatte, war es so dunkel, daß ich gar nichts sehen konnte. Ich wandte mich zu ihr.

»Du weißt doch, daß ich nicht gehen will. Ich muß.«

Sie schwieg.

»Wir brauchen das Geld. Wir haben keins, jetzt, wo Vater nicht mehr arbeiten kann.«

»Acht Stuiver am Tag sind nicht viel.« Agnes' Stimme war heiser, als hätte sie Spinnweben im Hals.

»Aber die Eltern können Brot kaufen und ein bißchen Käse. Das ist schon etwas.«

»Aber ich bin ganz allein. Du läßt mich allein. Zuerst Frans und jetzt du.«

Von uns allen hatte es Agnes am meisten getroffen, als Frans im Jahr zuvor fortgegangen war. Er und sie hatten immer wie Hund und Katze gestritten, aber als er aus dem Haus ging, war sie tagelang mißmutig gewesen. Mit ihren zehn Jahren war sie die jüngste von uns Dreien und konnte sich gar nicht vorstellen, daß es Frans und mich nicht gab.

»Mutter und Vater sind noch da. Und ich komme euch jeden Sonntag besuchen. Außerdem haben wir ja gewußt, daß Frans weggehen würde.« Seit Jahren hatte festgestanden, daß unser Bruder in die Lehre gehen würde, sobald er dreizehn war. Unser Vater hatte lange gespart, um das Lehrgeld aufzubringen, und immer wieder davon gesprochen, daß Frans einen anderen Bereich des Handwerks kennenlernen und sie zusammen eine Fliesenwerkstätte aufmachen würden, wenn er fertig war.

Jetzt saß unser Vater am Fenster und redete nie mehr von der Zukunft.

Nach dem Unglück war Frans für zwei Tage nach Hause gekommen, aber seitdem nicht mehr. Das letzte Mal hatte ich ihn gesehen, als ich zu der Werkstätte auf der anderen Seite der Stadt gegangen war, wo er seine Lehre machte. Er sah verhärmt aus und hatte überall an den Armen Verbrennungen, weil er die Fliesen aus dem Ofen holte. Er erzählte mir, daß er von Morgengrauen bis spät in die Nacht arbeiten mußte und oft so müde war, daß er nicht einmal etwas essen wollte. »Vater hat mir nie gesagt, daß es so schlimm sein würde«, murrte er. »Er sagte immer, seiner Lehrzeit habe er alles zu verdanken.«

»Vielleicht stimmt das ja auch«, antwortete ich. »Er hat ihr zu verdanken, daß er heute so ist, wie er ist.«

Als ich am nächsten Morgen fertig war zu gehen, schlurfte mein Vater zum Hauseingang, tastete sich die Wand entlang. Ich nahm meine Mutter und Agnes in den Arm. »Der nächste Sonntag kommt ganz bald«, sagte meine Mutter.

Mein Vater steckte mir ein kleines, in ein Taschentuch gewickeltes Bündel zu. »Damit du dein Zuhause nicht vergißt«, sagte er. »Uns.«

Es war meine Lieblingsfliese von ihm. Die meisten Fliesen, die wir zu Hause hatten, waren irgendwie schadhaft – angeschlagen, schief geschnitten, oder das Bild war verschwommen, weil der Ofen zu heiß gewesen war. Aber diese Fliese hatte mein Vater eigens für uns aufgehoben. Es war ein einfaches Bild von zwei kleinen Figuren, einem Jungen und einem etwas älteren Mädchen. Aber sie spielten nicht miteinander wie auf den meisten anderen Fliesen. Sie gingen einfach nebeneinanderher, wie Frans und ich, wenn wir zusammen spazierengingen – unser Vater hatte an uns gedacht, als er sie malte. Der Junge ging dem Mädchen ein Stückchen voraus, drehte sich aber zu ihr um, um ihr etwas zuzurufen. Er hatte einen kecken Gesichtsausdruck, seine Haare waren zerzaust. Das Mädchen trug seine Haube wie ich, und nicht mit den Enden unter dem Kinn oder im Nacken verknotet wie die meisten anderen Mädchen. Ich hatte immer weiße Hauben mit breiten Krempen, die meine Haare völlig bedeckten und deren Spitzen rechts und links herabhingen, so daß mein Gesicht von der Seite nicht zu sehen war. Ich stärkte meine Hauben immer, indem ich sie mit Kartoffelschalen auskochte.

Ich ging von unserem Haus fort, meine Habseligkeiten in einer Schürze zusammengeknotet. Es war noch früh – unsere Nachbarinnen schütteten Eimer voll Wasser auf die Stufen und die Straße vor dem Haus und schrubbten sie sauber. Das würde jetzt Agnes tun müssen, wie viele andere meiner Aufgaben. Sie würde weniger Zeit haben, um auf der Straße und entlang den Grachten zu spielen. Auch ihr Leben würde sich verändern.

Menschen nickten mir zu und sahen mir neugierig nach. Niemand fragte, wohin ich ging, oder rief mir etwas Freundliches zu. Das war nicht nötig – sie wußten, was mit Familien passierte, in denen der Mann seine Arbeit verlor. Aber später würden sie darüber reden – daß die junge Griet Dienstmagd wurde, daß ihr Vater die Familie an den Rand des Ruins gebracht hatte. Aber sie würden nicht schadenfroh sein. Sie wußten, ihnen konnte es allzuleicht ebenso ergehen.

Mein ganzes Leben war ich diese Straße langgegangen, aber nie war mir so sehr aufgefallen, daß ich dabei meinem Zuhause den Rücken zukehrte. Doch als ich das Ende der Straße erreichte und außer Sichtweite meiner Familie abbog, fiel es mir etwas leichter, ruhig auszuschreiten und mich umzusehen. Es war noch kühl, der Himmel ein lebloses Grauweiß, das sich wie ein Laken über Delft breitete; die Sonne stand noch nicht hoch genug, um den Dunst wegzubrennen. Die Gracht, an der ich entlangging, war ein Spiegel von weißem Licht mit einem leichten Grünton. Wenn die Sonne stärker wurde, würde der Kanal die Farbe von Moos annehmen.

Früher hatten Frans, Agnes und ich oft an der Gracht gesessen, hatten etwas hineingeworfen – Steinchen, Stöcke, einmal eine zerbrochene Fliese – und uns vorgestellt, worauf die Dinge unten am Grund auftrafen – nicht auf Fische, sondern auf Lebewesen unserer Phantasie mit vielen Augen, Schuppen, Händen und Flossen. Frans erfand die gruseligsten Ungeheuer. Agnes hatte am meisten Angst. Ich brach das Spiel immer ab; ich sah alles zu sehr so, wie es wirklich war, um mir etwas auszudenken, was es nicht gab.

Nur wenige Boote waren auf dem Kanal zum Marktplatz unterwegs. Es war nicht Markttag. Dann war die Gracht so belebt, daß man das Wasser nicht mehr sehen konnte. Ein Boot transportierte Flußfische, die für die Händler an der Jeronymous-Brücke bestimmt waren. Ein anderes, schwer mit Backsteinen beladen, lag tief im Wasser. Der Mann, der das Boot stakte, rief mir einen Gruß zu. Ich nickte nur und senkte den Kopf, so daß meine Haube mein Gesicht verbarg.

Ich überquerte die Brücke, die über die Gracht führte, und bog auf den Marktplatz ein, wo trotz der frühen Stunde viele Menschen unterwegs waren – sie gingen in die Fleischhalle, um Fleisch zu kaufen, holten beim Bäcker Brot, trugen Holz zur Stadtwaage, um es dort wiegen zu lassen. Kinder machten Botengänge für ihre Eltern, Lehrjungen für ihre Meister, Dienstmägde für ihre Herrschaften. Pferde und Fuhrwerke klapperten über die Steine. Zu meiner Rechten lag das Rathaus mit seiner vergoldeten Fassade und den weißen Marmorgesichtern, die von den Schlußsteinen über den Fenstern herabschauten. Linker Hand stand die Nieuwe Kerk, wo ich vor sechzehn Jahren getauft worden war. Der hohe, schlanke Turm ließ mich immer an einen steinernen Vogelkäfig denken. Vater war einmal mit uns hinaufgestiegen. Den Anblick von Delft, das zu unseren Füßen lag, würde ich nie vergessen – jedes schmale Backsteinhaus, jedes steile rote Dach, jede grüne Gracht und jedes Stadttor hatte sich für immer in mein Gedächtnis eingebrannt, winzig klein und doch deutlich zu erkennen. Damals fragte ich meinen Vater, ob jede holländische Stadt so aussehe, aber das konnte er mir nicht sagen. Er war nie in einer anderen Stadt gewesen, nicht einmal in Den Haag, das zu Fuß zwei Stunden von Delft entfernt war.

Ich ging in die Mitte des Platzes. Dort waren die Steine so angeordnet, daß sie einen achtzackigen Stern umgeben von einem Kreis bildeten. Jede Zacke deutete auf einen anderen Teil von Delft. Für mich war der Stern der absolute Mittelpunkt der Stadt, der Mittelpunkt meines Lebens. Frans, Agnes und ich hatten in dem Stern gespielt, sobald wir alt genug waren, allein zum Markt zu laufen. Unser Lieblingsspiel war, daß einer von uns eine

Zacke bestimmte, ein anderer einen Gegenstand – einen Storch, eine Kirche, einen Schubkarren, eine Blume –, und dann liefen wir in die genannte Richtung und suchten nach dem Gegenstand. Auf die Art hatten wir fast ganz Delft kennengelernt.

Nur einer bestimmten Zacke waren wir nie gefolgt. Ich war noch nie im Papistenviertel gewesen, wo die Katholiken lebten. Das Haus, in dem ich arbeiten sollte, war gerade zehn Minuten von zu Hause entfernt, so lange, wie es braucht, einen Topf mit Wasser zum Kochen zu bringen, aber ich war nie dort gewesen.

Ich kannte keine Katholiken. In Delft gab es nicht viele von ihnen und überhaupt keine in unserer Straße oder in den Läden, die wir aufsuchten. Nicht, daß wir ihnen aus dem Weg gingen, aber sie blieben unter sich. Sie waren in Delft geduldet, aber man erwartete, daß sie kein Aufhebens um ihren Glauben machten. Sie hielten ihren Gottesdienst im privaten Kreis ab, in bescheidenen Häusern, die von außen gar nicht wie Kirchen aussahen.

Mein Vater hatte mit Katholiken gearbeitet und sagte, sie seien genauso wie wir. Wenn überhaupt, dann seien sie weniger ernst. Sie aßen und tranken, sangen und spielten gerne. Das sagte er fast, als würde er sie darum beneiden.

Jetzt folgte ich dieser Zacke des Sterns. Ich überquerte den Platz langsamer als alle anderen, denn ich wollte den vertrauten Ort nicht verlassen. Ich ging über die Kanalbrücke und bog links in den Oude Langendijck ein. Zu meiner Linken verlief die Gracht parallel zur Straße und trennte sie vom Marktplatz.

An der Kreuzung mit dem Molenpoort saßen auf einer Bank neben einer offenen Haustür vier Mädchen. Sie waren der Größe nach aufgereiht, von der Ältesten, die vielleicht Agnes' Alter hatte, bis zur Jüngsten, die vermutlich etwa vier war. Eines der mittleren Mädchen hielt einen Säugling im Schoß – er war schon groß, konnte vermutlich bereits krabbeln und würde bald laufen lernen.

Fünf Kinder, dachte ich. Und noch eins unterwegs.

Die Älteste blies Seifenblasen durch eine Muschel, die am Ende eines hohlen Steckens befestigt war, ganz ähnlich wie das Spielzeug, das mein Vater für uns gemacht hatte. Sobald eine Blase erschien, sprangen die anderen auf und ließen sie zerplatzen. Das Mädchen mit dem Säugling auf dem Schoß konnte sich kaum bewegen und fing deswegen nur wenig Blasen, obwohl sie dem Mädchen mit dem Stecken am nächsten saß. Die Jüngste war die Kleinste und saß am Ende der Bank, am weitesten entfernt, und hatte gar keine Gelegenheit, eine Blase platzen zu lassen. Die Zweitjüngste war die Schnellste, sie flitzte den Seifenblasen nach und zerdrückte sie zwischen den Händen. Sie hatte die leuchtendsten Haare von den Vieren, rot wie die trockene Backsteinwand hinter ihr. Die Jüngste und das Mädchen mit dem Säugling hatten beide blonde Locken wie ihre Mutter, während die Haare der Ältesten ebenso dunkelrot waren wie bei ihrem Vater.

Ich sah dem Mädchen mit den leuchtenden Haaren zu, wie es die Seifenblasen zerplatzen ließ, gerade bevor sie auf den feuchten grauen und weißen Fliesen auftrafen, die den Boden vor dem Haus in diagonalen Reihen bedeckten. Sie wird viel Schwierigkeiten machen, dachte ich. »Schau nur zu, daß sie zerplatzen, bevor sie am Boden landen«, sagte ich. »Sonst müssen die Fliesen noch einmal geputzt werden.«

Das älteste Mädchen senkte die Pfeife. Vier Augenpaare richteten sich auf mich, alle mit demselben Blick; es konnte kein Zweifel daran bestehen, daß sie Schwestern waren. Ich erkannte in ihnen einzelne Züge ihrer Eltern – hier graue Augen, dort hellbraune, kantige Gesichter, ungeduldige Bewegungen.

»Bist du die neue Dienstmagd?« fragte die Älteste.

»Wir sollen hier auf dich warten«, warf die Rothaarige ein, bevor ich etwas erwidern konnte.

»Cornelia, geh und hol Tanneke«, sagte die Älteste zu ihr.

»Geh du, Aleydis.« Cornelia wandte sich an die Jüngste, die mich aus großen, grauen Augen ansah, ohne sich von der Stelle zu bewegen.

»Ich gehe.« Die Älteste war wohl zu dem Schluß gekommen, daß mein Erscheinen doch wichtig war.

»Nein, ich gehe.« Cornelia sprang auf und lief ihrer älteren Schwester voraus. Ich blieb mit den beiden Stilleren zurück.

Ich schaute auf das kleine Kind, das sich auf dem Schoß des Mädchens wand. »Ist das dein Bruder oder deine Schwester?«

»Mein Bruder«, antwortete sie mit einer Stimme, die so weich war wie ein Daunenkissen. »Er heißt Johannes. Du darfst ihn nie Jan nennen.« Das letzte sagte sie, als wäre es ein altbekannter Refrain.

»Gut. Und wie heißt du?«

»Lisbeth. Und das ist Aleydis.« Die Jüngste lächelte mich an. Beide trugen adrette braune Kleider mit weißen Schürzen und Häubchen.

»Und deine ältere Schwester?«

»Maertge. Nenn sie nie Maria. Maria heißt unsere Großmutter. Maria Thins. Ihr gehört das Haus.«

Das Kind begann zu greinen. Lisbeth schaukelte es auf den Knien.

Ich schaute am Haus empor. Es war zweifellos imposanter als unseres, aber nicht so imposant, wie ich befürchtet hatte. Zwei Stockwerke und darüber der Speicher, während unseres nur das eine Stockwerk hatte und dazu einen winzigen Speicher. Es war ein Endhaus mit dem Molenpoort an einer Seite, und deswegen war es etwas breiter und wirkte auch weniger beengt als die meisten anderen Häuser in Delft, die dicht aneinandergedrängt an den Grachten standen, so daß ihre Kamine und Giebeldächer sich im grünen Wasser spiegelten. Die Fenster im Erdgeschoß des Hauses waren sehr hoch, und im ersten Stock gab es drei dicht nebeneinanderliegende Fenster und nicht nur zwei, wie bei den anderen Häusern in der Straße.

Jenseits des Kanals, direkt gegenüber dem Haus, ragte der Turm der Nieuwe Kerk auf. Ein seltsamer Ausblick für eine katholische Familie, dachte ich. Eine Kirche, die sie nie betreten werden.

»Du bist also die Dienstmagd?« hörte ich eine Stimme hinter mir sagen.

Die Frau, die in der Tür stand, hatte ein breites Gesicht mit Pockennarben. Ihre Nase war wie eine Knolle, ihre dicken Lippen zu einem kleinen Mund zusammengepreßt. Ihre Augen waren hellblau, als würden sie den Himmel einfangen. Die Frau trug ein graubraunes Kleid mit einem weißen Leibchen, eine fest um den Kopf gebundene Haube und eine Schürze, die nicht so sauber war wie meine. Sie stand breit in der Tür, so daß Maertge und Cornelia sich an ihr vorbeizwängen mußten, und starrte mich mit verschränkten Armen an, als erwarte sie, daß ich sie bedrohen würde.

Schon sieht sie mich als Gefahr, dachte ich. Wenn ich mich nicht vorsehe, wird sie mich herumkommandieren.

»Ich heiße Griet«, sagte ich und sah sie ruhig an. »Ich bin die neue Dienstmagd.«

Die Frau verlagerte das Gewicht von einer Hüfte auf

die andere. »Dann komm mal rein«, sagte sie nach einem Moment. Sie trat einen Schritt in das düstere Innere zurück, so daß der Eingang frei war.

Ich trat über die Schwelle.

Woran ich mich immer erinnerte von diesem ersten Mal, als ich im Eingang stand, waren die Gemälde. Unmittelbar hinter der Tür blieb ich stehen, mein Bündel fest an mich gedrückt, und staunte. Ich hatte schon öfter Gemälde gesehen, aber nie so viele zusammen in einem Raum. Ich zählte elf. Das größte Bild war von zwei fast unbekleideten Männern, die miteinander rangen. Aus der Bibel kannte ich ein solches Thema nicht und dachte, daß es vielleicht eine katholische Geschichte erzählte. Auf den anderen Gemälden waren vertrautere Dinge zu sehen – Früchte, Landschaften, Schiffe auf See, Porträts. Offenbar stammten sie von mehreren Malern. Ich fragte mich, welche wohl mein neuer Herr gemalt hatte. Keines war so, wie ich es mir von ihm vorstellte.

Später fand ich heraus, daß sie alle von anderen Künstlern waren – er behielt nur selten eins seiner fertigen Gemälde im Haus. Er war nicht nur Maler, sondern auch Kunsthändler, und deswegen hingen Bilder in fast jedem Zimmer, selbst in dem, wo ich schlief. Insgesamt waren es über fünfzig, obwohl sich die Zahl immer wieder veränderte, weil er mit ihnen handelte und sie verkaufte.

»Komm schon. Du hast keine Zeit zu trödeln und zu gaffen.« Die Frau eilte den langen Gang hinunter, der an einer Seite des Hauses bis ganz nach hinten führte. Sie bog scharf nach links in ein Zimmer ab. Ich folgte ihr. An der Wand direkt gegenüber der Tür hing ein Gemälde, das größer war als ich. Es war von Christus am Kreuz, umgeben von der Jungfrau Maria, Maria Magdalena und dem heiligen Johannes. Ich versuchte, es nicht anzustarren, aber ich war verblüfft über seine Größe und das Thema. »Die Katholiken sind genauso wie wir«, hatte mein Vater gesagt. Aber in unseren Häusern hingen keine solchen Bilder, auch nicht in unseren Kirchen oder irgendwo anders. Und jetzt würde ich dieses Bild jeden Tag sehen.

Insgeheim nannte ich den Raum immer Kreuzigungszimmer. Ich fühlte mich dort nie wohl.

Das Gemälde überraschte mich so sehr, daß ich die Frau in der Ecke erst bemerkte, als sie mich ansprach. »Nun, Mädchen«, sagte sie. »Hier siehst du was ganz Neues.« Sie saß in einem bequemen Sessel und rauchte eine Pfeife. Die Zähne, zwischen denen das Mundstück steckte, waren braun, und ihre Finger trugen Spuren von Tinte. Alles andere an ihr war makellos – das schwarze Kleid, der Spitzenkragen, die gestärkte weiße Haube. Ihr faltiges Gesicht wirkte zwar streng, aber ihre hellbraunen Augen schienen belustigt.

Sie sah aus wie die Art alte Frau, die alle anderen überleben würde.

Sie ist Catharinas Mutter, wurde mir plötzlich klar. Nicht nur wegen der Augenfarbe und der grauen Lockensträhne, die sich aus ihrer Haube gelöst hatte, genau wie bei ihrer Tochter. Sie verhielt sich wie ein Mensch, der daran gewöhnt ist, sich um weniger Tüchtige zu kümmern – sich um Catharina zu kümmern. Jetzt begriff ich, warum ich zu ihr gebracht worden war und nicht zu ihrer Tochter.

Obwohl sie mich eher beiläufig anzusehen schien, war ihr Blick sehr aufmerksam. Als sie die Augen zusammenkniff, merkte ich, daß sie genau wußte, was ich dachte. Ich drehte den Kopf zur Seite, so daß meine Haube mein Gesicht verbarg.

Maria Thins schmauchte an ihrer Pfeife und lachte leise. »Recht so, Mädchen. Hier behältst du deine Gedanken am besten für dich. Du sollst also für meine Tochter arbeiten. Im Augenblick ist sie unterwegs, beim Einkaufen. Tanneke wird dir das Haus zeigen und dir deine Aufgaben erklären.«

Ich nickte. »Ja, Mevrouw.«

Tanneke hatte neben der alten Frau gestanden. Jetzt schob sie sich an mir vorbei. Ich folgte ihr und spürte, wie Maria Thins' Augen sich in meinen Rücken bohrten. Dann hörte ich sie wieder leise lachen.

Zuerst führte Tanneke mich in den hinteren Teil des Hauses, wo die Koch- und die Waschküche und zwei Vorratsräume lagen. Von der Waschküche ging eine Tür in einen kleinen Hinterhof, wo weiße Wäsche zum Trocknen aufgehängt war.

»Als erstes muß das alles gebügelt werden«, sagte Tanneke. Ich erwiderte nichts, obwohl die Wäsche aussah, als wäre sie noch nicht richtig von der Mittagssonne gebleicht.

Sie ging mir voraus ins Haus zurück und deutete auf eine Öffnung im Boden einer der Vorratsräume, wo eine Leiter nach unten führte. »Da schläfst du«, erklärte sie. »Wirf deine Sachen runter, dort einrichten kannst du dich später.«

Widerwillig ließ ich mein Bündel in das dunkle Loch fallen und dachte dabei an die Steine, die Agnes, Frans und ich in die Gracht geworfen hatten, um die Ungeheuer aufzustöbern. Meine Habseligkeiten landeten mit einem dumpfen Aufprall auf der Erde. Ich kam mir vor wie ein Apfelbaum, der seine Früchte verliert.

Ich folgte Tanneke wieder in den Gang, von dem alle Zimmer abgingen – viel mehr als in unserem Haus. Neben dem Kreuzigungszimmer, wo Maria Thins saß, mehr im vorderen Teil des Hauses, war ein kleinerer Raum mit Kinderbetten, Nachttöpfen, kleinen Stühlen und einem Tisch, auf dem ein Durcheinander von irdenen Töpfen, Kerzenständern, Kerzenlöschern und Kleidungsstücken lag.

»Hier schlafen die Mädchen«, murmelte Tanneke, vielleicht verlegen wegen der Unordnung.

Sie kehrte in den Gang zurück und öffnete die Tür zu einem großen Raum, in den von den vorderen Fenstern viel Licht hereinströmte und über den rot-grau gefliesten Boden fiel. »Das Herrschaftszimmer«, flüsterte sie. »Hier schlafen Mijnheer und Mevrouw.«

Um das Bett hingen grüne Seidenvorhänge. Es gab noch andere Möbel – einen großen, mit Elfenbein eingelegten Schrank, einen Tisch aus Weißholz, der direkt am Fenster stand, darum angeordnet mehrere spanische Lederstühle. Aber was mir auffiel, waren wieder die Gemälde. Hier hingen mehr als in den anderen Räumen. Im stillen zählte ich neunzehn. Die meisten waren Porträts – offenbar von Mitgliedern der beiden Familien. Dann gab es ein Gemälde von der Jungfrau Maria und eines von den drei Königen, die das Christuskind anbeten. Ich sah sie beide unbehaglich an.

»Und jetzt nach oben.« Tanneke ging mir voraus die steile Treppe hinauf und legte dabei einen Finger an die Lippen. Ich folgte ihr so leise wie möglich. Oben blickte ich mich um und sah die geschlossene Tür. Dahinter herrschte eine Stille, die mir sagte, daß er dort war.

Ich stand da, die Augen auf die Tür gerichtet, und wagte nicht, mich zu bewegen, für den Fall, daß sie aufging und er herauskam.

Tanneke beugte sich zu mir und flüsterte: »Da drin mußt du saubermachen. Das erklärt die junge Herrin dir später. Und diese Zimmer ...« sie deutete auf die Türen im hinteren Teil des Hauses »... gehören meiner Herrin. Da putze nur ich.«

Wir schlichen wieder nach unten. Als wir in der Waschküche standen, sagte Tanneke: »Du sollst die Wäsche für das ganze Haus machen.« Sie deutete auf einen großen Berg Kleidungsstücke – mit der Wäsche waren sie weit in Rückstand geraten. Ich würde viel waschen müssen, um das aufzuholen. »In der Kochküche gibt es eine Zisterne, aber du holst das Wasser für die Wäsche besser aus dem Kanal – das ist in diesem Teil der Stadt sehr sauber.«

»Tanneke«, sagte ich leise. »Hast du das alles ganz allein gemacht? Das Kochen, das Putzen und die Wäsche?«

Ich hatte die richtigen Worte gewählt. »*Und* einen Teil des Einkaufens.« Vor Stolz über ihre viele Arbeit schwoll Tanneke die Brust. »Natürlich macht die junge Herrin den Großteil selbst, aber von rohem Fleisch und Fisch wird ihr übel, wenn sie ein Kind erwartet. Und das tut sie oft«, fügte sie im Flüsterton hinzu. »Du mußt in die Fleischhalle und zum Fischhändler gehen. Das gehört auch zu deinen Aufgaben.«

Dann ließ sie mich allein mit der Wäsche zurück. Mit mir waren es jetzt zehn Personen im Haus, darunter ein kleines Kind, das mehr Kleider dreckig machen würde als alle anderen zusammen. Ich würde jeden Tag waschen, meine Hände würden von der Seife und dem Wasser aufgerissen und rauh werden, mein Gesicht rot vom Dampf, mein Rücken würde weh tun vom Tragen der nassen Wäsche, meine Arme würden vom Eisen verbrannt werden. Aber ich war neu im Haus, und ich war jung – es war zu erwarten gewesen, daß mir die schwersten Arbeiten übertragen wurden.

Die Wäsche mußte erst einen Tag einweichen, bevor

ich sie waschen konnte. Im Vorratsraum, der in den Keller führte, fand ich zwei Wassertöpfe aus Zinn und einen Kupferkessel. Ich nahm die Töpfe und ging durch den langen Gang zur Haustür.

Die Mädchen saßen noch immer auf der Bank. Mittlerweile blies Lisbeth die Seifenblasen, während Maertge den kleinen Johannes mit in Milch eingeweichtem Brot fütterte. Cornelia und Aleydis jagten den Seifenblasen hinterher. Als ich in der Tür erschien, hielten sie alle inne und schauten mich erwartungsvoll an.

»Du bist die neue Dienstmagd«, sagte das Mädchen mit den leuchtendroten Haaren.

»Ja, Cornelia.«

Cornelia hob ein Steinchen auf und warf es über die Straße in die Gracht. An ihrem Arm hatte sie lange Kratzspuren – wahrscheinlich hatte sie die Katze geärgert.

»Wo schläfst du?« fragte Maertge und wischte sich die breiverschmierten Finger an der Schürze ab.

»Im Keller.«

»Da unten ist es schön«, sagte Cornelia. »Wollen wir nicht dort spielen gehen?«

Sie rannte ins Haus, aber als keine der anderen ihr folgte, blieb sie stehen und kam mit zornigem Gesicht wieder nach draußen.

»Aleydis«, sagte ich und streckte der Jüngsten die Hand entgegen. »Magst du mir zeigen, wo ich aus dem Kanal Wasser holen kann?«

Sie nahm meine Hand und sah zu mir hoch. Ihre Augen waren groß und glänzend wie zwei graue Münzen. Wir überquerten die Straße, gefolgt von Cornelia und Lisbeth. Aleydis führte mich zu den Stufen, die zum Wasser hinabgingen. Als wir in die Gracht spähten, hielt ich sie fest an der Hand, wie ich es vor vielen Jahren bei Frans und Agnes getan hatte, wenn wir nah ans Wasser kamen.

»Bleib vom Rand weg«, befahl ich ihr. Gehorsam trat Aleydis einen Schritt zurück, aber als ich die Töpfe die Stufen hinabtrug, kam Cornelia hinter mir her.

»Cornelia, willst du mir beim Wassertragen helfen? Wenn nicht, dann geh zu deinen Schwestern.«

Sie sah mich an, und dann tat sie das Allerschlimmste. Wenn sie eine Schnute gezogen oder geschrien hätte, dann hätte ich gewußt, daß sie sich mir fügen würde. Aber sie lachte.

Ich gab ihr eine Ohrfeige. Ihre Wangen wurden rot, aber sie weinte nicht. Sie lief die Treppen zur Straße hinauf. Aleydis und Lisbeth schauten mit ernsten Gesichtern zu mir hinunter.

Da wußte ich, wie mein Leben werden würde. So wird es mit ihrer Mutter sein, dachte ich. Nur, daß ich ihr keine Ohrfeige geben kann.

Ich füllte die Töpfe und trug sie die Treppe hinauf. Cornelia war verschwunden. Maertge saß noch mit Johannes auf der Bank. Ich ging mit einem Topf ins Haus, in die Kochküche, wo ich das Feuer nachlegte, den Kupferkessel füllte und auf die Flammen stellte.

Als ich wieder hinausging, war Cornelia wieder da; ihr Gesicht war noch rot. Die Mädchen spielten mit Kreiseln auf den grauen und weißen Kacheln. Sie sahen mich nicht an.

Der Topf, den ich hatte stehenlassen, war verschwunden. Ich schaute auf den Kanal, und dort trieb er, kopfüber, gerade außer Reichweite von den Stufen.

»Ja, du wirst viel Schwierigkeiten machen«, murmelte ich. Ich schaute mich nach einem Stecken um, um den Topf herauszufischen, konnte aber keinen finden. Ich füllte den anderen Topf ein zweites Mal und trug ihn ins Haus zurück; dabei drehte ich den Kopf so, daß die Mädchen mein Gesicht nicht sehen konnten. Ich stellte den Topf neben den Kessel aufs Feuer. Dann ging ich mit einem Besen in der Hand wieder nach draußen.

Cornelia warf Steinchen auf den Topf, der in der Gracht trieb; wahrscheinlich wollte sie ihn versenken.

»Wenn du nicht aufhörst, bekommst du noch eine Ohrfeige.«

»Das sage ich unserer Mutter. Dienstmägde schlagen uns nicht.« Cornelia schleuderte noch ein Steinchen.

»Soll ich deiner Großmutter sagen, was du getan hast?«

Auf Cornelias Gesicht erschien ein ängstlicher Blick. Sie ließ die Steine fallen.

Ein Boot kam aus der Richtung des Rathauses den Kanal entlang. Ich erkannte den Mann, der es stakte – ich hatte ihn am Morgen schon gesehen. Jetzt hatte er seine Ladung Backsteine abgeliefert, und sein Boot lag nicht mehr so tief im Wasser. Als er mich sah, grinste er.

Ich errötete. »Oh, bitte«, sagte ich, »kannst du mir helfen, den Topf herauszufischen?«

»Ach, jetzt, wo du was von mir willst, schaust du mich an, wie?«

Cornelia beobachtete mich neugierig.

Ich schluckte. »Ich kann den Topf von den Stufen aus nicht erreichen. Vielleicht kannst du …«

Der Mann beugte sich vor, fischte den Topf heraus, kippte das Wasser aus und hielt ihn mir hin. Ich lief die Treppe hinab und nahm ihn entgegen. »Vielen Dank. Ich bin dir sehr dankbar.«

Er ließ den Topf nicht los. »Mehr bekomme ich nicht? Keinen Kuß?« Er zog mich am Ärmel. Ich riß die Hand zurück und entwand ihm den Topf.

»Nicht heute«, sagte ich so leichthin wie möglich. Solche Gespräche zu führen, fiel mir immer schwer.

Er lachte. »Na, dann werde ich ab jetzt wohl immer nach Töpfen Ausschau halten, wenn ich hier vorbeifahre, was, Fräuleinchen?« Er blinzelte Cornelia zu. »Nach Töpfen und nach Küssen.« Damit griff er nach seiner Stange und stakte davon.

Als ich die Stufen zur Straße hinaufging, glaubte ich, hinter dem mittleren Fenster im ersten Stock eine Bewegung zu sehen, aus dem Zimmer, in dem er war. Aber so sehr ich auch hinstarrte, konnte ich nichts als die Spiegelung des Himmels erkennen.

Catharina kam zurück, als ich gerade die Wäsche im Hof von der Leine nahm. Als erstes hörte ich im Gang ihre Schlüssel klappern. Sie hingen in einem großen Bund von ihrer Taille und schlugen gegen ihre Hüfte. Ich stellte mir das unbequem vor, aber sie trug sie offenbar mit großem Stolz. Dann hörte ich sie in der Kochküche Tanneke und den Jungen, der ihr die Besorgungen aus den Läden heimgetragen hatte, barsch herumkommandieren.

Ich nahm nur immer weiter die Wäsche von der Leine, faltete Laken, Servietten, Kopfkissenbezüge, Tischtücher, Hemden, Leibchen, Schürzen, Taschentücher, Kragen, Hauben. Alles war achtlos aufgehängt worden, zum Teil zusammengeknüllt, so daß manche Stellen noch feucht waren. Außerdem war die Wäsche vorher nicht ausgeschüttelt worden und hatte viele Knitterfalten. Ich würde fast den ganzen Tag bügeln müssen, um alles glatt zu bekommen.

Catharina erschien in der Tür. Sie sah erhitzt und müde aus, obwohl die Sonne noch nicht den höchsten Punkt erreicht hatte. Das Leibchen war oben aus ihrem blauen Kleid gerutscht und bauschte sich unordentlich, und die grüne Ärmeljacke, die sie darüber trug, war zerknittert. Ihre blonden Haare waren krauser als zuvor, vor allem, weil sie keine Haube trug, die sie glättete. Die Locken sträubten sich gegen die Kämme, mit denen sie zu einem Knoten zusammengehalten wurden.

Catharina sah aus, als müßte sie sich einen Moment still an die Gracht setzen, wo der Anblick des Wassers sie vielleicht beruhigen und kühlen würde.

Ich wußte nicht, wie ich mich ihr gegenüber verhalten sollte – ich war noch nie Dienstmagd gewesen, und wir hatten bei uns zu Hause auch keine gehabt. In unserer ganzen Straße gab es keine Dienstboten. Das konnte sich niemand leisten. Ich legte die gefaltete Wäsche in den Korb und nickte ihr zu. »Guten Morgen, Mevrouw.«

Sie runzelte die Stirn, und mir wurde klar, daß ich sie als erste hätte sprechen lassen müssen. Ich würde vorsichtiger sein müssen.

»Tanneke hat dir das Haus gezeigt?« fragte sie.

»Ja, Mevrouw.«

»Dann weißt du ja, was du zu tun hast, und wirst deine Arbeit tun.« Sie zögerte, als wüßte sie nicht, was sie noch sagen sollte. Mir kam der Gedanke, daß sie kaum besser Bescheid wußte, wie sie sich als Herrin verhalten sollte, als ich mich als Dienstmagd. Tanneke war wahrscheinlich von Maria Thins angeleitet worden und folgte einfach ihren Anweisungen, gleichgültig, was Catharina ihr auftrug.

Ich würde ihr helfen müssen, ohne daß sie es merkte.

»Tanneke hat mir erklärt, daß ich außer der Wäsche auch Fleisch und Fisch kaufen soll, Mevrouw«, sagte ich leise.

Catharinas Gesicht hellte sich auf. »Ja. Sobald du mit der Wäsche fertig bist, wird sie mit dir einkaufen gehen. Ab morgen gehst du dann jeden Tag allein. Und du wirst auch andere Dinge besorgen, wenn ich es dir auftrage«, fügte sie hinzu.

»Ja, Mevrouw.« Ich wartete. Als sie nichts mehr sagte, nahm ich ein leinernes Männerhemd von der Leine.

Catharina betrachtete das Hemd. »Morgen zeige ich dir, wo du oben saubermachen mußt«, verkündete sie, während ich es zusammenfaltete. »Ganz früh – gleich nach dem Aufstehen.« Bevor ich etwas erwidern konnte, war sie im Haus verschwunden.

Nachdem ich die Wäsche hineingetragen hatte, suchte ich das Bügeleisen, machte es sauber und stellte es zum Heißwerden ins Feuer. Ich hatte gerade zu bügeln angefangen, als Tanneke hereinkam und mir einen Einkaufseimer reichte. »Wir gehen jetzt zum Fleischer«, erklärte sie. »Ich brauche das Fleisch bald.« Ich hatte sie in der Kochküche herumhantieren hören und gebratene Rüben gerochen.

Draußen vorm Haus saß Catharina auf der Bank, Lisbeth auf einem Schemel zu ihren Füßen, Johannes schlief in der Wiege. Sie kämmte Lisbeth gerade die Haare und suchte nach Läusen. Cornelia und Aleydis saßen neben ihr und nähten. »Nein, Aleydis«, sagte Catharina. »Zieh den Faden fester, so ist es zu locker. Cornelia, zeig's ihr.«

Ich hätte nicht geglaubt, daß sie alle zusammen so ruhig sein konnten.

Maertge lief von der Gracht zu uns herüber. »Geht ihr zum Fleischer? Darf ich mitgehen, Mama?«

»Nur, wenn du bei Tanneke bleibst und ihr folgst.«

Ich freute mich, daß Maertge uns begleitete. Tanneke war mir gegenüber noch sehr zurückhaltend, aber Maertge war fröhlich und flink. In ihrer Gesellschaft fiel es uns leichter, freundlich miteinander zu sein.

Ich fragte Tanneke, wie lange sie schon für Maria Thins arbeitete.

»Ach, schon sehr lang«, sagte sie. »Schon ein paar Jahre, bevor Mijnheer und die junge Herrin geheiratet haben und hierherkamen. Als ich anfing, da war ich nicht älter als du jetzt. Wie alt bist du überhaupt?«

»Sechzehn.«

»Als ich angefangen habe zu arbeiten, war ich vierzehn«, entgegnete Tanneke triumphierend. »Mein halbes Leben arbeite ich schon hier.«

Ich hätte das nicht mit so großem Stolz verkündet. Die Arbeit hatte ihre Spuren hinterlassen, so daß Tanneke älter als ihre achtundzwanzig Jahre aussah.

Die Fleischhalle lag direkt im Süden vom Rathaus, westlich des Marktplatzes. Innen waren zweiunddreißig Stände – seit Generationen gab es in Delft zweiunddreißig Fleischer. Innen war ein reges Treiben von Hausfrauen und Dienstmägden, die für ihre Familien einkauften, Fleischstücke auswählten und um den Preis feilschten, und von Männern, die ganze Tierkadaver hierhin und dorthin trugen. Die Sägespäne auf dem Boden nahmen das Blut auf und hefteten sich an Schuhe und Rocksäume. Der Geruch, der in der Luft hing, ließ mich immer schaudern, obwohl ich früher jede Woche hergekommen war und an den Geruch hätte gewöhnt sein müssen. Trotzdem war ich froh, an einem vertrauten Ort zu sein. Als wir zwischen den Ständen entlanggingen, rief der Fleischer, bei dem wir vor dem Unglück meines Vaters immer unser Fleisch gekauft hatten, mir etwas zu. Ich lächelte zu ihm hinüber, erleichtert, ein bekanntes Gesicht zu sehen. Es war das erste Mal, daß ich an diesem Tag lächelte.

Es war seltsam, an einem Vormittag so viele neue Menschen kennenzulernen und so viele neue Dinge zu sehen, und das alles nicht in dem vertrauten Kreis, der mein Leben ausgemacht hatte. Wenn ich früher jemanden kennenlernte, war es immer im Beisein meiner Familie oder Nachbarn gewesen. Wenn ich einen neuen Ort aufgesucht hatte, dann mit Frans oder meiner Mutter oder meinem Vater, und deswegen hatte ich mich nie bedroht gefühlt. Das Neue verwob sich mit dem Alten wie eine Stopfstelle in einer Socke.

Bald nachdem Frans mit seiner Lehre begonnen hatte, erzählte er mir einmal, daß er beinahe weggelaufen wäre; nicht wegen der harten Arbeit, sondern weil er die Fremdheit jeden Tag nicht ertragen konnte. Der einzige Grund, warum er bei seinem Herrn blieb, war das Wissen, daß unser Vater seine ganzen Ersparnisse für das Lehrgeld aufgebraucht hatte und ihn sofort zurückschicken würde, wenn er nach Hause kam. Außerdem würde er noch viel mehr Fremdes sehen, wenn er woanders hinging.

»Ich schaue bei dir vorbei, wenn ich alleine bin«, flüsterte ich dem Fleischer zu, bevor ich Tanneke und Maertge nacheilte.

Die beiden waren vor einem anderen Stand stehengeblieben. Der Fleischer dort war ein gutaussehender Mann mit leicht ergrauten blonden Locken und leuchtendblauen Augen.

»Pieter, das ist Griet«, sagte Tanneke. »Sie wird für uns ab jetzt das Fleisch besorgen. Schreib es wie üblich auf unser Konto an.«

Ich versuchte, meinen Blick nur auf sein Gesicht zu richten, mußte aber unweigerlich immer wieder zu seiner blutbespritzten Schürze schauen. Unser Fleischer trug beim Verkaufen immer eine saubere Schürze und zog sofort eine frische an, wenn sie blutig wurde.

»Ah.« Pieter musterte mich, als wäre ich ein fleischiges Huhn, das er braten wollte. »Was möchtest du heute, Griet?«

Ich wandte mich zu Tanneke. »Vier Pfund Koteletts und ein Pfund Zunge«, sagte sie.

Pieter lächelte. »Und was meinst du, kleines Fräulein?«

fragte er Maertge. »Gibt es bei mir nicht die beste Zunge von ganz Delft?«

Maertge nickte kichernd und betrachtete die ausgelegten Bratenstücke, Koteletts, Zungen, Schweinsfüße, Würste.

»Du wirst sehen, daß ich das beste Fleisch und die ehrlichste Waage von allen hier in der Halle habe, Griet«, erklärte Pieter, während er die Zunge abwog. »Du wirst keinen Grund zur Klage haben.«

Ich sah auf seine Schürze und schluckte. Pieter legte die Koteletts und die Zunge in den Eimer, den ich in der Hand hielt, zwinkerte mir zu und wandte sich an die nächste Kundin.

Dann gingen wir zu den Fischständen direkt neben der Fleischhalle. Möwen flogen drüber hinweg und warteten auf die Fischköpfe und Innereien, die die Fischhändler in den Kanal warfen. Tanneke stellte mich ihrem Verkäufer vor – auch er war ein anderer als der unsere. Ich sollte abwechselnd einen Tag Fleisch, am nächsten Tag Fisch kaufen.

Als wir gingen, wollte ich nicht zu dem Haus zurück, zu Catharina und den Kindern auf der Bank. Ich wollte nach Hause gehen. Ich wollte zu meiner Mutter in die Küche treten und ihr den Eimer voll Koteletts reichen. Wir hatten seit Monaten kein Fleisch mehr gegessen.

Catharina kämmte Cornelia gerade die Haare, als wir zurückkamen. Sie achteten nicht auf mich. Ich half Tanneke mit dem Mittagessen, drehte das Fleisch auf dem Rost, trug Sachen zum Tischdecken ins Herrschaftszimmer und schnitt Brot auf.

Als das Essen fertig war, kamen die Mädchen ins Haus. Maertge ging Tanneke in der Kochküche zur Hand, während die anderen sich im Herrschaftszimmer an den Tisch setzten. Ich hatte gerade die Zunge ins Fleischfaß in einem der Vorratsräume gelegt – Tanneke hatte sie nicht weggeräumt, und die Katze hätte sie beinahe gefressen –, da trat er von draußen herein. Er stand in der Tür am Ende des langen Gangs, in Hut und Umhang gekleidet. Ich blieb reglos stehen, und er zögerte; das Licht fiel von hinten auf ihn, so daß ich sein Gesicht nicht sehen konnte. Ich wußte nicht, ob er den Gang entlang zu mir schaute. Nach einem Augenblick verschwand er im Herrschaftszimmer.

Tanneke und Maertge trugen auf, während ich im Kreuzigungszimmer auf Johannes aufpaßte. Als Tanneke fertig war, kam sie zu mir, und wir aßen und tranken dasselbe wie die Familie – Koteletts, Rüben, Brot und Bier. Obwohl Pieters Fleisch nicht besser war als das unseres Fleischers, war es eine willkommene Abwechslung; ich hatte so lange keines mehr gegessen. Das Brot war ein Roggenlaib und nicht das billige braune Brot, das wir in letzter Zeit immer gekauft hatten, und das Bier war auch nicht so wäßrig.

An dem Tag bediente ich die Familie nicht beim Essen, und deswegen sah ich ihn gar nicht. Gelegentlich hörte ich seine Stimme, meist zusammen mit Maria Thins'. An ihrem Tonfall merkte ich, daß sie sich gut verstanden.

Nach dem Essen räumten Tanneke und ich auf und wischten in den Küchen und Vorratsräumen die Böden. Die Wände der beiden Küchen waren weiß gefliest, der Kamin war von blauweißen Delfter Kacheln eingefaßt; in einem Teil waren sie mit Vögeln bemalt, in einem mit Schiffen und im dritten mit Soldaten. Ich betrachtete sie genau, aber keine war von meinem Vater.

Den Rest des Tages stand ich in der Waschküche und bügelte. Gelegentlich schürte ich das Feuer nach, holte

Holz oder ging in den Hof hinaus, wo es nicht so heiß war. Die Mädchen spielten in und um das Haus; manchmal kamen sie herein, um mir zuzuschauen und im Feuer zu stochern. Einmal neckten sie Tanneke, die nebenan in der Kochküche schlief, während Johannes zu ihren Füßen herumkrabbelte. In meiner Gegenwart waren sie etwas scheu – vielleicht dachten sie, ich könnte ihnen eine Ohrfeige geben. Cornelia warf mir finstere Blicke zu und ging bald wieder, aber Maertge und Lisbeth nahmen die Kleider, die ich gebügelt hatte, und räumten sie für mich in den Schrank im Herrschaftszimmer, wo ihre Mutter schlief. »Im letzten Monat, bevor das Kind kommt, wird sie fast den ganzen Tag im Bett bleiben«, vertraute Tanneke mir an. »Mit Bergen von Kissen um sich.«

Maria Thins war nach dem Mittagessen nach oben gegangen. Später hörte ich sie im Gang, und als ich aufschaute, stand sie in der Tür und beobachtete mich. Da sie nichts sagte, bügelte ich einfach weiter und tat, als wäre sie nicht da. Nach einem Moment sah ich aus den Augenwinkeln, wie sie nickte und davonging.

Er hatte Besuch bekommen – ich hörte die Stimmen von zwei Männern, die die Treppe hinaufgingen. Später hörte ich sie wieder herunterkommen und äugte um die Tür. Der Mann, der ihn begleitete, war stattlich und hatte eine lange weiße Feder im Hut.

Als es dunkel wurde, zündeten wir Kerzen an, und Tanneke und ich aßen mit den Kindern Brot und Käse und tranken dazu Bier im Kreuzigungszimmer, während die anderen im Herrschaftszimmer Zunge aßen. Ich setzte mich mit dem Rücken zur Kreuzigungsszene. Ich war so müde, daß ich nicht mehr richtig denken konnte. Zu Hause hatte ich nicht weniger hart gearbeitet, aber es war nie so anstregend gewesen wie hier, in dem fremden

Haus, wo alles neu und ich immer angespannt und ernst war. Zu Hause hatte ich mit meiner Mutter oder Agnes oder Frans lachen können. Hier gab es niemanden, mit dem ich lachen konnte.

Ich war noch nicht im Keller gewesen, wo ich schlafen sollte. Ich ging mit einer Kerze nach unten, war aber zu müde, um mich umzusehen, sondern suchte nur das Bett, ein Kissen und eine Decke. Die Luke über mir ließ ich offen, damit kühle, frische Luft hereinkommen konnte, dann zog ich Schuhe, Haube, Schürze und Kleid aus, betete kurz und legte mich ins Bett. Gerade, als ich die Kerze auspusten wollte, fiel mein Blick auf das Gemälde am Fußende meines Bettes. Plötzlich war ich hellwach. Ich setzte mich auf. Es war auch ein Bild von Christus am Kreuz, kleiner als das oben, aber noch beängstigender. Jesus hatte den Kopf vor Schmerzen in den Nacken geworfen, und Maria Magdalena verdrehte die Augen. Zögernd legte ich mich wieder hin; ich konnte den Blick nicht von dem Bild wenden. Es kam mir unmöglich vor, in diesem Zimmer mit dem Bild über mir zu schlafen. Am liebsten hätte ich es von der Wand genommen, aber ich traute mich nicht. Schließlich blies ich die Kerze aus – ich konnte es mir nicht leisten, an meinem ersten Tag hier im Haus Kerzen zu verschwenden. Ich legte mich wieder hin, die Augen starr auf die Stelle gerichtet, wo ich wußte, daß das Gemälde hing.

So müde ich war, in der Nacht schlief ich schlecht. Immer wieder wachte ich auf und schaute zu dem Bild. Obwohl ich nichts sehen konnte, hatte sich jede Einzelheit in meinen Kopf eingeprägt. Als es schließlich dämmerte, kam das Bild wieder. Ich war mir sicher, daß die Jungfrau Maria auf mich herabschaute.

Beim Aufstehen versuchte ich, nicht auf das Gemälde zu blicken, sondern untersuchte im fahlen Licht, das durch das Fenster im Vorratsraum über mir hereinfiel, den Inhalt des Kellers. Es gab nicht viel zu sehen – mehrere aufeinandergestapelte Stühle, die mit Tapisserie bezogen waren, ein paar zerbrochene Stühle, ein Spiegel und zwei andere Bilder, beides Stilleben, die an der Wand lehnten. Würde jemand merken, wenn ich die Kreuzigung durch ein Stilleben ersetzte?

Cornelia würde es merken. Und sie würde es ihrer Mutter sagen.

Ich wußte nicht, was Catharina – oder die anderen – darüber dachten, daß ich protestantisch war. Es war ein merkwürdiges Gefühl, mir das immer wieder vor Augen halten zu müssen. Ich war noch nie in der Minderheit gewesen.

Ich kehrte dem Bild den Rücken zu und stieg die Leiter hinauf nach oben. Aus dem vorderen Teil des Hauses hörte ich Catharinas Schlüsselbund klappern. Ich ging sie suchen. Sie bewegte sich langsam, als wäre sie noch im Halbschlaf, aber sobald sie mich sah, straffte sie mit einer Anstrengung die Schultern. Sie ging mir zur Treppe voraus und stieg langsam die Stufen hoch, die Hand ums Geländer geklammert. So schleppte sie sich schwerfällig nach oben.

Vor dem Atelier durchsuchte sie ihren Schlüsselbund, dann sperrte sie die Tür auf und öffnete sie. Der Raum war dunkel, die Fensterläden geschlossen – in dem schwachen Licht, das durch die Ritzen hereinfiel, konnte ich nur wenig erkennen. Es roch nach Leinöl, und dieser saubere, scharfe Geruch erinnerte mich an die Kleider meines Vaters, wenn er früher von der Fliesenwerkstätte heimgekommen war. Es roch nach Holz und frischem Heu in einem.

Catharina blieb auf der Schwelle stehen. Ich traute mich nicht, den Raum vor ihr zu betreten. Nach einer Sekunde peinlichen Schweigens sagte sie: »Jetzt mach schon die Läden auf. Nicht die am linken Fenster. Nur die vor dem Fenster in der Mitte und da drüben. Und beim mittleren Fenster nur die untere Hälfte.«

Ich ging quer durchs Atelier zum mittleren Fenster; dabei mußte ich einer Staffelei und einem Stuhl ausweichen. Zuerst öffnete ich das untere Fenster, dann die Läden. Das Bild, das auf der Staffelei stand, schaute ich nicht an. Das wollte ich nicht, solange Catharina mir von der Tür aus zusah.

Rechts war ein Tisch vors Fenster geschoben, in der Ecke stand ein Stuhl. Die Rückenlehne und Sitzfläche waren mit Leder bespannt, in das gelbe Blüten und Blätter eingeprägt waren.

»Da drüben darfst du nichts verstellen«, schärfte Catharina mir noch einmal ein. »Das malt er gerade.«

Selbst wenn ich mich auf Zehenspitzen stellte, war ich zu klein, um das obere Fenster und die Läden zu öffnen. Dazu mußte ich auf den Stuhl steigen, aber das wollte ich nicht tun, solange sie da war. Sie machte mich nervös, wie sie so in der Tür stand und darauf wartete, daß ich einen Fehler machte.

Ich überlegte, was ich tun sollte.

Da kam mir das Kind zur Hilfe. Es begann zu schreien. Catharina verlagerte das Gewicht von einer Hüfte auf die andere. Als ich zögerte, wurde sie ungeduldig und ging schließlich davon, um sich um Johannes zu kümmern.

Schnell kletterte ich auf den hölzernen Rand des Stuhls, öffnete das obere Fenster, streckte mich und schob die Läden auf. Als ich einen kurzen Blick auf die Straße unter mir warf, sah ich Tanneke, die vor dem Haus die

Fliesen scheuerte. Sie bemerkte mich nicht, aber eine Katze, die hinter ihr über die nassen Fliesen schlich, blieb kurz stehen und sah nach oben.

Ich öffnete das untere Fenster und die Läden und stieg vom Stuhl herunter. Vor mir bewegte sich etwas. Ich erstarrte. Die Bewegung erstarrte ebenfalls. Das war ich, mein Bild im Spiegel, der zwischen den beiden Fenstern an der Wand hing. Ich betrachtete mich. Mein Gesicht hatte zwar einen ängstlichen, schuldbewußten Ausdruck, aber es war in Licht gebadet, so daß meine Haut schimmerte. Überrascht starrte ich mich an, dann trat ich zur Seite.

Jetzt hatte ich Zeit, mir den Raum anzusehen. Er war groß und quadratisch, nicht so langgezogen wie das Herrschaftszimmer unten. Mit den geöffneten Fenstern war es sehr hell hier, die Wände waren weiß getüncht, der Boden mit grauen und weißen Fliesen bedeckt; die dunkleren bildeten ein Muster aus quadratischen Kreuzen. Ganz unten war die Wand mit einer Reihe Fliesen bedeckt, damit unsere Wischlappen nicht die Tünche wegscheuerten. Die Fliesen waren mit kleinen Amorfiguren bemalt und stammten nicht von meinem Vater.

Obwohl der Raum so groß war, gab es nur wenig Möbel. Vor dem mittleren Fenster standen die Staffelei und der Stuhl, vor dem Fenster in der rechten Ecke der Tisch. Außer dem Stuhl, auf den ich mich gestellt hatte, gab es am Tisch noch einen zweiten, bespannt mit einfachem Leder, das mit Messingnägeln befestigt war; die senkrechten Streben endeten oben in zwei geschnitzten Löwenköpfen. An der Wand hinter dem Stuhl und der Staffelei stand eine kleine Kommode. Die Schubladen waren geschlossen; obenauf lagen saubere Paletten und daneben mehrere Pinsel und ein Messer mit einer rautenförmigen Klinge. Neben dem Schrank stand ein Tisch, auf dem sich Papiere, Bücher und Drucke stapelten. Zwei weitere Löwenkopfstühle ergänzten das Mobiliar.

Es war ein sehr ordentlicher Raum, ohne das übliche Durcheinander von Alltagsgegenständen. Er vermittelte eine ganz andere Stimmung als die übrigen Zimmer, fast, als gehöre er zu einem anderen Haus. Bei geschlossener Tür würde man das Geschrei der Kinder, das Klappern von Catharinas Schlüsselbund, das Fegen unserer Besen kaum hören.

Ich griff nach meinem Besen, dem Wassereimer und Staubtuch und begann zu putzen. Als erstes wollte ich die Ecke saubermachen, wo das Bild aufgebaut war und wo ich nichts verändern durfte. Ich kniete mich auf den Stuhl, um das Fenster abzustauben, mit dem ich mich beim Öffnen abgemüht hatte, und den gelben Vorhang, der in der Ecke hing. Den berührte ich nur leicht, um nicht den Faltenwurf zu zerstören. Die Fensterscheiben waren schmutzig und hätten mit warmem Wasser abgewaschen werden müssen, aber ich wußte nicht, ob er sie geputzt haben wollte. Ich würde Catharina fragen müssen.

Ich staubte die Stühle ab, polierte die Messingnägel und die Löwenköpfe. Der Tisch war schon seit einiger Zeit nicht mehr richtig saubergemacht worden. Jemand hatte um die Dinge herum Staub gewischt, aber um den Tisch richtig zu putzen, mußte ich die Gegenstände – eine Puderquaste, eine Zinnschale, einen Brief, ein schwarzes Keramikgefäß, ein blaues, aufgebauschtes Tuch, das über die Kante hing – wegnehmen. Wie meine Mutter gesagt hatte, würde ich einen Weg finden müssen, die Dinge hochzuheben und sie dann genau so zurückzustellen, als wären sie nie berührt worden.

Der Brief lag nah an der Tischkante. Wenn ich den Daumen an eine Seite des Papiers legte, den Zeigefinger an die andere und meine Hand mit dem kleinen Finger an der Tischkante abstützte, sollte ich den Brief wegnehmen, die Stelle abstauben und ihn wieder richtig zurücklegen können.

Ich legte Daumen und Zeigefinger an die Kanten und holte tief Luft, dann nahm ich den Brief weg, staubte und legte ihn schnell wieder an seinen Platz, alles in einer Bewegung. Ich weiß nicht, warum ich das Gefühl hatte, das ganz schnell machen zu müssen. Ich trat ein paar Schritte vom Tisch zurück. Der Brief schien am richtigen Platz zu liegen, aber wirklich beurteilen konnte nur er das.

Trotzdem, wenn dieser Tisch meine Prüfung sein sollte, dann wollte ich sie schnell hinter mich bringen.

Vom Brief maß ich mit der Hand zur Puderquaste, dann stützte ich die Finger an verschiedenen Punkten rund um die Quaste auf. Ich nahm die Quaste weg, wischte Staub, legte sie zurück und maß noch einmal den Abstand zwischen ihr und dem Brief. Genauso machte ich es mit der Schale.

So staubte ich den ganzen Tisch ab, scheinbar ohne etwas zu bewegen. Ich maß jeden Gegenstand im Verhältnis zu den Dingen, die in der Nähe lagen, und den Abstand zwischen ihnen. Die kleinen Sachen auf dem Tisch waren einfach; am schwersten waren die Möbel – ich benützte meine Füße, meine Knie, bei den Stühlen manchmal die Schultern und das Kinn.

Nur, was ich mit dem zusammengebauschten blauen Tuch auf dem Tisch tun sollte, wußte ich nicht. Wenn ich es aufhob, würde es mir nie gelingen, die Falten wieder genauso hinzulegen. Ich beschloß, es erst einmal nicht abzustauben, und hoffte, daß er es nicht merken würde, bis mir eine Möglichkeit einfiel, wie ich es machen sollte.

Beim restlichen Zimmer brauchte ich nicht so vorsichtig zu sein. Ich staubte, fegte und wischte den Boden, die Wände, die Fenster, die Möbel und hatte das befriedigende Gefühl, in einem Zimmer sauberzumachen, das einen Frühjahrsputz nötig hatte. In der hintersten Ecke, gegenüber von Tisch und Fenster, führte eine Tür in eine Abstellkammer. Dort stapelten sich Gemälde und Leinwände, Stühle, Truhen, Schüsseln, Bettpfannen, ein Kleidergestell und eine Reihe Bücher. Auch dort machte ich sauber und räumte alles auf, so daß mehr Ordnung herrschte.

Die ganze Zeit über hatte ich es vermieden, rund um die Staffelei zu putzen. Ich weiß nicht, warum, aber ich hatte Angst davor, das Bild zu sehen. Doch schließlich hatte ich nichts anderes mehr zu tun. Ich staubte den Stuhl vor der Staffelei ab, dann die Staffelei selbst und versuchte dabei, nicht auf das Gemälde zu schauen.

Aber als ich aus den Augenwinkeln den gelben Satin sah, hielt ich unwillkürlich inne.

Ich starrte immer noch auf das Bild, als ich Maria Thins' Stimme hörte.

»So etwas sieht man nicht alle Tage, nicht wahr?«

Ich hatte sie nicht hereinkommen hören. Sie stand direkt in der Tür, leicht gebeugt, in einem feinen schwarzen Kleid mit Spitzenkragen.

Ich wußte nicht, was ich sagen sollte, und ich konnte nicht anders – ich schaute wieder zum Gemälde zurück.

Maria Thins lachte. »Du bist nicht die erste, die vor einem Bild von ihm ihre Manieren vergißt, Mädchen.« Sie stellte sich neben mich. »Ja, das ist ihm gut gelungen. Das ist van Ruijvens Frau.« Ich erkannte den Namen; mein Vater hatte ihn als Gönner erwähnt. »Sie ist nicht schön, aber er macht sie schön«, fuhr sie fort. »Er wird einen guten Preis dafür bekommen.«

Weil es das erste Bild von ihm war, das ich hier im Atelier sah, prägte es sich mir stärker ein als alle anderen, selbst als die, die ich entstehen sah, vom Untergrund bis zu den letzten Glanzlichtern.

Eine Frau stand vor einem Tisch und schaute in einen Spiegel, der an der Wand hing, so daß man sie im Profil sah. Sie trug eine Ärmeljacke aus schwerer gelber Seide, besetzt mit Hermelin, und im Haar ein rotes Band, das ganz nach der Mode sternförmig zu fünf Schleifen gebunden war. Licht von einem Fenster fiel von links auf ihr Gesicht und hob die Wölbung ihrer Stirn und Nase hervor. Sie legte sich gerade eine Perlenkette um den Hals und hielt die Bänder hoch, die Hände in der Luft. Sie ging ganz in ihrem Bild im Spiegel auf und schien gar nicht zu merken, daß jemand anderer sie ansah. An der leuchtendweißen Wand hinter ihr hing eine alte Landkarte, im dunklen Vordergrund stand der Tisch mit dem Brief, der Puderquaste und den anderen Dingen, unter denen ich Staub gewischt hatte.

Ich wollte die Jacke und die Perlenkette tragen. Ich wollte den Mann kennen, der sie so malte.

Mir fiel ein, wie ich mich vorhin im Spiegel betrachtet hatte, und schämte mich.

Maria Thins störte es offenbar nicht, neben mir zu stehen und das Bild zu betrachten. Es war merkwürdig, es anzusehen und dahinter gleich den Aufbau. Ich kannte die ganzen Gegenstände auf dem Tisch und wie sie zueinander in Beziehung standen schon vom Abstauben – der Brief am Rand, die Puderquaste wie zufällig neben der Zinnschale, das blaue Tuch um den dunklen Topf gebauscht. Alles schien genauso zu sein, nur sauberer, reiner. Es wirkte wie ein Hohn auf mein Putzen.

Dann fiel mir ein Unterschied auf. Ich holte scharf Luft.

»Was ist, Mädchen?«

»Auf dem Bild hat der Stuhl neben der Frau keine Löwenköpfe«, sagte ich.

»Nein. Auf dem Stuhl lag früher eine Laute. Er verändert die Anordnung ständig. Er malt nicht genau das, was er sieht, sondern so, wie es gut zusammen aussieht. Was denkst du, Mädchen? Glaubst du, daß das Bild fertig ist?«

Ich starrte sie an. Mit der Frage wollte sie mich bestimmt prüfen, aber ich konnte mir nicht vorstellen, wie das Bild noch besser werden sollte.

»Ist es denn nicht fertig?« stammelte ich.

Maria Thins schnaubte. »Er arbeitet schon seit drei Monaten daran. Und wahrscheinlich wird er noch mal zwei Monate darüber sitzen. Er wird dieses und jenes verändern. Du wirst schon noch sehen.« Sie sah sich um. »Du hast alles geputzt? Also, Mädchen, dann mach dich an deine anderen Arbeiten. Er wird bald kommen und nachschauen, wie du dich gemacht hast.«

Ich betrachtete das Bild ein letztes Mal, aber während ich es so genau ansah, merkte ich, wie etwas entglitt. Es war, wie wenn man am Nachthimmel einen Stern ansieht – wenn ich ihn direkt anschaute, konnte ich ihn kaum sehen, aber wenn ich ihn aus dem Augenwinkel ansah, leuchtete er plötzlich ganz hell.

Ich suchte meinen Besen, den Eimer und den Putzlappen zusammen. Als ich aus dem Zimmer ging, stand Maria Thins noch immer vor dem Bild.

Ich füllte die Töpfe mit Wasser aus der Gracht und stellte sie aufs Feuer, dann suchte ich Tanneke. Sie war in dem Zimmer, in dem die Mädchen schliefen, und half Cornelia beim Anziehen, während Maertge Aleydis zur Hand ging. Lisbeth kleidete sich selbst an. Tanneke war schlecht gelaunt und warf mir einen Seitenblick zu, aber als ich sie ansprechen wollte, beachtete sie mich gar nicht. Schließlich stellte ich mich direkt vor sie hin, so daß sie mich ansehen mußte. »Tanneke, ich gehe jetzt zum Fischhändler. Was soll ich dir heute besorgen?«

»So früh willst du schon gehen? Wir gehen immer erst später.« Tanneke sah mich immer noch nicht an. Sie band Cornelia ein weißes Band zu fünf Schleifen ins Haar.

»Ich habe gerade Zeit, während das Wasser heiß wird, und dachte, daß ich jetzt gehe«, antwortete ich nur. Ich erklärte nicht, daß man die besten Stücke immer früh am Morgen bekam, auch wenn der Fleischer oder Fischhändler versprach, etwas für die Familie zurückzulegen. Das sollte sie eigentlich wissen. »Was möchtest du?«

»Heute hab ich keine Lust auf Fisch. Hol beim Fleischer eine Hammelkeule.« Tanneke hatte die Schleife fertig gebunden, und Cornelia sprang auf und drängte sich an mir vorbei. Tanneke drehte sich zur Seite, um in der Kommode nach etwas zu suchen. Einen Moment betrachtete ich ihren breiten Rücken, über dem ihr graubraunes Kleid spannte.

Sie war eifersüchtig auf mich. Ich hatte im Atelier geputzt, das sie nicht betreten durfte, das offenbar niemand betreten durfte außer mir und Maria Thins.

Als Tanneke sich wieder aufrichtete, eine Haube in der Hand, sagte sie: »Der Herr hat mich gemalt. Wie ich Milch ausgieße. Alle sagten, daß es sein bestes Bild war.«

»Das würde ich gerne sehen«, antwortete ich. »Ist es noch im Haus?«

»Aber nein. Van Ruijven hat es gekauft.«

Ich überlegte kurz. »Dann freut sich jetzt einer der reichsten Männer von ganz Delft jeden Tag an deinem Anblick.«

Tanneke grinste, so daß ihr pockennarbiges Gesicht

noch breiter wurde. Die richtigen Worte konnten ihre Stimmung im Handumdrehen verbessern. Es lag nur an mir, diese Worte zu finden.

Ich wandte mich zum Gehen, bevor ihre Stimmung wieder umschlagen konnte. »Darf ich mitkommen?« fragte Maertge.

»Und ich?« fragte Lisbeth.

»Nicht heute«, antwortete ich bestimmt. »Ihr müßt etwas essen und dann Tanneke helfen.« Ich wollte nicht, daß es für die Mädchen zur Gewohnheit wurde, mich zu begleiten. Es sollte eine Belohnung bleiben, wenn sie mir folgten.

Außerdem freute ich mich darauf, allein durch vertraute Straßen zu gehen, ohne daß das Geplapper neben mir mich ständig an mein neues Leben erinnerte. Als ich den Marktplatz erreichte und das Papistenviertel hinter mir ließ, atmete ich tief durch. Ich hatte nicht gemerkt, daß ich bei der Familie die ganze Zeit angespannt gewesen war.

Bevor ich zu Pieters Stand ging, blieb ich bei unserem alten Fleischer stehen. Er strahlte, als er mich sah. »Jetzt läßt du dich also endlich dazu herab, mich zu begrüßen! Gestern warst du wohl zu vornehm für jemanden wie mich, wie?« neckte er mich.

Ich wollte ihm meine neue Lage erklären, aber er schnitt mir das Wort ab. »Natürlich weiß ich Bescheid. Alle reden doch davon – daß die Tochter von Jan dem Fliesenmacher jetzt für den Maler Vermeer arbeitet. Und dann muß ich schon nach einem Tag feststellen, daß sie zu stolz ist, um mit alten Freunden zu reden!«

»Ich bin nicht stolz darauf, eine Dienstmagd zu sein. Mein Vater schämt sich.«

»Dein Vater hat einfach Pech gehabt. Niemand gibt ihm die Schuld dafür. Und du brauchst dich nicht zu schämen, Kind. Außer natürlich, daß du dein Fleisch nicht bei mir kaufst.«

»Leider bleibt mir nichts anderes übrig. Das bestimmt meine Herrin.«

»Ach, wirklich? Dann hat es also nichts mit dem gutaussehenden Sohn zu tun, daß du bei Pieter kaufst?«

Ich runzelte die Stirn. »Ich habe seinen Sohn nicht gesehen.«

Der Fleischer lachte. »Das kommt schon noch. Jetzt geh. Wenn du deine Mutter siehst, sag ihr, daß sie bei mir vorbeischauen soll. Ich lege etwas für sie zur Seite.«

Ich dankte ihm und ging weiter zu Pieters Stand. Er wirkte überrascht, mich zu sehen. »Schon hier? Du konntest es wohl nicht erwarten, noch mehr von der Zunge zu bekommen.«

»Heute hätte ich gerne eine Hammelkeule, bitte.«

»Jetzt sag doch, Griet – war das nicht die beste Zunge, die du je gekauft hast?«

Ich weigerte mich, ihm das Kompliment zu machen, das er so gerne hören wollte. »Die Herrschaften haben sie gegessen. Sie haben nichts dazu gesagt.«

Hinter Pieter drehte sich ein junger Mann um – er hatte an einem Tisch hinter dem Stand eine Rinderhälfte zerteilt. Es mußte der Sohn sein, denn obwohl er größer war als Pieter, hatte er dieselben leuchtendblauen Augen. Seine blonden Haare hingen ihm in langen, dichten Locken ums Gesicht, das mich irgendwie an Aprikosen erinnerte. Nur seine blutverschmierte Schürze störte den Anblick.

Seine Augen ruhten auf mir wie ein Schmetterling auf einer Blüte, und ich errötete unwillentlich. Ich wiederholte meine Bitte nach einer Hammelkeule und schaute unverwandt auf den Vater. Pieter suchte die Fleischstücke durch und holte eine Keule hervor, die er vor mich auf die Theke legte. Zwei Augenpaare beobachteten mich.

Die Keule war etwas grau. Ich schnupperte am Fleisch. »Die ist nicht frisch«, sagte ich brüsk. »Meine Herrin wird nicht zufrieden sein, wenn du von ihrer Familie erwartest, solches Fleisch zu essen.« Mein Ton klang anmaßender, als ich gewollt hatte. Vielleicht war das nötig.

Vater und Sohn starrten mich an. Ich erwiderte den Blick des Vaters und versuchte, den Sohn nicht zu beachten.

Schließlich drehte Pieter sich zu seinem Sohn. »Pieter, hol die Keule, die auf dem Wagen liegt.«

»Aber die ist doch für …« Pieter der Sohn brach ab. Er verschwand und kam mit einer Keule zurück, die viel besser war. Das sah ich auf den ersten Blick. Ich nickte. »Die ist gut.«

Pieter der Sohn packte das Fleisch ein und tat es in meinen Eimer. Ich dankte ihm. Als ich mich zum Gehen wandte, bemerkte ich den Blick, den Vater und Sohn sich zuwarfen. Selbst damals wußte ich, was der Blick bedeutete und was er für mich bedeuten würde.

Als ich zurückkam, saß Catharina auf der Bank und fütterte Johannes. Ich zeigte ihr die Keule, und sie nickte. Gerade, als ich ins Haus gehen wollte, sagte sie leise: »Mein Mann hat sich das Atelier angesehen und gesagt, daß er mit dem Putzen zufrieden ist.« Sie sah mich nicht an.

»Danke, Mevrouw.« Ich ging hinein, warf einen kurzen Blick auf ein Stilleben mit Früchten und einem Hummer und dachte: Jetzt bleibe ich also wirklich hier.

Der Rest des Tages verging ähnlich wie der erste und wie die folgenden vergehen würden. Nachdem ich im

Atelier geputzt hatte und zum Fischhändler oder zum Fleischmarkt gegangen war, machte ich mich wieder an die Wäsche. Einen Tag sortierte ich sie, weichte sie ein und behandelte Flecken, am nächsten schrubbte, spülte, kochte und wrang ich sie aus, bevor ich sie zum Trocknen aufhängte und von der Mittagssonne bleichen ließ, und am dritten bügelte und flickte ich sie und faltete sie zusammen. Irgendwann im Lauf des Vormittags unterbrach ich die Arbeit und ging Tanneke mit dem Mittagessen zur Hand. Hinterher räumten wir alles weg, und dann hatte ich etwas Zeit, mich auszuruhen und vor dem Haus auf der Bank oder hinten im Hof zu sitzen und zu nähen. Danach machte ich die Wäsche fertig, die ich am Vormittag begonnen hatte, dann half ich Tanneke mit der Abendmahlzeit. Als letztes wischten wir immer die Böden ein zweites Mal, damit sie für den nächsten Tag sauber waren.

Nachts bedeckte ich die Kreuzigungsszene, die am Fußende meines Bettes hing, mit der Schürze, die ich tagsüber getragen hatte. Dann konnte ich besser schlafen. Am nächsten Tag legte ich die Schürze in die Wäsche.

Als Catharina am zweiten Morgen die Tür zum Atelier aufschloß, fragte ich sie, ob ich die Fenster putzen solle.

»Warum nicht?« fragte sie scharf. »Wegen solcher Kleinigkeiten brauchst du mich nicht zu fragen.«

»Es ist wegen dem Licht, Mevrouw«, erklärte ich. »Wenn ich sie putze, könnte sich das Licht verändern. Seht Ihr?«

Sie sah es nicht. Sie wollte oder konnte das Zimmer nicht betreten und sich das Gemälde ansehen. Es schien, als würde sie nie einen Fuß ins Atelier setzen. Wenn Tanneke in der richtigen Stimmung war, wollte ich sie danach fragen. Catharina ging nach unten und fragte ihn, dann rief sie mir hinauf, ich solle die Fenster lassen, wie sie waren.

Während ich im Atelier putzte, deutete nichts darauf hin, daß er überhaupt dort gewesen war. Alles stand am selben Platz, die Paletten waren sauber, das Gemälde sah genauso aus wie am Tag zuvor. Aber ich spürte, daß er da gewesen war.

In meinen ersten beiden Tagen im Haus am Oude Langendijck hatte ich ihn kaum gesehen. Manchmal hatte ich ihn gehört, auf der Treppe, im Gang, wie er mit den Kindern lachte oder leise mit Catharina redete. Wenn ich seine Stimme hörte, kam ich mir vor, als würde ich mit unsicheren Schritten am Rand einer Gracht entlanggehen. Ich wußte nicht, wie er sich in seinem eigenen Haus mir gegenüber verhalten würde, ob er auf das Gemüse achten würde, das ich in seiner Küche schnitt.

Nie zuvor hatte ein Herr mir solche Beachtung geschenkt.

An meinem dritten Tag im Haus stand ich plötzlich direkt vor ihm. Kurz vor dem Essen war ich einen Teller holen gegangen, den Lisbeth draußen gelassen hatte, und wäre fast mit ihm zusammengestoßen, wie er mit Aleydis im Arm den Gang entlangkam.

Ich trat ein paar Schritte zurück. Er und Aleydis betrachteten mich aus den gleichen grauen Augen. Weder lächelte er mich an noch lächelte er mich nicht an. Es fiel mir schwer, seinem Blick zu begegnen. Ich dachte an die Frau, die sich oben auf dem Bild selbst betrachtete, mit den Perlen und dem gelben Satin. Ihr würde es nicht schwerfallen, dem Blick eines Herrn zu begegnen. Als ich endlich die Augen heben konnte, hatte er schon weggeschaut.

Am nächsten Tag sah ich die Frau selbst. Auf dem Rückweg vom Fleischer gingen ein Mann und eine Frau vor mir auf dem Oude Langendijck her. Vor unserer Tür drehte er sich halb zu ihr und verneigte sich, dann ging er weiter. In seinem Hut steckte eine lange weiße Feder – er mußte der Mann sein, der einige Tage zuvor zu Besuch gekommen war. Kurz konnte ich sein Profil sehen und bemerkte, daß er einen Schnurrbart hatte und ein volles Gesicht, das zu seiner Statur paßte. Er lächelte, als würde er gerade ein schmeichelhaftes, aber unaufrichtiges Kompliment machen. Die Frau ging ins Haus, bevor ich ihr Gesicht sehen konnte, aber das rote Band mit den fünf Schleifen im Haar fiel mir auf. Ich zögerte und wartete an der Tür, bis ich hörte, daß sie die Treppe hinaufging.

Später, ich legte gerade Kleidungsstücke in den Schrank im Herrschaftszimmer, kam sie wieder nach unten. Als sie ins Zimmer kam, richtete ich mich auf. In den Händen trug sie die gelbe Ärmeljacke. Die Schleife steckte noch in ihrem Haar.

»Oh!« sagte sie. »Wo ist Catharina?«

»Sie ist mit ihrer Mutter zum Rathaus gegangen, Mevrouw. Eine Familiensache.«

»Ach so. Nun, das macht nichts. Dann sehe ich sie eben ein anderes Mal. Ich laß das für sie hier liegen.« Sie legte die Jacke vorsichtig aufs Bett und ließ die Perlenkette obenauf fallen.

»Ja, Mevrouw.«

Ich konnte den Blick nicht von ihr nehmen. Ich hatte das Gefühl, als würde ich sie sehen und doch nicht sehen. Es war ein seltsames Erlebnis. Wie Maria Thins gesagt hatte, war sie nicht so schön wie auf dem Bild, wo das Licht auf sie fiel. Und trotzdem war sie schön, vielleicht auch nur, weil ich sie so in Erinnerung hatte. Sie sah mich fragend an, als sollte sie mich kennen, weil ich sie derart unverwandt anstarrte. Es gelang mir, die Augen zu senken. »Ich werde ihr sagen, daß Ihr hier wart, Mevrouw.«

Sie nickte, wirkte aber unsicher. Dann warf sie einen Blick zu den Perlen, die sie auf die Jacke gelegt hatte. »Ich glaube, ich lasse sie oben bei ihm im Atelier«, erklärte sie und nahm die Kette wieder an sich. Sie sah mich nicht an, aber ich wußte, was sie dachte: daß man einer Dienstmagd keine Perlenkette anvertrauen durfte. Nachdem sie gegangen war, hing ihr Gesicht wie Parfüm in der Luft.

Am Samstag gingen Catharina und Maria Thins zusammen mit Tanneke und Maertge zum Markt auf dem Marktplatz, wo sie Gemüse für die kommende Woche kauften, Vorräte und andere Dinge für den Haushalt. Ich wünschte mir sehr, sie zu begleiten, weil ich dachte, ich würde vielleicht meine Mutter und meine Schwester treffen, aber ich mußte mit den jüngeren Mädchen und Johannes zu Hause bleiben. Es war nicht leicht, sie davon abzuhalten, allein zum Markt zu laufen. Am liebsten wäre ich mit ihnen dorthin gegangen, aber ich traute mich nicht, das Haus unbewacht zurückzulassen. Statt dessen beobachteten wir die Boote, die auf der Gracht zum Markt fuhren, voll beladen mit Kohlköpfen, Schweinen, Blumen, Holz, Mehl, Erdbeeren, Hufeisen. Auf dem Rückweg waren die Boote dann leer, und die Bootsführer zählten Münzen oder tranken Bier. Ich brachte den Mädchen Spiele bei, die ich mit Agnes und Frans gespielt hatte, und sie zeigten mir Spiele, die sie sich ausgedacht hatten. Sie machten Seifenblasen, spielten mit ihren Puppen oder liefen mit ihren Reifen herum, während ich mit Johannes im Schoß auf der Bank saß.

Cornelia schien die Ohrfeige vergessen zu haben. Sie war heiter und freundlich, ging mir mit Johannes zur Hand, hörte auf mich. »Kannst du mir helfen?« bat sie mich, als sie auf ein Faß klettern wollte, das Nachbarn auf der Straße hatten stehenlassen. Ihre hellbraunen Augen waren groß und unschuldig. Ihr liebes Wesen versöhnte mich ein wenig mit ihr, obwohl ich wußte, daß ich ihr nicht trauen konnte. Manchmal war sie von allen Mädchen das unwiderstehlichste, dann wieder das launischste – die Beste und die Schlimmste zugleich.

Sie beschäftigten sich gerade mit einem Berg Muscheln, die sie nach draußen gebracht hatten, und sortierten sie in unterschiedliche Farbhäufchen, als er aus dem Haus trat. Ich drückte Johannes die Taille zusammen, spürte seine Rippen unter meinen Fingern. Er kreischte, und ich vergrub die Nase in seinem Ohr, um mein Gesicht zu verbergen.

»Papa, darf ich mitkommen?« rief Cornelia, sprang auf und nahm seine Hand. Ich konnte seine Miene nicht erkennen – er hatte den Kopf zur Seite gedreht, und so war sein Gesicht unter der Hutkrempe verborgen.

Lisbeth und Aleydis wandten sich von ihren Muscheln ab. »Ich will auch mit!« riefen sie wie aus einem Mund und griffen nach seiner anderen Hand.

Er schüttelte den Kopf, und da sah ich seine verwunderte Miene. »Nicht heute – ich gehe zum Apotheker.«

»Kaufst du Sachen zum Malen, Papa?« fragte Cornelia, ohne seine Hand loszulassen.

»Das und anderes.«

Das kleine Kind begann zu weinen, und er sah zu mir. Ich schaukelte Johannes auf den Knien; mir war unbehaglich zumute.

Fast sah es aus, als würde er etwas sagen, aber dann schüttelte er nur die Mädchen ab und ging den Oude Langendijck hinunter.

Er hatte kein Wort zu mir gesagt, seitdem wir über die Farben von Gemüse gesprochen hatten.

Am Sonntag wachte ich sehr früh auf. Ich war aufgeregt, weil ich nach Hause gehen durfte. Ich mußte warten, bis Catharina das Haus aufsperrte, aber als ich die Tür in den Angeln schwingen hörte und in den Gang trat, sah ich Maria Thins mit dem Schlüssel in der Hand dastehen.

»Meine Tochter ist heute müde«, sagte sie und trat zur Seite, um mich nach draußen zu lassen. »Sie wird ein paar Tage ruhen. Kommst du ohne sie zurecht?«

»Natürlich, Mevrouw«, antwortete ich und fügte dann hinzu: »Und wenn ich Fragen habe, kann ich mich immer an Euch wenden.«

Maria Thins lachte leise. »Ah, du bist eine ganz Schlaue. Du weißt genau, mit wem du dich gut stellen mußt. Aber das macht nichts. Ein bißchen Schlauheit hier im Haus kann nicht schaden.« Sie reichte mir ein paar Münzen, den Lohn für die Tage, die ich im Haus gearbeitet hatte. »Jetzt geh zu deiner Mutter. Du wirst ihr wohl alles über uns erzählen wollen.«

Ich ging davon, bevor sie noch etwas hinzufügen konnte, überquerte den Marktplatz, vorbei an Leuten, die den frühen Gottesdienst in der Nieuwe Kerk besuchten, und lief durch die Straßen und entlang den Grachten, die mich nach Hause brachten. Als ich in unsere Straße einbog, dachte ich, wie anders sie sich anfühlte, obwohl ich keine Woche fort gewesen war. Das Licht wirkte heller und flacher, die Gracht breiter. Die Platanen, die den Kanal säumten, standen reglos da, wie Wachposten, die mich erwarteten.

Agnes saß auf der Bank vor unserem Haus. Sobald sie mich sah, rief sie nach innen: »Sie ist da!« Dann lief sie mir entgegen und griff nach meinem Arm. »Wie ist es?« fragte sie, ohne mich erst zu begrüßen. »Sind sie freundlich zu dir? Mußt du hart arbeiten? Gibt es dort Mädchen?

Ist das Haus sehr vornehm? Wo schläfst du? Ißt du von richtigem Porzellan?«

Ich lachte und weigerte mich, auch nur eine ihrer Fragen zu beantworten, bis ich meine Mutter umarmt und meinen Vater begrüßt hatte. Obwohl es nicht viel war, war ich sehr stolz, meiner Mutter die Münzen in meiner Hand zu geben. Das war der Grund, weswegen ich arbeiten ging.

Mein Vater wollte mit uns draußen sitzen und von meinem neuen Leben hören. Ich reichte ihm die Hände, um ihn über die Schwelle zu führen. Als er sich auf die Bank setzte, rieb er mit dem Daumen über meine Handflächen. »Deine Hände sind aufgerissen«, sagte er. »Trocken und rauh. So bald schon trägst du die Spuren von harter Arbeit.«

»Mach dir keine Sorgen«, erwiderte ich leichthin. »Es hat ein großer Berg Wäsche auf mich gewartet, weil sie nicht genügend Hilfe hatten. Bald wird es leichter werden.«

Meine Mutter untersuchte meine Hände. »Ich werde ein paar wilde Malven in Öl einlegen«, sagte sie. »Dann bleiben deine Hände zart. Agnes und ich gehen aufs Land und suchen welche.«

»Erzähl!« forderte Agnes. »Erzähl uns von ihnen.«

Ich erzählte ihnen alles. Nur einige Dinge verschwieg ich – wie müde ich abends war; daß am Fußende meines Bettes die Kreuzigungsszene hing; daß ich Cornelia geschlagen hatte; daß Agnes im selben Alter war wie Maertge. Davon abgesehen erzählte ich ihnen alles.

Ich richtete meiner Mutter die Botschaft von unserem Fleischer aus. »Das ist sehr freundlich von ihm«, meinte sie. »Aber er weiß, daß wir kein Geld für Fleisch haben und keine Wohltätigkeit wollen.«

»Ich glaube nicht, daß er es aus Wohltätigkeit sagte«, erklärte ich. »Ich glaube, er macht es aus Freundschaft.«

Sie antwortete mir nicht, aber ich wußte, daß sie nicht zum Fleischer gehen würde.

Als ich den neuen Fleischer erwähnte, Pieter Vater und Sohn, hob sie die Augenbrauen, sagte aber nichts.

Später gingen wir zum Gottesdienst in unsere Kirche, wo ich von vertrauten Gesichtern und vertrauten Worten umgeben war. Als ich zwischen Agnes und meiner Mutter saß, merkte ich, wie mein Rücken sich entspannt an die Bank lehnte und mein Gesicht die Maske ablegte, die ich die ganze Woche über getragen hatte. Ich dachte, ich würde in Tränen ausbrechen.

Beim Heimkommen ließen Mutter und Agnes nicht zu, daß ich ihnen mit dem Essen half. Ich setzte mich mit meinem Vater auf die Bank in der Sonne. Er reckte sein Gesicht den warmen Strahlen entgegen und saß die ganze Zeit, während wir uns unterhielten, so da.

»Und jetzt, Griet«, sagte er, »erzähl mir von deinem neuen Herrn. Du hast ihn kaum erwähnt.«

»Ich habe ihn fast nicht gesehen«, konnte ich wahrheitsgemäß antworten. »Er ist entweder im Atelier, wo ihn niemand stören darf, oder er ist außer Haus.«

»Wahrscheinlich kümmert er sich um Angelegenheiten der Gilde. Aber du bist in seinem Atelier gewesen. Du hast uns vom Putzen erzählt und wie du alles abmißt, aber nichts von dem Bild, das er gerade malt. Beschreib es mir.«

»Ich weiß nicht, ob ich das so gut kann, daß du es siehst.«

»Versuch's. Ich habe nicht mehr viel, worüber ich nachdenken kann, außer den Erinnerungen. Es wird mich freuen, mir das Bild eines Meisters vorzustellen, auch wenn ich im Kopf nur eine armselige Nachbildung sehe.«

Also versuchte ich, die Frau zu beschreiben, die sich

die Perlenkette umlegt, die Hände in der Luft, wie sie sich im Spiegel betrachtet, das Licht, das durch das Fenster auf ihr Gesicht und die gelbe Ärmeljacke fällt, den dunklen Vordergrund, der zwischen ihr und uns liegt.

Mein Vater hörte mir aufmerksam zu, aber sein Gesicht leuchtete erst auf, als ich sagte: »Das Licht auf der hinteren Wand ist so warm, daß es sich beim Ansehen so anfühlt wie die Sonne auf deinem Gesicht.«

Er nickte lächelnd, froh, daß er mich jetzt verstand.

»Das gefällt dir am besten an deinem neuen Leben«, meinte er eine Weile später. »Wenn du im Atelier bist.«

Das ist das einzige, was mir gefällt, dachte ich, sagte es aber nicht.

Als wir zu Mittag aßen, versuchte ich, das Essen nicht mit den Mahlzeiten im Haus im Papistenviertel zu vergleichen, aber ich hatte mich schon an das Fleisch und das gute Roggenbrot gewöhnt. Obwohl meine Mutter besser kochen konnte als Tanneke, war das braune Brot trocken, der Gemüseeintopf fad ohne das Fett, das ihm Geschmack verlieh. Auch das Zimmer war anders – keine Marmorfliesen, keine schweren Seidenvorhänge, keine kostbaren Lederstühle. Alles war schlicht und sauber, ohne jeden Putz. Ich war sehr gerne hier, weil ich es kannte, aber jetzt bemerkte ich, wie trostlos es war.

Am Ende des Tages fiel es mir schwer, von meinen Eltern Abschied zu nehmen – schwerer als am ersten Tag, an dem ich weggegangen war, weil ich jetzt wußte, was mich erwartete. Agnes begleitete mich bis zum Markt. Als wir allein waren, fragte ich sie, wie es ihr ging.

»Ich bin einsam«, sagte sie. Das war ein trauriges Wort für eine Zehnjährige. Den ganzen Tag über war sie sehr lebhaft gewesen, aber jetzt wurde sie gedrückt.

»Ich komme jeden Sonntag«, versprach ich. »Und vielleicht kann ich auch einmal unter der Woche kurz vorbeischauen und euch begrüßen, nachdem ich das Fleisch oder den Fisch besorgt habe.«

»Oder ich kann dich treffen, wenn du beim Einkaufen bist«, schlug sie vor, und ihre Miene hellte sich auf.

Es gelang uns tatsächlich, uns ein paarmal in der Fleischhalle zu treffen. Ich freute mich immer, sie zu sehen – wenn ich allein war.

Allmählich fand ich mich im Haus am Oude Langendijck ein. Catharina, Tanneke und Cornelia konnten gelegentlich schwierig sein, aber meist ließen sie mich in Ruhe arbeiten. Vielleicht hatte das mit Maria Thins zu tun. Aus Gründen, die nur sie kannte, war sie zu dem Ergebnis gekommen, daß ich eine nützliche Ergänzung des Haushalts war, und die anderen folgten ihrem Beispiel, selbst die Kinder.

Vielleicht hatte sie das Gefühl, daß die Kleider sauberer und besser gebleicht waren, jetzt, wo ich die Wäsche machte. Oder daß das Fleisch zarter war, seitdem ich es kaufte. Oder daß er glücklicher war, seit sein Atelier geputzt wurde. Die ersten beiden Dinge stimmten. Bei der dritten Sache war ich mir nicht sicher. Als er und ich schließlich miteinander redeten, ging es nicht um mein Putzen.

Ich gab acht, jedes Lob für die bessere Haushaltung von mir zu weisen. Ich wollte mir keine Feinde schaffen. Wenn Maria Thins das Fleisch gut schmeckte, sagte ich, das sei Tannekes Geschick als Köchin. Wenn Maertge meinte, ihre Schürze sei weißer als zuvor, erklärte ich, die Sommersonne sei jetzt besonders stark.

Catharina ging ich so gut wie möglich aus dem Weg. Schon von dem Augenblick an, als sie mich beim Gemüseschneiden in der Küche meiner Mutter gesehen hatte, war klar gewesen, daß sie mich nicht mochte. Ihre Laune wurde nicht besser durch das Kind, mit dem sie schwanger war. Sie wirkte unbeholfen, gar nicht wie die anmutige Hausherrin, die sie gerne sein wollte. Zudem war es ein heißer Sommer, und das Ungeborene war besonders lebhaft. Sobald Catharina nicht still dasaß, begann es zu stoßen. Das sagte sie zumindest. Als sie voller wurde, ging sie mit einem müden, schmerzverzerrten Gesicht durchs Haus. Allmählich blieb sie morgens immer länger liegen, so daß Maria Thins den Schlüsselbund an sich nahm und mir morgens das Atelier aufschloß. Tanneke und ich mußten immer mehr ihrer Aufgaben erfüllen – wir kümmerten uns um die Mädchen, kauften Dinge für den Haushalt, wickelten Johannes.

Eines Tages, als Tanneke guter Laune war, fragte ich sie, warum es im Haus nicht mehr Dienstboten gebe, damit die Arbeit leichter würde. »In einem Haus, das so groß ist, und mit dem Vermögen deiner Herrin und den Gemälden von Mijnheer, könnten sie sich da nicht noch eine Dienstmagd leisten?« fragte ich. »Oder eine Köchin?«

»Hu«, brummte Tanneke. »Sie können es sich kaum leisten, dich zu bezahlen.«

Ich war überrascht – die Münzen, die mir jede Woche ausgehändigt wurden, waren sehr wenig Geld. Ich würde lange Jahre arbeiten müssen, um mir etwas so Feines wie die gelbe Ärmeljacke kaufen zu können, die Catharina nachlässig zusammengefaltet in ihrem Schrank aufbewahrte. Es schien unvorstellbar, daß sie so wenig Geld haben sollten.

»Wenn das Kind da ist, werden sie natürlich irgendwie das Geld für eine Amme auftreiben, zumindest für ein paar Monate«, fügte Tanneke hinzu. Sie klang mißbilligend.

»Warum?«

»Damit sie das Kind nährt.«

»Die Herrin nährt ihr Kind nicht selbst?« fragte ich verblüfft.

»Sie würde nicht so viele Kinder bekommen, wenn sie sie selbst nähren würde. Man bekommt nämlich keine, wenn man nährt, weißt du.«

»Ach.« Ich kam mir sehr einfältig in diesen Dingen vor. »Will sie denn mehr Kinder?«

Tanneke kicherte. »Manchmal glaube ich, sie füllt das Haus mit Kindern, weil sie es nicht mit Dienstboten füllen kann, wie sie es gerne hätte.« Sie senkte die Stimme. »Weißt du, der Herr malt nicht genug, um sich Dienstboten leisten zu können. Drei Bilder im Jahr, manchmal auch nur zwei. Davon wird man nicht reich.«

»Kann er nicht schneller malen?« Noch während ich das sagte, wußte ich, daß er das nie tun würde. Er würde immer in seinem eigenen Tempo malen.

»Manchmal streiten sich die Herrin und die junge Herrin deswegen. Die junge Herrin möchte, daß er mehr malt, aber meine Herrin sagt, daß es sein Untergang wäre, wenn er schneller malen würde.«

»Maria Thins ist sehr klug.« Ich hatte gelernt, daß ich Tanneke gegenüber meine Meinung äußern konnte, solange ich damit auf irgendeine Weise Maria Thins lobte. Tanneke war ihrer Herrin treu ergeben. Für Catharina hingegen hatte sie wenig übrig, und wenn sie in der richtigen Stimmung war, gab sie mir Ratschläge, wie ich mit ihr umgehen sollte. »Gib nichts darauf, was sie sagt«, empfahl sie mir. »Setz ein nichtssagendes Gesicht auf, wenn sie mit dir redet, und dann tu alles so, wie du es für richtig hältst oder wie meine Herrin oder ich es dir sagen. Sie prüft nichts nach, ihr fällt nichts auf. Sie kommandiert uns nur herum, weil sie glaubt, es tun zu müssen. Aber wir wissen, wer unsere eigentliche Herrin ist, und sie auch.«

Obwohl Tanneke mir gegenüber oft mißmutig war, nahm ich es mir nach einer Weile nicht mehr zu Herzen, weil sich ihre Stimmung bald wieder änderte. Sie war sehr launisch, vielleicht, weil sie seit vielen Jahren zwei Herrinnen dienen mußte. Trotz ihrer zuversichtlichen Worte, ich solle nicht darauf achten, was Catharina sagte, befolgte Tanneke ihren eigenen Ratschlag nicht. Catharinas brüsker Ton kränkte sie. Und so gerecht Maria Thins sonst auch war, sie verteidigte Tanneke Catharina gegenüber nie. Ich erlebte kein einziges Mal, daß Maria Thins ihre Tochter ermahnt hätte, obwohl es gelegentlich notwendig gewesen wäre.

Dann gab es auch noch die Frage von Tannekes Haushaltsführung. Möglicherweise machte ihre Ergebenheit ihre Nachlässigkeit im Haus wett, aber in den Ecken sammelte sich der Staub, das Fleisch war oft außen verbrannt und innen roh, die Töpfe waren nicht gründlich gescheuert. Ich wollte mir nicht vorstellen, was sie in seinem Atelier angerichtet hatte, als sie dort zu putzen versuchte. Obwohl Maria Thins Tanneke nur selten tadelte, wußten beide, daß sie es eigentlich tun sollte, und deswegen war Tanneke häufig unsicher und fühlte sich schnell angegriffen.

Mir wurde klar, daß Maria Thins ihrer Klugheit zum Trotz sehr weichherzig war gegenüber Menschen, die ihr nahestanden. Ihr Urteil war nicht so scharfsichtig, wie es den Anschein hatte.

Von den vier Mädchen war Cornelia am wenigsten berechenbar, wie ich schon am ersten Morgen gemerkt hatte. Sowohl Lisbeth als auch Aleydis waren artige, stille Mädchen, und Maertge war alt genug, um allmählich im Haushalt mitzuhelfen, so daß sie vernünftiger wurde, obwohl sie gelegentlich Wutanfälle bekam und mich dann wie ihre Mutter anschrie. Cornelia schrie nicht, aber zuzeiten war sie nicht zu bändigen. Selbst wenn ich ihr mit Maria Thins' Zorn drohte, wie ich es am ersten Tag getan hatte, nützte das nicht immer. Sie konnte fröhlich und ausgelassen sein und im nächsten Moment völlig anders; wie eine schnurrende Katze biß sie die Hand, die sie streichelte. Sie hing zwar an ihren Schwestern, aber gelegentlich konnte sie sie auch fest kneifen, bis sie in Tränen ausbrachen. Ich war Cornelia gegenüber immer etwas argwöhnisch und konnte sie nicht ins Herz schließen, wie ich es bei den anderen im Lauf der Zeit tat.

Wenn ich im Atelier putzte, entkam ich ihnen allen. Maria Thins schloß die Tür für mich auf und blieb manchmal ein paar Minuten stehen, um nach dem Gemälde zu sehen, als sei es ein krankes Kind, um das sie sich kümmern müßte. Aber sobald sie fort war, hatte ich das Zimmer für mich. Als erstes schaute ich mich um, ob sich etwas verändert hatte. Anfangs schien es Tag für Tag gleichzubleiben, aber als mir die Einzelheiten des Raums vertraut wurden, bemerkte ich Kleinigkeiten – die Pinsel oben auf der Kommode hatten ihre Position verändert, eine der Schubladen war leicht geöffnet, das Messer mit der rautenförmigen Klinge lag vorne auf der Staffelei, ein Stuhl war ein Stück von seinem Platz neben der Tür verrückt.

Doch in der Ecke, die er malte, veränderte sich gar nichts. Ich gab acht, alles wieder genau an denselben Platz zurückzustellen, und lernte es rasch, alles wie am ersten Tag abzumessen, so daß ich den Teil des Raums nach einer Weile fast ebenso schnell putzen konnte wie den Rest des Zimmers. Nachdem ich mit anderen Stoffen herumprobiert hatte, staubte ich das dunkelblaue Tuch und den gelben Vorhang ab, indem ich sie mit einem feuchten Lappen abwischte und nur vorsichtig aufdrückte, um den Staub zu entfernen, ohne den Faltenwurf zu verändern.

Auf dem Gemälde waren keine Veränderungen zu sehen, so genau ich es auch studierte. Endlich entdeckte ich eines Tages, daß die Kette der Frau eine weitere Perle bekommen hatte. Ein anderes Mal war der Schatten, den der Vorhang warf, ein wenig größer geworden. Ich glaubte auch zu sehen, daß einige Finger ihrer rechten Hand sich bewegt hatten.

Die seidene Ärmeljacke sah so echt aus, daß ich mehr als einmal die Hand ausstrecken und sie berühren wollte.

An dem Tag, an dem van Ruijvens Frau die Ärmeljacke auf dem Bett liegenließ, hätte ich beinahe die wirkliche angefaßt. Ich hatte gerade die Finger zum Pelzbesatz ausgestreckt, als ich aufschaute und sah, daß Cornelia mich von der Tür aus beobachtete. Die anderen Mädchen hätten mich gefragt, was ich da tue, aber Cornelia schaute mir nur zu. Das war schlimmer als jede Frage. Ich ließ die Hand fallen, und sie lächelte.

Eines Morgens, als ich schon mehrere Wochen im Haus arbeitete, bestand Maertge darauf, mich zum Fischhändler zu begleiten. Sie liebte es, über den Markt zu laufen, sich alles anzusehen, die Pferde zu streicheln, mit anderen Kindern zu spielen, von den Händlern geräucherten Fisch zu probieren. Ich kaufte gerade Heringe, als sie mir einen Rippenstoß versetzte und rief: »Schau, Griet, schau! Ein Drachen!«

Der Drachen, der über unseren Köpfen schwebte, sah aus wie ein Fisch mit langem Schwanz. Durch den Wind war es, als würde er in einem Schwarm von Möwen durch die Luft segeln. Ich lächelte, und in dem Moment sah ich Agnes; sie stand in unserer Nähe, die Augen auf Maertge geheftet. Ich hatte Agnes noch immer nicht erzählt, daß es im Haus ein Mädchen in ihrem Alter gab – ich dachte, das würde sie traurig machen und ihr das Gefühl geben, ich würde sie durch Maertge ersetzen.

Manchmal war es mir bei meinen Besuchen zu Hause unangenehm, meiner Familie überhaupt etwas zu erzählen. Mein neues Leben wurde allmählich wichtiger als das alte.

Als Agnes mich ansah, schüttelte ich leicht den Kopf, so daß Maertge es nicht merkte, und drehte mich zur Seite, um die Heringe in meinen Eimer zu legen. Ich ließ mir Zeit – ich konnte den schmerzlichen Ausdruck auf Agnes' Gesicht nicht ertragen. Ich wußte nicht, was Maertge tun würde, wenn sie mich ansprach.

Als ich mich umdrehte, war Agnes fort.

Wenn ich sie am Sonntag sehe, muß ich ihr das erklären, dachte ich. Ich habe jetzt zwei Familien. Sie dürfen nichts miteinander zu tun haben.

Später schämte ich mich immer, daß ich meiner eigenen Schwester den Rücken zugekehrt hatte.

Ich hing im Hof gerade Wäsche auf und schüttelte jedes Stück aus, ehe ich es straff an die Leine hängte, als Catharina erschien. Ihr Atem ging heftig. Sie setzte sich auf einen Stuhl neben der Tür und schloß seufzend die Augen. Ich machte weiter mit meiner Arbeit, als wäre es üblich, daß sie bei mir saß, aber mein Kinn spannte sich an.

»Sind sie schon oben?« fragte sie plötzlich.

»Wer, Mevrouw?«

»Sie, du dummes Ding. Mein Mann und – geh und schau nach, ob sie schon nach oben gegangen sind.«

»Kommt Ihr zurecht?« hörte ich ihn fragen.

»Ja, natürlich. Ihr wißt doch, daß er nicht so schwer

ist«, antwortete ein zweiter Mann, der ebenfalls eine tiefe Stimme hatte. »Nur ein bißchen unförmig.«

Sie erreichten den Treppenabsatz und betraten das Atelier. Ich hörte, wie die Tür geschlossen wurde.

»Sind sie weg?« zischte Catharina.

»Sie sind im Atelier, Mevrouw«, antwortete ich.

»Gut. Dann hilf mir aufstehen.« Catharina streckte die Hände aus, und ich zog sie hoch. Wenn sie noch dicker wurde, würde sie sich gar nicht mehr bewegen können, dachte ich. Wie ein Schiff unter vollen Segeln ging sie den Gang entlang, legte die Hand um den Schlüsselbund, damit er nicht klapperte, und verschwand im Herrschaftszimmer.

Später fragte ich Tanneke, warum Catharina sich versteckt hatte.

»Ach, van Leeuwenhoek war hier«, erklärte sie lachend. »Ein Freund des Herrn. Sie hat Angst vor ihm.«

»Warum?«

Tanneke lachte noch lauter. »Sie hat seinen Kasten kaputtgemacht! Sie hat hineingeschaut und ihn zu Boden geworfen. Du weißt doch, wie ungeschickt sie ist.«

Mir fiel ein, wie das Messer meiner Mutter über den Boden geschlittert war. »Was für ein Kasten?«

»Es ist ein Holzkasten, und wenn man hineinschaut, sieht man … Sachen.«

»Was für Sachen?«

»Alle möglichen Sachen!« antwortete Tanneke ungeduldig. Es war unverkennbar, daß sie nicht über den Kasten reden wollte. »Die junge Herrin hat ihn kaputtgemacht, und jetzt will van Leeuwenhoek sie nicht mehr sehen. Und deswegen darf sie ohne den Herrn auch nicht ins Atelier. Vielleicht hat er Angst, daß sie ein Bild umschmeißt!«

Was es mit dem Kasten auf sich hatte, fand ich am nächsten Morgen heraus, an dem Tag, an dem er mir Dinge erklärte, die ich erst viele Monate später wirklich verstand.

Als ich zum Putzen ins Atelier kam, waren die Staffelei und der Stuhl zur Seite geschoben worden. Der Schreibtisch stand noch an seinem Platz, aber die Papiere und Drucke waren verschwunden. Obenauf stand ein Holzkasten, etwa so groß wie eine Truhe, in der Kleidung aufbewahrt wurde. An einer Seite war ein kleinerer Kasten angebracht, aus dem etwas Rundes herausragte.

Ich wußte nicht, was es war, aber ich wagte nicht, es zu berühren. Ich machte mich an die Arbeit, warf dabei aber immer wieder einen Blick hinüber, als könnte mir der Zweck des Kastens plötzlich klarwerden. Ich putzte in der Ecke, dann das restliche Zimmer, staubte den Kasten mit meinem Tuch ab, fast ohne ihn zu berühren. Ich räumte in der Abstellkammer auf und wischte den Boden. Als ich fertig war, stellte ich mich mit verschränkten Armen vor den Kasten hin und betrachtete ihn von allen Seiten.

Ich stand mit dem Rücken zur Tür, aber auf einmal wußte ich, daß er hinter mir war. Ich wußte nicht, ob ich mich umdrehen sollte oder darauf warten, daß er mich ansprach.

Er brachte die Tür wohl absichtlich zum Knarzen, und dann konnte ich mich zu ihm umdrehen. Er lehnte am Türrahmen; über seiner normalen Kleidung trug er eine lange schwarze Robe. Er beobachtete mich neugierig, schien aber nicht besorgt, daß ich seinen Kasten kaputtmachen könnte.

»Willst du hineinschauen?« fragte er. Zum ersten Mal, seit er mich vor vielen Wochen wegen des Gemüses gefragt hatte, sprach er mich direkt an.

»Ja, Mijnheer, sehr gern«, antwortete ich, ohne zu wissen, in was ich einwilligte. »Was ist es?«

»Man nennt es eine Camera obscura.«

Die Wörter sagten mir nichts. Ich trat zur Seite und verfolgte, wie er einen Haken löste und einen Teil des Kastendeckels anhob, der zweigeteilt und mit Scharnieren versehen war. Er stützte den Deckel auf, so daß der Kasten einen Spalt geöffnet war. Darunter lag ein Stück Glas. Er beugte sich vor und spähte in den Spalt zwischen Deckel und Kasten, dann griff er an das runde Teil am kleineren Kasten. Offenbar schaute er etwas an, obwohl ich mir nicht vorstellen konnte, daß in dem Kasten etwas sein sollte, das sich anzusehen lohnte.

Er richtete sich auf und betrachtete die Ecke, die ich so sorgfältig geputzt hatte, dann schloß er die Läden vor dem mittleren Fenster, so daß Licht nur noch durch das Fenster in der Ecke fiel.

Dann schlüpfte er aus seiner Robe.

Ich trat verlegen von einem Fuß auf den anderen.

Er nahm den Hut ab, legte ihn auf den Stuhl bei der Staffelei, beugte sich wieder über den Kasten und zog sich die Robe über den Kopf.

Ich wich noch einen Schritt zurück und warf einen Blick zur Tür hinter mir. Catharina stieg nur noch sehr ungern die Treppe hinauf, aber ich fragte mich, was Maria Thins oder Cornelia oder jeder andere sich denken würde, wenn sie uns sahen. Als ich mich wieder umdrehte, schaute ich nur auf seine Schuhe. Sie glänzten von der Wichse, mit der ich sie am Tag zuvor poliert hatte.

Schließlich richtete er sich wieder auf und zog die Robe von seinem Kopf. Seine Haare waren zerzaust. »Jetzt ist alles fertig, Griet. Schau rein.« Er trat von dem Kasten zurück und bedeutete mir, zum Tisch zu kommen. Ich blieb wie angewurzelt stehen.

»Mijnheer ...«

»Leg dir die Robe über den Kopf, wie ich es getan habe.

Dann ist das Bild deutlicher. Und schau aus diesem Winkel hinein, dann steht es nicht auf dem Kopf.«

Ich wußte nicht, was ich tun sollte. Bei der Vorstellung, mir seine Robe über den Kopf zu legen und ihn nicht sehen zu können, während er mich die ganze Zeit anschauen konnte, wollten meine Beine unter mir nachgeben.

Aber er war mein Herr. Ich mußte tun, was er mir auftrug.

Ich preßte die Lippen zusammen und trat an den Kasten, an das Ende, wo der Deckel halb offen stand. Ich beugte mich vor und schaute auf das Quadrat aus milchigem Glas, das da innen lag. Darauf war ein schwaches Bild zu erkennen.

Vorsichtig breitete er mir die Robe über den Kopf, so daß kein Licht mehr hereinfiel. Die Robe hatte noch seine Wärme und roch so, wie Backsteine sich anfühlen, wenn die Sonne auf sie scheint. Ich legte die Hände auf den Tisch, um mich abzustützen, und schloß die Augen. Ich kam mir vor, als hätte ich abends mein Bier zu schnell getrunken.

»Was siehst du?« hörte ich ihn fragen.

Ich öffnete die Augen und sah das Gemälde ohne die Frau darin.

»Oh!« Ich richtete mich so plötzlich auf, daß mir die Robe vom Kopf glitt und auf den Boden fiel. Ich trat einen Schritt zurück, direkt auf den Stoff.

Ich nahm den Fuß weg. »Verzeiht, Mijnheer. Ich wasche die Robe gleich heute vormittag.«

»Darum mach dir keine Sorgen, Griet. Was hast du gesehen?«

Ich schluckte. Ich war völlig verwirrt und hatte ein bißchen Angst. Was immer in dem Kasten war, es war das Werk des Teufels, etwas Katholisches, das ich nicht verstand. »Ich habe das Gemälde gesehen, Mijnheer. Nur, daß die Frau nicht drin war, und es war kleiner. Und die Sachen waren … verkehrt herum.«

»Ja, das Bild wird auf den Kopf gestellt und seitenverkehrt projiziert. Das kann man mit Spiegeln beheben.«

Ich verstand nicht, was er sagte.

»Aber …«

»Was ist?«

»Ich verstehe nicht, Mijnheer – wie kommt es dahin?«

Er hob die Robe auf und klopfte den Staub von ihr ab. Er lächelte. Wenn er lächelte, war sein Gesicht wie ein offenes Fenster.

»Siehst du das?« Er deutete auf das runde Teil am kleineren Kasten. »Das nennt man eine Linse. Sie besteht aus Glas, das auf eine ganz besondere Art geschliffen wird. Wenn Licht von der Szene« – er deutete auf die Ecke – »durch die Linse in den Kasten fällt, projiziert es das Bild, so daß wir es hier sehen können.« Er klopfte auf das milchige Glas.

Ich starrte ihn so fest an und bemühte mich so angestrengt, ihn zu verstehen, daß mir die Augen zu tränen begannen.

»Was heißt projizieren, Mijnheer? Ich kenne das Wort nicht.«

Sein Gesichtsausdruck veränderte sich, als hätte er bislang über meine Schulter hinweggeblickt und würde mich jetzt erst wirklich ansehen. »Es heißt, ein Bild wiedergeben, größer oder kleiner.«

Ich nickte. Ich wollte nichts, als daß er glaubte, ich könnte ihm folgen.

»Deine Augen sind ganz rund«, sagte er dann.

Ich wurde rot. »Das haben mir schon mehrere Leute gesagt, Mijnheer.«

»Möchtest du noch mal hineinschauen?«

Ich wollte nicht, aber ich wußte, daß ich das nicht sagen durfte. Ich überlegte einen Moment. »Ich schaue noch mal hinein, Mijnheer, aber nur, wenn ich allein bin.«

Zuerst wirkte er überrascht, dann belustigt. »Also gut«, sagte er. Er reichte mir seine Robe. »Ich komme in ein paar Minuten wieder und klopfe vorher an die Tür.«

Er ging, zog die Tür hinter sich zu. Meine Hände, in der ich seine Robe hielt, zitterten.

Einen Augenblick dachte ich, ich könnte nur so tun, als hätte ich hineingeschaut. Aber er würde wissen, daß ich log.

Außerdem war ich neugierig. Ohne ihn war es einfacher, mir vorzustellen, daß ich wirklich hineinsah. Ich holte tief Luft und schaute von oben in den Kasten hinein. Auf dem Glas konnte ich eine Andeutung der Szene in der Ecke erkennen. Als ich mir die Robe über den Kopf legte, wurde das Bild deutlicher – der Tisch, die Stühle, der gelbe Vorhang in der Ecke, die Wand mit der Landkarte, das schwarze Gefäß, das auf dem Tisch leuchtete, die Zinnschale, die Puderquaste, der Brief. Das alles war vor meinen Augen da auf der ebenen Fläche, ein Gemälde, das keines war. Vorsichtig legte ich einen Finger auf das Glas – es war glatt und kalt, ohne einen Farbklecks. Ich schob die Robe zurück, und das Bild wurde schwächer, obwohl es noch da war. Dann zog ich sie mir wieder über den Kopf, das Licht verschwand, und die funkelnden Farben kehrten zurück. Auf dem Glas waren sie noch leuchtender und bunter als dort in der Ecke.

Es fiel mir ebenso schwer, nicht mehr in den Kasten zu schauen, wie es mir schwergefallen war, die Augen von dem Gemälde mit der Frau und den Perlen zu nehmen, als ich es zum ersten Mal gesehen hatte. Als ich ihn an der Tür klopfen hörte, konnte ich mich gerade noch aufrichten und den Mantel auf die Schultern gleiten lassen, bevor er hereintrat.

»Hast du noch mal hineingeschaut, Griet? Hast du auch richtig geschaut?«

»Ich habe hineingeschaut, Mijnheer, aber ich weiß nicht, was ich gesehen habe.« Ich glättete meine Haube.

»Es ist wirklich verblüffend, nicht wahr? Ich war genauso überrascht wie du, als mein Freund sie mir das erste Mal zeigte.«

»Aber warum schaut Ihr es an, wenn Ihr Euer eigenes Gemälde ansehen könnt?«

»Du verstehst mich nicht.« Er legte eine Hand auf den Kasten. »Das ist ein Werkzeug. Ich benütze es als Sehhilfe, damit ich das Bild malen kann.«

»Aber – Ihr seht doch mit Euren Augen.«

»Natürlich, aber meine Augen sehen nicht alles.«

Mein Blick wanderte zu der Ecke, als könnte ich dort etwas entdecken, was mir zuvor verborgen geblieben war, hinter der Puderquaste, im Schatten des blauen Tuchs.

»Sag mir, Griet«, fuhr er fort. »Glaubst du, ich male einfach nur, was da in der Ecke steht?«

Ich schaute auf das Gemälde. Ich konnte ihm keine Antwort geben. Ich hatte das Gefühl, aufs Glatteis geführt zu werden. Was immer ich auch sagte, es würde falsch sein.

»Die Camera obscura hilft mir, Dinge anders zu sehen«, erklärte er. »Mehr von dem, was da ist.«

Als er meinen verdutzten Ausdruck sah, tat es ihm wohl leid, jemandem wie mir soviel gesagt zu haben. Er drehte sich um und ließ den Deckel zuklappen. Ich nahm mir die Robe von den Schultern und reichte sie ihm.

»Mijnheer ...«

»Danke, Griet«, sagte er und nahm mir das Gewand ab. »Bist du mit dem Putzen hier fertig?«

»Ja, Mijnherr.«

»Dann kannst du gehen.«

»Danke, Mijnheer.« Schnell sammelte ich meine Putzsachen ein und ging. Die Tür fiel leise hinter mir ins Schloß.

Ich dachte nach über das, was er gesagt hatte – daß der Kasten ihm half, mehr zu sehen. Obwohl ich den Grund nicht verstand, wußte ich, daß es stimmte, denn ich merkte es an dem Gemälde mit der Frau; außerdem erinnerte ich mich an sein Bild von Delft. Er sah die Dinge anders als andere Leute, so daß die Stadt, in der ich mein ganzes Leben verbracht hatte, wie ein anderer Ort wirkte, oder so, daß eine Frau durch das Licht, das auf ihr Gesicht fiel, schön wurde.

Als ich am Tag, nachdem ich in die Camera geschaut hatte, ins Atelier kam, war sie nicht mehr da. Die Staffelei stand wieder an ihrem alten Platz. Ich betrachtete das Bild. Bisher hatte ich immer nur winzige Veränderungen bemerkt, aber jetzt gab es eine, die mir sofort auffiel – die Landkarte, die hinter der Frau an der Wand hing, war sowohl aus dem Gemälde als auch aus dem Aufbau verschwunden. Jetzt war die Wand kahl. Das Bild sah dadurch besser aus, schlichter, die Konturen der Frau waren klarer vor dem bräunlich-weißen Hintergrund der Wand. Aber die Veränderung erschreckte mich – sie kam so plötzlich. So etwas hatte ich nicht von ihm erwartet.

Mir war unbehaglich zumute, als ich das Atelier verließ, und auf dem Weg zur Fleischhalle sah ich nicht wie sonst in der Gegend umher. Zwar winkte ich dem alten Fleischer zu, aber selbst als er mir etwas zurief, blieb ich nicht bei ihm stehen.

Pieter der Sohn war allein am Stand. Seit damals hatte ich ihn ein paarmal gesehen, aber immer nur zusammen mit seinem Vater; er hielt sich im Hintergrund, während Pieter der Vater die Kundinnen bediente. Jetzt sagte er: »Guten Tag, Griet. Ich hab mich schon gefragt, wann du kommen würdest.«

Das fand ich etwas dumm, weil ich immer zur selben Zeit in die Fleischhalle kam.

Er sah mir nicht ins Gesicht.

Ich beschloß, nicht auf seine Bemerkung einzugehen. »Drei Pfund Rindfleisch zum Schmoren, bitte. Und hast du noch von den Würsten, die dein Vater mir neulich verkauft hat? Sie haben den Mädchen gut geschmeckt.«

»Es tut mir leid, wir haben keine mehr.«

Eine Frau stellte sich hinter mir an und wartete, bedient zu werden. Pieter der Sohn warf einen Blick auf sie. »Kannst du einen Moment warten?« fragte er mich leise.

»Warten?«

»Ich möchte dich etwas fragen.«

Ich trat zur Seite, damit er die andere Frau bedienen konnte. Mir war nicht wohl dabei, weil ich so unruhig war, aber ich hatte kaum eine andere Wahl.

Als die Kundin ging und wir wieder allein waren, fragte er: »Wo wohnt deine Familie?«

»Am Oude Langendijck, im Papistenviertel.«

»Nein, nein, *deine* Familie.«

Mein Irrtum ließ mich erröten. »Ganz in der Nähe vom Rietveld-Kanal, nicht weit vom Koe-Tor. Warum fragst du?«

Endlich begegnete er meinem Blick. »Es heißt, daß in dem Viertel die Pest ausgebrochen ist.«

Ich trat einen Schritt zurück und riß die Augen auf. »Ist schon eine Quarantäne verhängt worden?«

»Noch nicht. Das soll wahrscheinlich heute passieren.«

Hinterher wurde mir klar, daß er sich bei anderen nach

mir erkundigt haben mußte. Wenn er nicht bereits gewußt hätte, wo meine Familie wohnte, hätte er nicht ahnen können, daß ich von der Pest dort erfahren wollte.

Ich weiß nicht mehr, wie ich von der Fleischhalle zurückkam. Pieter der Sohn mußte mir das Fleisch in den Eimer getan haben. Ich weiß nur, daß ich ins Haus kam, Tanneke den Eimer vor die Füße stellte und sagte: »Ich muß mit der Herrin sprechen.«

Tanneke packte meine Einkäufe aus. »Keine Würste und nichts, was ich statt dessen machen kann! Was hast du dir bloß dabei gedacht? Du kannst gleich wieder zur Fleischhalle gehen.«

»Ich muß mit der Herrin sprechen«, wiederholte ich.

»Was ist los?« Jetzt wurde Tanneke mißtrauisch. »Hast du etwas angestellt?«

»Über meine Familie wird vielleicht eine Quarantäne verhängt. Ich muß zu ihnen.«

»Ach.« Tanneke zögerte. »Dazu kann ich nichts sagen. Da mußt du sie fragen. Sie ist bei meiner Herrin.«

Catharina und Maria Thins saßen im Kreuzigungszimmer. Maria Thins rauchte eine Pfeife. Sobald ich hereinkam, unterbrachen sie ihr Gespräch.

»Was ist, Mädchen?« brummte Maria Thins.

»Bitte, Mevrouw.« Ich wandte mich an Catharina. »Ich habe gehört, daß die Straße, in der meine Familie lebt, womöglich unter Quarantäne gestellt wird. Ich würde sie gerne besuchen.«

»Was? Und die Pest hier ins Haus bringen?« fuhr sie auf. »Das kommt nicht in Frage. Hast du den Verstand verloren?«

Ich sah zu Maria Thins, und das machte Catharina noch zorniger. »Ich habe es dir verboten«, sagte sie. »Und ich entscheide, was du zu tun und nicht zu tun hast. Hast du das vergessen?«

»Nein, Mevrouw.« Ich senkte den Blick.

»Und du darfst sonntags nicht nach Hause, bis die Gefahr vorüber ist. Und jetzt geh, wir haben Dinge zu besprechen, bei denen wir dich nicht gebrauchen können.«

Ich brachte die Wäsche in den Hof und setzte mich mit dem Rücken zur Tür, so daß ich niemanden sehen mußte. Als ich eines von Maertges Kleidern schrubbte, weinte ich. Dann roch ich Maria Thins' Pfeife. Ich wischte mir die Augen ab, drehte mich aber nicht um.

»Sei nicht dumm, Mädchen«, sagte Maria Thins leise. Sie blieb hinter mir stehen. »Du kannst ihnen nicht helfen, und du mußt auch an dich selbst denken. Du bist ein kluges Ding, das kannst du dir von allein ausrechnen.«

Ich gab keine Antwort. Nach einer Weile war der Geruch ihrer Pfeife nicht mehr da.

Als ich am nächsten Morgen im Atelier fegte, kam er herein.

»Es tut mir leid, daß dieses Unglück über deine Familie gekommen ist, Griet«, sagte er.

Ich schaute auf. Seine Augen blickten freundlich. Ich hatte das Gefühl, ihn fragen zu können. »Könnt Ihr mir sagen, ob die Quarantäne schon verhängt wurde, Mijnheer?«

»Ja. Gestern früh.«

»Danke, Mijnheer.«

Er nickte und wollte gerade wieder gehen, als ich sagte: »Darf ich Euch noch etwas fragen, Mijnheer? Es geht um das Gemälde.«

Er blieb in der Tür stehen. »Ja?«

»Als Ihr in den Kasten geschaut habt – hat er Euch gesagt, daß Ihr die Landkarte von der Wand nehmen müßt?«

»Ja, das hat er.« Sein Gesicht wurde wachsam, wie ein

Storch, der einen Fisch erspäht hat. »Freust du dich, daß die Karte nicht mehr da ist?«

»Jetzt ist es ein besseres Gemälde.« Früher hätte ich nicht gewagt, so etwas zu sagen, aber die Gefahr, in der meine Familie schwebte, machte mich kühn.

Als er lächelte, klammerte ich mich fest an meinen Besen.

In der Zeit, die dann begann, arbeitete ich nicht gut. Ständig dachte ich an meine Familie und nicht daran, wie ich die Böden putzen oder die Wäsche bleichen sollte. Vorher hatte nie jemand etwas über meine Tüchtigkeit gesagt, aber jetzt bemerkten alle, daß ich achtloser geworden war. Lisbeth beschwerte sich über eine unsaubere Schürze. Tanneke schimpfte, daß sich Staub aufs Geschirr legte, wenn ich fegte. Catharina schrie mich mehrmals an – weil ich vergessen hatte, die Ärmel ihres Leibchens zu bügeln, weil ich Kabeljau gekauft hatte, als ich Heringe hätte besorgen sollen, weil ich das Feuer ausgehen ließ.

»Faß dich wieder, Mädchen«, murmelte Maria Thins einmal, als sie mir im Gang begegnete.

Nur im Atelier konnte ich putzen wie zuvor und alles so saubermachen, wie er es brauchte.

Am ersten Sonntag, an dem ich nicht nach Hause gehen durfte, wußte ich nicht, was ich in der Zeit tun sollte. Ich konnte nicht einmal den Gottesdienst in unserer Kirche besuchen, weil sie im Quarantäneviertel lag. Aber ich wollte auch nicht im Haus bleiben – was immer Katholiken sonntags machten, ich wollte nicht dabeisein.

Sie verließen gemeinsam das Haus und gingen um die Ecke zur Jesuitenkirche am Molenpoort. Die Mädchen trugen gute Kleider, und sogar Tanneke hatte ein gelblichbraunes Wollkleid angezogen. Sie hatte Johannes auf dem

Arm. Catharina ging langsam neben ihrem Mann her und hielt sich an seinem Arm fest. Maria Thins schloß die Haustür hinter sich ab. Während sie davongingen, stand ich auf den Fliesen vor dem Haus und überlegte, was ich tun sollte. Da begannen die Glocken im Turm der Nieuwe Kerk die Stunde zu schlagen.

Dort bin ich getauft worden, dachte ich. Dann darf ich dort doch bestimmt den Gottesdienst besuchen.

Ich schlich in den riesigen Bau und kam mir dabei vor wie eine Maus, die sich im Haus eines Reichen versteckt. Im Inneren war es kühl und dämmrig, die glatten, runden Säulen ragten in die Höhe, die Decke schwebte so hoch über mir, daß sie mir beinahe wie der Himmel vorkam. Hinter dem Altar stand das prachtvolle Marmorgrabmal von Wilhelm von Oranien.

Ich sah niemanden, den ich kannte, nur Leute in nüchterner Kleidung, deren Tuch und Machart viel feiner war als alles, was ich je tragen würde. Die ganze Zeit über blieb ich hinter einer Säule verborgen stehen und konnte dem Gottesdienst kaum folgen, so große Angst hatte ich, daß mich jemand fragen würde, was ich dort suchte. Am Ende des Gottesdiensts huschte ich nach draußen, bevor mich jemand ansprechen konnte. Ich ging um die Kirche und sah über die Gracht hinweg zum Haus. Die Tür war noch geschlossen. Bei den Katholiken muß der Gottesdienst länger dauern als bei uns, dachte ich.

Ich ging den Weg zum Haus meiner Familie, bis mir eine von einem Soldaten bemannte Schranke den Weg versperrte. Die Straßen, die dahinter lagen, wirkten verlassen.

»Wie sieht es dort aus?« fragte ich den Soldaten.

Er zuckte mit den Schultern, sagte aber nichts. Ihm war offenbar heiß in seinem Umhang und der Mütze; die Sonne schien zwar nicht, aber die Luft war warm und schwül.

»Gibt es eine Liste? Von den Toten?« Ich konnte das Wort kaum über die Lippen bringen.

»Noch nicht.«

Das überraschte mich nicht. Die Listen kamen immer erst sehr spät und waren meist nicht vollständig. Was man von anderen Leuten hörte, war oft richtiger. »Hast du gehört – weißt du, ob Jan der Fliesenmacher ...«

»Ich weiß nichts von niemandem dort. Du wirst warten müssen.« Der Soldat wandte sich ab und sprach mit anderen Leuten, die ihn mit ähnlichen Fragen bedrängten.

Ich versuchte, mit einem anderen Soldaten an einer anderen Schranke zu reden. Er war zwar freundlicher, konnte mir aber auch nichts über meine Familie sagen. »Ich könnte mich umhören, aber nicht umsonst«, fügte er hinzu und sah lächelnd an mir auf und ab, um mir zu verstehen zu geben, daß er damit nicht Geld meinte.

»Du solltest dich schämen, das Leid anderer auszunützen«, tadelte ich ihn.

Aber er sah nicht aus, als würde er sich schämen. Ich hatte vergessen, daß Soldaten immer nur an eines dachten, wenn sie eine junge Frau sahen.

Als ich in den Oude Langendijck zurückkam, war ich erleichtert zu sehen, daß die Tür offenstand. Ich schlüpfte hinein und verbrachte den ganzen Nachmittag mit meinem Gebetbuch im Hof. Am Abend kroch ich ins Bett, ohne etwas zu essen; Tanneke sagte ich, ich hätte Magenschmerzen.

Pieter der Sohn zog mich am Fleischerstand beiseite, während sein Vater eine andere Kundin bediente. »Hast du etwas von deiner Familie gehört?«

Ich schüttelte den Kopf. »Niemand konnte mir etwas

sagen.« Ich wich seinem Blick aus. Seine Fürsorge gab mir das Gefühl, als wäre ich gerade von einem Boot gestiegen und der Boden würde unter meinen Füßen schwanken.

»Ich werde mich für dich umhören«, versprach Pieter. Sein Tonfall machte klar, daß ich ihm nicht widersprechen durfte.

»Danke«, sagte ich nach einer langen Pause. Ich fragte mich, was ich tun würde, wenn er wirklich etwas herausfand. Er verlangte zwar nichts, wie der Soldat es getan hatte, aber ich würde in seiner Schuld stehen. Ich wollte in niemandes Schuld stehen.

»Es wird ein paar Tage dauern«, flüsterte Pieter, bevor er sich umdrehte, um seinem Vater eine Rinderleber zu reichen. Er wischte sich die Hände an der Schürze ab. Ich nickte. Meine Augen lagen auf seinen Händen. In den Nagelrändern hatte er überall Blut.

An den Anblick werde ich mich wohl gewöhnen müssen, dachte ich.

Von da an freute ich mich jeden Tag aufs Einkaufen, mehr noch als auf das Putzen im Atelier. Aber ich hatte auch Angst davor, vor allem vor dem Moment, in dem Pieter der Sohn von seiner Arbeit aufschaute und mich sah und ich in seinen Augen nach einem Hinweis suchte. Ich wollte es wissen, aber solange ich nichts wußte, konnte ich hoffen.

Mehrere Tage lang, wenn ich Fleisch bei ihm kaufte oder an seinem Stand vorbeiging, nachdem ich Fisch besorgt hatte, schüttelte er nur den Kopf. Eines Tages aber sah er auf und dann wieder weg. Da wußte ich, was er mir sagen würde. Ich wußte nur nicht, wer es war.

Ich mußte warten, bis er einige andere Kundinnen bedient hatte. Mir war so elend, daß ich mich am liebsten auf den Boden gesetzt hätte, aber er war überall blutverschmiert.

Endlich zog Pieter der Sohn die Schürze aus und kam zu mir. »Deine Schwester Agnes«, sagte er leise. »Sie ist sehr krank.«

»Und meine Eltern?«

»Bis jetzt geht es ihnen gut.«

Ich fragte ihn nicht, welche Gefahren er auf sich genommen hatte, um das für mich herauszufinden. »Danke, Pieter«, flüsterte ich. Es war das erste Mal, das ich ihn bei seinem Namen nannte.

Ich schaute ihm in die Augen und sah Freundlichkeit darin. Aber ich sah auch das, was ich befürchtet hatte – Erwartung.

Am nächsten Sonntag beschloß ich, meinen Bruder zu besuchen. Ich wußte nicht, ob er von der Quarantäne oder von Agnes gehört hatte. Es war noch sehr früh, als ich das Haus verließ und zu seiner Werkstätte ging, die außerhalb der Stadtmauern lag, nicht weit vom Rotterdam-Tor entfernt. Als ich ankam, schlief Frans noch. Die Frau, die mir das Tor öffnete, lachte, als ich nach ihm fragte. »Er wird noch stundenlang schlafen«, sagte sie. »Sonntags schlafen die Lehrlinge den ganzen Tag. Da haben sie frei.«

Mir gefiel ihr Ton nicht, ebensowenig wie das, was sie sagte. »Bitte weckt ihn auf und sagt ihm, daß seine Schwester da ist«, forderte ich. Ich klang ein bißchen wie Catharina.

Die Frau hob die Augenbrauen. »Ich wußte gar nicht, daß Frans aus einer so hochstehenden Familie kommt, daß man ihnen in die Nasenlöcher sehen kann.« Sie verschwand. Ich fragte mich, ob sie sich wirklich die Mühe machen würde, Frans zu wecken. Ich setzte mich auf eine niedrige Mauer und wartete. Eine Familie ging auf dem

Weg zur Kirche an mir vorüber. Die Kinder, zwei Mädchen und zwei Jungen, liefen ihren Eltern voraus, genau, wie wir es früher getan hatten. Ich sah ihnen nach, bis sie verschwunden waren.

Endlich erschien Frans. Er rieb sich den Schlaf aus den Augen. »Ach, Griet«, sagte er. »Ich wußte nicht, ob du es bist oder Agnes. Aber Agnes würde wohl allein nicht so weit gehen.«

Also wußte er nicht Bescheid. Ich konnte es ihm nicht verschweigen; es gelang mir nicht einmal, es ihm schonend beizubringen.

»Agnes hat die Pest«, stieß ich hervor. »Gott steh ihr bei und unseren Eltern auch.«

Frans hörte auf, sich das Gesicht zu reiben. Seine Augen waren rot.

»Agnes?« wiederholte er verwundert. »Woher weißt du das?«

»Das hat jemand für mich herausgefunden.«

»Du hast sie nicht besucht?«

»Sie stehen unter Quarantäne.«

»Unter Quarantäne? Wie lange gibt es sie denn schon?«

»Seit zehn Tagen.«

Ärgerlich schüttelte Frans den Kopf. »Ich habe nichts davon gehört! Jeden Tag stecke ich von früh bis spät in der Werkstätte und sehe nichts als weiße Fliesen. Ich werde noch verrückt davon.«

»Du solltest jetzt an Agnes denken.«

Bekümmert ließ Frans den Kopf hängen. Er war größer geworden, seit ich ihn vor einigen Monaten das letzte Mal gesehen hatte, und seine Stimme war tiefer geworden.

»Frans, gehst du noch in die Kirche?«

Er zuckte die Achseln. Ich konnte mich nicht überwinden, weiter in ihn zu dringen.

»Ich gehe jetzt und bete für sie alle«, sagte ich statt dessen. »Kommst du mit?«

Er hatte keine Lust, aber ich überredete ihn – ich wollte nicht wieder allein in einer fremden Kirche stehen. Wir fanden eine Kirche ganz in der Nähe. Der Gottesdienst gab mir zwar keinen Trost, aber ich betete lange für meine Familie.

Hinterher gingen Frans und ich den Fluß Schie entlang. Wir sprachen wenig, aber wir wußten, woran der andere dachte – keiner von uns hatte je gehört, daß jemand die Pest überlebte.

Eines Morgens sagte Maria Thins, als sie das Atelier für mich aufschloß: »Nun, Mädchen, heute kannst du in der Ecke saubermachen.« Sie deutete auf den Tisch, den er malte. Ich verstand nicht, was sie meinte. »Alles, was auf dem Tisch steht, kommt in die Truhen in der Abstellkammer«, fuhr sie fort. »Bis auf die Schale und Catharinas Puderquaste. Die nehme ich mit.« Sie ging zum Tisch und nahm zwei der Gegenstände, die ich seit vielen Wochen immer wieder sorgsam an ihren Platz gestellt hatte.

Als Maria Thins meinen Gesichtsausdruck bemerkte, lachte sie. »Keine Sorge. Er ist fertig. Jetzt braucht er die Sachen nicht mehr. Wenn du damit fertig bist, staub alle Stühle ab und stell sie vor das mittlere Fenster. Und mach alle Läden auf.« Sie ging, die Puderquaste in der Hand, die Zinnschale in der Armbeuge.

Ohne die Schale und die Quaste sah der Tisch aus wie ein Bild, das ich nicht kannte. Der Brief, das Tuch, das Keramikgefäß wirkten unnütz, so, als hätte jemand sie beiläufig dort abgestellt. Trotzdem konnte ich mir nicht vorstellen, sie wegzunehmen.

Ich schob den Moment hinaus, in dem ich es würde

tun müssen, und machte andere Dinge. Ich öffnete alle Läden, so daß es ungewohnt hell im Raum wurde, dann staubte und wischte ich alles ab, bis auf den Tisch. Eine Weile betrachtete ich das Bild und versuchte herauszufinden, was anders geworden war, so daß es jetzt fertig war. In den letzten Tagen hatte ich keine Veränderungen mehr bemerkt.

Ich studierte es immer noch, als er hereinkam. »Griet, du hast die Sachen ja noch nicht weggeräumt. Beeil dich – ich will dir helfen, den Tisch zu verstellen.«

»Verzeiht, daß ich so langsam bin, Mijnheer. Es ist nur …« Er schien überrascht, daß ich etwas sagen wollte. »Ich bin so daran gewöhnt, alles an seinem Platz zu sehen, daß ich es nicht wegräumen kann.«

»Ich verstehe. Dann helfe ich dir.« Er zog das blaue Tuch vom Tisch und reichte es mir. Seine Hände waren sehr sauber. Ich nahm ihm das Tuch ab, ohne seine Hände zu berühren, und schüttelte es am Fenster aus. Dann faltete ich es zusammen und verwahrte es in einer Truhe in der Abstellkammer. Als ich zurückkam, hatte er den Brief und das schwarze Gefäß schon weggeräumt. Wir schoben den Tisch zur Seite, und ich rückte die Stühle vor das mittlere Fenster, während er die Staffelei und das Gemälde in die Ecke stellte, wo er das Bild gemalt hatte.

Es war merkwürdig, das Gemälde an der Stelle zu sehen, wo der Aufbau gewesen war. Alles kam mir seltsam vor, diese unvermittelte Bewegung und Veränderung nach den vielen Wochen der Stille und Ruhe. Es paßte nicht zu ihm. Ich fragte ihn nicht nach dem Grund. Ich wollte ihn ansehen und mir vorstellen, was er wohl dachte, aber ich schaute unverwandt auf den Besen und kehrte den Staub zusammen, den das blaue Tuch aufgewirbelt hatte.

Er ging hinaus, und ich putzte schnell fertig. Ich wollte nicht länger als nötig im Atelier bleiben. Es war nicht mehr schön dort.

Am Nachmittag kamen van Ruijven und seine Frau zu Besuch. Tanneke und ich saßen auf der Bank vor dem Haus, und sie zeigte mir, wie man Spitzenmanschetten flickt. Die Mädchen waren auf den Marktplatz gegangen, um ihren Drachen steigen zu lassen, in der Nähe der Nieuwe Kerk, wo wir sie sehen konnten. Maertge hielt die Schnur fest, während Cornelia den Drachen in die Luft warf.

Ich sah die van Ruijvens schon von weitem kommen. Als sie näher kamen, erkannte ich die Frau von dem Gemälde und von meiner kurzen Begegnung mit ihr, und ihn als den Mann mit dem Schnurrbart, der weißen Feder am Hut und dem öligen Lächeln, der sie zur Tür gebracht hatte.

»Schau, Tanneke«, flüsterte ich. »Da ist der Herr, der jeden Tag das Gemälde von dir bewundert.«

»Oh!« Als Tanneke die beiden sah, errötete sie. Sie strich sich über die Haube, glättete ihre Schürze und flüsterte: »Geh und sag der Herrin Bescheid!«

Ich lief ins Haus und fand Maria Thins und Catharina mit dem schlafenden Johannes im Kreuzigungszimmer. »Die van Ruijvens sind da«, verkündete ich.

Catharina und Maria Thins nahmen sich die Hauben ab und strichen ihre Krägen glatt. Catharina klammerte sich an die Tischkante, um aus dem Stuhl aufzustehen. Als sie das Zimmer verließen, richtete Maria Thins einen von Catharinas Schildpattkämmen, die sie nur zu besonderen Anlässen trug.

Sie begrüßten die Gäste an der Tür, während ich zögernd im Gang wartete. Als sie auf die Treppe zugingen, bemerkte van Ruijven mich und blieb kurz stehen.

»Wer ist das?«

Catharina warf mir einen ärgerlichen Blick zu. »Nur eine der Dienstmägde. Tanneke, bring uns bitte etwas Wein.«

»Das Mädchen mit den runden Augen soll ihn uns bringen«, befahl van Ruijven. »Komm, meine Liebe«, sagte er zu seiner Frau, die schon die Treppe hinaufstieg.

Tanneke und ich standen nebeneinander da. Sie war verärgert, ich bekümmert über seine Aufmerksamkeit.

»Jetzt mach schon!« rief Catharina mir zu. »Du hast doch gehört, was er gesagt hat. Bring uns den Wein nach oben.« Mühsam kletterte sie hinter Maria Thins die Stufen hinauf.

Ich ging in das kleine Zimmer, in dem die Mädchen schliefen, holte Gläser hervor, die dort aufbewahrt wurden, wischte fünf an meiner Schürze ab und stellte sie auf ein Tablett. Dann suchte ich in der Küche nach Wein. Ich wußte nicht, wo er stand, denn die Familie trank nur selten Wein. Tanneke hatte sich beleidigt zurückgezogen. Ich befürchtete, der Wein könnte in einem Schrank weggeschlossen sein, und ich müßte Catharina vor den Gästen um den Schlüssel bitten.

Zum Glück hatte Maria Thins das offenbar vorhergesehen, denn im Kreuzigungszimmer hatte sie einen weißen, mit einem Zinndeckel verschlossenen Krug bereitgestellt, der mit Wein gefüllt war. Ich tat ihn auch aufs Tablett und trug alles ins Atelier hinauf. Zuvor richtete ich mir die Haube, den Kragen und die Schürze, wie die anderen es getan hatten.

Als ich den Raum betrat, standen alle vor dem Gemälde. »Wieder ein Juwel«, sagte van Ruijven gerade. »Gefällt es dir, meine Liebe?« fragte er seine Frau.

»Natürlich«, antwortete sie. Das Licht fiel durchs Fenster auf ihr Gesicht, und sie sah beinahe schön aus.

Als ich das Tablett auf den Tisch stellte, den mein Herr

und ich am Morgen verrückt hatten, kam Maria Thins zu mir. »Ich nehm es dir ab«, flüsterte sie. »Und jetzt geh. Schnell.«

Ich war schon auf der Treppe, als ich van Ruijven sagen hörte: »Wo ist das Mädchen mit den runden Augen? Schon weg? Ich wollte sie mir doch richtig ansehen.«

»Aber nein, sie ist überhaupt nicht wichtig!« rief Catharina munter. »Ihr seid doch wegen des Bildes gekommen!«

Ich ging wieder zur Bank vor dem Haus und setzte mich neben Tanneke, die nicht mit mir reden wollte. Schweigend arbeiteten wir an den Manschetten und hörten den Stimmen zu, die aus den Fenstern über uns drangen.

Als sie wieder nach unten kamen, ging ich um die Ecke in den Molenpoort, lehnte mich an die warme Backsteinmauer und wartete, bis sie fort waren.

Später kam einer ihrer Dienstboten und ging ins Atelier. Ich sah ihn nicht das Haus wieder verlassen, denn die Mädchen waren heimgekommen und baten mich, das Feuer nachzuschüren, damit sie Äpfel braten konnten.

Am nächsten Morgen war das Bild fort. Ich hatte keine Gelegenheit gehabt, es ein letztes Mal anzusehen.

Als ich an dem Morgen in die Fleischhalle kam, hörte ich einen Mann sagen, daß die Quarantäne aufgehoben worden sei. Ich eilte zu Pieters Stand. Vater und Sohn waren beide da, und mehrere Frauen warteten darauf, bedient zu werden. Ohne auf sie zu achten, ging ich direkt zu Pieter dem Sohn. »Kannst du mich schnell bedienen?« sagte ich. »Ich muß zu meiner Familie. Nur drei Pfund Zunge und drei Pfund Würste.«

Er beriet gerade eine alte Frau, wandte sich aber sofort

von ihr ab und achtete gar nicht auf ihre mißbilligenden Worte. »Wenn ich jung wäre und dich anlächeln würde, würdest du für mich wahrscheinlich auch alles stehen lassen«, zankte sie, als er mir die Sachen reichte.

»Sie lächelt nicht«, erwiderte Pieter. Nach einem kurzen Blick zu seinem Vater gab er mir ein kleineres Päckchen. »Für deine Familie«, sagte er leise.

Ich dankte ihm nicht einmal – ich nahm das Päckchen und lief.

Nur Diebe und Kinder laufen.

Ich lief den ganzen Weg nach Hause.

Meine Eltern saßen mit gesenkten Köpfen nebeneinander auf der Bank. Als ich sie erreichte, nahm ich die Hand meines Vaters und führte sie an meine nassen Wangen. Ich setzte mich neben sie und sagte nichts.

Es gab nichts zu sagen.

In der Zeit, die dann folgte, schien alles dumpf. Die Dinge, die einmal wichtig gewesen waren – saubere Wäsche, das tägliche Einkaufen, das stille Atelier –, verloren ihre Bedeutung, obwohl es sie immer noch gab; wie blaue Flecke, die verblassen, aber unter der Haut harte Stellen bilden.

Meine Schwester starb am Ende des Sommers. Im Herbst regnete es oft. Ich verbrachte viel Zeit damit, Wäsche im Haus auf Gestelle zu hängen und nahe ans Feuer zu rücken, damit alles trocknete, bevor Stockflecken entstehen konnten, aber ohne daß etwas versengte.

Als Tanneke und Maria Thins von Agnes' Tod erfuhren, waren sie freundlich zu mir. Tanneke gelang es mehrere Tage sogar, ihren Ärger im Zaum zu halten, aber schon bald war sie wieder schlechter Laune und begann zu keifen, so daß ich sie beschwichtigen mußte. Maria

Thins sagte wenig, schritt aber mehrmals ein, wenn Catharina mich scharf anfuhr.

Catharina schien nichts von meiner Schwester zu wissen, oder zumindest ließ sie es sich nicht anmerken. Der Tag der Entbindung rückte immer näher, und wie Tanneke vorhergesagt hatte, verbrachte sie den Großteil des Tages im Bett und ließ Johannes in Maertges Obhut zurück. Er begann gerade zu laufen, und seine Schwestern hatten mit ihm alle Hände voll zu tun.

Die Mädchen hatten nicht gewußt, daß ich eine Schwester hatte, und konnten daher nicht wissen, daß ich eine verloren hatte. Nur Aleydis schien zu merken, daß etwas nicht stimmte. Manchmal setzte sie sich neben mich und drängte sich an mich wie ein junger Hund, der sich wärmend ans Fell seiner Mutter schmiegt. Sie tröstete mich auf eine sehr einfache Art, wie niemand anderes es tat.

Eines Tages kam Cornelia in den Hof, wo ich gerade Wäsche aufhängte. Sie streckte mir eine alte Puppe entgegen. »Mit der spielen wir nicht mehr«, sagte sie. »Nicht einmal Aleydis. Möchtest du sie deiner Schwester schenken?« Sie machte große, unschuldige Augen. Da wußte ich, daß sie zufällig gehört haben mußte, wie jemand von Agnes' Tod sprach.

»Nein, danke«, brachte ich nur hervor. Ich glaubte fast, an den Worten zu ersticken.

Lächelnd hüpfte sie davon.

Im Atelier blieb es kahl. Er fing kein neues Bild an. Meist war er gar nicht im Haus, sondern entweder bei der Gilde oder im Mechelen, dem Gasthaus seiner Mutter auf der anderen Seite des Markts. Ich putzte das Atelier zwar nach wie vor, aber das wurde zu einer Pflicht wie jede andere auch, nur ein weiterer Raum, in dem ich fegen und wischen mußte.

Wenn ich in die Fleischhalle ging, wich ich dem Blick

von Pieter dem Sohn aus. Seine Freundlichkeit tat mir weh. Ich hätte sie erwidern sollen, aber das tat ich nicht. Ich hätte mich geschmeichelt fühlen sollen, aber das tat ich nicht. Ich wollte seine Aufmerksamkeit nicht. Allmählich ließ ich mich lieber von seinem Vater bedienen, der mit mir scherzte, aber nichts von mir verlangte, als daß ich sein Fleisch mit scharfem Blick beurteilte. In dem Herbst aßen wir gutes Fleisch.

Sonntags ging ich manchmal zu Frans' Werkstätte und drängte ihn, mit mir nach Hause zu gehen. Zweimal kam er mit und heiterte meine Eltern ein wenig auf. Noch vor einem Jahr hatten sie drei Kinder im Haus gehabt. Jetzt hatten sie gar keins mehr. Wenn Frans und ich da waren, erinnerten wir sie an bessere Zeiten. Einmal lachte meine Mutter sogar, bevor sie sich kopfschüttelnd unterbrach. »Gott hat uns bestraft, weil wir unser Glück für selbstverständlich hielten«, sagte sie. »Das dürfen wir nie vergessen.«

Die Besuche bei meinen Eltern waren schwierig. Während der Quarantäne war ich einige Sonntage nicht dort gewesen, und das Haus war mir fremd geworden. Immer öfter wußte ich nicht mehr, wo meine Mutter Sachen aufbewahrte, mit welchen Fliesen der Kamin umrandet war, wie die Sonne zu einer bestimmten Tageszeit ins Zimmer fiel. Nach nur wenigen Monaten im Papistenviertel konnte ich das Haus dort besser beschreiben als das meiner Familie.

Frans fielen diese Besuche besonders schwer. Nach den langen Tagen und Nächten in der Werkstätte wollte er lachen und scherzen oder zumindest schlafen. Wahrscheinlich überredete ich ihn mitzukommen, weil ich hoffte, ich könnte unsere Familie wieder zusammenbringen. Aber das war nicht möglich. Seit dem Unglück meines Vaters waren wir eine andere Familie geworden.

Eines Sonntags, als ich von meinen Eltern zurückkam, hatten bei Catharina die Wehen eingesetzt. Sobald ich durch die Tür trat, hörte ich sie stöhnen. Ich äugte ins Herrschaftszimmer, das dunkler war als sonst – die Läden der unteren Fenster waren geschlossen, um Catharina vor neugierigen Blicken abzuschirmen. Maria Thins war mit Tanneke und der Hebamme bei ihr. Als Maria Thins mich bemerkte, sagte sie: »Kümmer dich um die Mädchen – ich hab sie zum Spielen nach draußen geschickt. Es wird nicht mehr lange dauern. Komm in einer Stunde wieder.«

Ich war froh, das Haus verlassen zu können. Catharina war sehr laut, und es kam mir nicht richtig vor, ihr zuzuhören. Und ich wußte, sie würde nicht wollen, daß ich im Haus war.

Ich ging zum Lieblingsplatz der Mädchen, dem Viehmarkt um die Ecke, wo lebende Tiere verkauft wurden. Dort fand ich sie auch; sie spielten mit Murmeln und jagten einander. Johannes wackelte hinter ihnen her – er war noch sehr unsicher auf den Beinen und krabbelte eher, als daß er lief. Solche Spiele wären uns an einem Sonntag nicht erlaubt gewesen, aber Katholiken hatten andere Auffassungen.

Als Aleydis müde wurde, setzte sie sich neben mich. »Wird Mama das Kind bald haben?« fragte sie mich.

»Deine Großmutter meint, daß es nicht mehr lange dauern wird. Wir gehen bald zurück und schauen nach ihnen.«

»Wird Papa sich freuen?«

»Das denke ich doch.«

»Wird er schneller malen, jetzt, wo noch ein Kind da ist?«

Ich gab keine Antwort. Es waren Catharinas Worte aus dem Mund eines kleinen Mädchens. Ich wollte nicht mehr davon hören.

Als wir heimkamen, stand er in der Tür. »Papa, deine Mütze!« rief Cornelia. Die Mädchen liefen zu ihm und versuchten, ihm die Federkappe, wie alle Väter sie trugen, vom Kopf zu reißen; die Bänder hingen ihm bis unter die Ohren. Er sah stolz und zugleich verlegen aus. Das überraschte mich – schließlich wurde er zum sechsten Mal Vater, und ich hätte gedacht, daß er daran gewöhnt sein müßte. Er hatte keinen Grund, verlegen zu sein.

Da dachte ich: Catharina will die vielen Kinder haben. Er würde lieber allein in seinem Atelier sein.

Aber das konnte nicht ganz stimmen. Ich wußte, wie Kinder gemacht wurden. Er mußte seinen Teil dazu beitragen, und er muß ihn bereitwillig beigetragen haben. Und so schwierig Catharina sein konnte, ich hatte oft gesehen, wie er sie ansah, sie an der Schulter berührte, mit einer honigsamtenen Stimme zu ihr sprach.

Ich dachte nicht gerne an ihn mit seiner Frau und den Kindern. Ich stellte ihn mir lieber allein in seinem Atelier vor. Oder nicht allein, sondern mit mir.

»Ihr habt noch ein Brüderchen bekommen, Mädchen«, sagte er. »Er heißt Franciscus. Wollt ihr ihn sehen?« Er ging mit ihnen ins Herrschaftszimmer, während ich mit Johannes an der Hand vor dem Haus stehenblieb.

Tanneke öffnete die Läden der unteren Fenster im Herrschaftszimmer und beugte sich heraus.

»Wie geht es der Herrin?« fragte ich.

»Gut natürlich. Sie macht viel Gedöns, aber das heißt nichts. Sie ist wie gemacht fürs Kinderkriegen – die flutschen raus wie Fische aus der Hand. Jetzt komm, der Herr will ein Dankgebet sprechen.«

So unbehaglich mir dabei auch war, ich konnte mich nicht weigern, mit ihnen zu beten. Das würden Protestanten auch tun, wenn eine Geburt gut verlaufen war. Ich trug Johannes ins Herrschaftszimmer, das jetzt sehr viel heller war und voller Menschen. Als ich ihn absetzte, tapste er zu seinen Schwestern, die sich ums Bett versammelt hatten. Die Vorhänge waren zurückgezogen, und Catharina saß mit vielen Kissen im Rücken da, das Neugeborene im Arm. Sie sah zwar erschöpft aus, lächelte aber und wirkte so glücklich, wie ich sie selten gesehen hatte. Mein Herr stand neben ihr und schaute liebevoll auf seinen kleinen Sohn. Aleydis hielt seine Hand. Tanneke und die Hebamme räumten Schüsseln und blutige Laken fort, während die neue Amme wartend am Bett stand.

Dann kam Maria Thins aus einer der Küchen, ein Tablett mit Wein und drei Gläsern in der Hand. Als sie es absetzte, ließ er Aleydis' Hand los und trat vom Bett zurück, dann knieten er und Maria Thins nieder. Tanneke und die Hebamme unterbrachen ihre Arbeit und sanken ebenfalls in die Knie. Dann knieten die Amme, die Kinder und ich nieder; Johannes wehrte sich schreiend, als Lisbeth ihn zwang, sich hinzusetzen.

Mein Herr sprach ein Gebet, dankte Gott für die glückliche Geburt von Franciscus und daß Er Catharina verschont hatte. Zum Schluß sagte er ein paar katholische Dinge auf Lateinisch, die ich nicht verstand, die mich aber auch nicht allzusehr störten – er hatte eine tiefe, beruhigende Stimme, der ich gerne zuhörte.

Als er geendet hatte, schenkte Maria Thins drei Gläser Wein ein, und dann tranken sie, er und Catharina auf die Gesundheit des Neugeborenen. Dann reichte Catharina es der Amme, die es sich an die Brust legte.

Tanneke gab mir ein Zeichen, und wir verließen das Herrschaftszimmer, um für die Amme und die Mädchen Brot und geräucherten Hering zu holen. »Und jetzt fangen die Vorbereitungen für das Geburtsfest an«, erklärte Tanneke, während wir die Mahlzeit richteten. »Die junge Herrin will immer ein großes Fest feiern. Wir werden uns wieder mächtig ins Zeug legen müssen.«

Das Geburtsfest war die größte Feier, die ich in dem Haus erleben sollte. Wir hatten zehn Tage Zeit, es vorzubereiten – zehn Tage, in denen wir nur putzten und kochten. Maria Thins stellte für eine Woche zwei Mädchen an, die Tanneke in der Küche und mir mit dem Saubermachen helfen sollten. Mein Mädchen war recht einfältig, aber anstellig, solange ich ihr genau sagte, was sie machen sollte, und sie im Auge behielt. An einem Tag wuschen wir alle Tischtücher und Servietten, die für das Fest gebraucht wurden – ob sie nun sauber waren oder nicht –, und dazu alle Hemden, Roben, Hauben, Krägen, Taschentücher, Mützen, Schürzen. Das Leinen nahm einen zweiten Tag in Anspruch. Dann spülten wir alle Humpen, Gläser, irdenen Teller, Krüge, Kupfertöpfe, Pfannkuchenpfannen, Grilleisen und Bratspieße, Löffel und Schöpfer sowie alles, was die Nachbarn uns für das Fest liehen. Wir polierten das Messing, das Kupfer und das Silber. Wir nahmen Vorhänge ab und schüttelten sie aus, klopften alle Kissen und Teppiche. Wir polierten das Holz der Betten, die Schränke, die Stühle, Tische und die Fensterbretter, bis alles glänzte.

Am Ende der zehn Tage waren meine Hände aufgerissen und blutig.

Für das Fest war alles ganz sauber.

Maria Thins hatte Bestellungen aufgegeben für Lammfleisch, Kalbfleisch und Zunge, ein ganzes Schwein, Hasen, Fasane und Kapaune, für Austern und Hummer, Kaviar und Hering, für süßen Wein und das beste Bier, und beim Bäcker hatte sie eigens süße Kuchen in Auftrag gegeben.

Als ich Pieter dem Vater Maria Thins' Fleischbestellung ausrichtete, rieb er sich die Hände. »Noch ein Esser mehr«, sagte er. »Gut für uns!«

Ganze Laibe von Gouda und Edamer wurden angeliefert, dazu Artischocken, Orangen, Zitronen, Weintrauben und Pflaumen, Mandeln und Haselnüsse. Sogar eine Ananas traf ein, das Geschenk einer wohlhabenden Cousine von Maria Thins. So etwas hatte ich noch nie gesehen; die rauhe, stachelige Schale reizte mich nicht. Aber ich durfte sowieso nicht davon kosten, ebensowenig wie von den anderen Dingen, bis auf kleine Häppchen, die Tanneke uns gelegentlich gestattete. Sie ließ mich ein klein wenig vom Kaviar probieren, der mir weniger schmeckte, als ich zugab, auch wenn er eine große Kostbarkeit war, und von dem süßen Wein, der wunderbar mit Zimt gewürzt war.

Im Hof stapelten sich Berge von Torf und Holz und dazu die Bratspieße, die wir von einem Nachbarn borgten. Außerdem wurden im Hof Bierfässer gelagert, und dort wurde auch das Schwein gebraten. Maria Thins stellte eigens einen Jungen an, der sich ständig um das Feuer kümmern mußte, denn sobald wir begannen, das Schwein zu braten, mußte die ganze Nacht hindurch nachgeschürt werden.

Während der Vorbereitungen blieb Catharina mit Franciscus im Bett, der von der Amme versorgt wurde. Sie war elegant wie ein Schwan – und wie ein Schwan hatte sie einen langen Hals und einen scharfen Schnabel. Ich vermied es, in ihre Nähe zu gehen.

»Am liebsten hätte sie, daß es jeden Tag so wäre«, murrte Tanneke, als sie einen Hasenpfeffer zubereitete und ich Wasser erhitzte, um die Fenster zu putzen. »Sie möchte, daß alle um sie herum Hof halten. Die Königin des Himmelbetts!« Ich lachte mit ihr, obwohl ich wußte, daß ich sie nicht darin bestärken sollte, illoyal zu sein; und trotzdem freute ich mich, wenn sie es war.

Er ließ sich während der Vorbereitungen kaum sehen, blieb in seinem Atelier oder flüchtete in die Gilde. Ich sah ihn nur einmal, drei Tage vor dem Fest. Mein Mädchen und ich polierten gerade in der Küche Kerzenleuchter, als Lisbeth mich holen kam. »Der Fleischer fragt nach dir«, sagte sie. »Vor dem Haus.«

Ich ließ den Lumpen fallen, wischte mir die Hände an der Schürze ab und folgte ihr den Gang entlang. Ich wußte, daß es der Sohn sein würde. Er hatte mich nie im Papistenviertel gesehen. Zumindest war mein Gesicht nicht fleckig und rot wie sonst, wenn ich im Dampf der Waschküche arbeitete.

Pieter der Sohn stand vorm Haus mit einem Karren, beladen mit dem Fleisch, das Maria Thins bestellt hatte. Die Mädchen schauten alle neugierig in den Karren, nur Cornelia sah sich um. Als ich in der Tür erschien, lächelte Pieter mich an. Ich blieb ruhig und errötete nicht. Cornelia beobachtete uns.

Aber sie war nicht die einzige. Ich spürte ihn in meinem Rücken – er war hinter mich in den Gang getreten. Ich drehte mich um, um ihn anzusehen, und merkte, daß er Pieters Lächeln bemerkt hatte, ebenso wie die Erwartung, die darin lag.

Dann richtete er den Blick auf mich. Seine grauen Augen waren kalt. Mir wurde schwindelig, als wäre ich zu rasch aufgestanden. Ich drehte mich wieder um. Jetzt war Pieters Lächeln nicht mehr so breit. Er hatte gesehen, wie mir schwindelig wurde.

Ich fühlte mich zwischen den beiden Männern gefangen. Es war kein angenehmes Gefühl.

Ich trat beiseite, um meinen Herrn vorbeizulassen. Ohne ein Wort oder einen Blick ging er in den

Molenpoort. Pieter und ich sahen ihm schweigend nach.

»Ich bringe das Fleisch, das du bestellt hast«, sagte Pieter dann. »Wo hättest du's denn gern?«

Als ich meine Eltern am folgenden Sonntag besuchte, wollte ich ihnen nicht erzählen, daß noch ein Kind zur Welt gekommen war. Ich dachte, das würde sie nur an den Verlust von Agnes erinnern. Aber meine Mutter hatte am Markt davon gehört, und so mußte ich ihnen alles genau berichten, von der Geburt, dem Beten mit der Familie und den vielen Vorbereitungen für das Fest. Meine Mutter war bekümmert wegen meiner zerschundenen Hände, aber ich beruhigte sie und sagte, das Schlimmste sei schon vorüber.

»Gibt es ein neues Bild?« fragte mein Vater. »Hat er mit einem neuen angefangen?« Er hoffte immer, ich würde ihm wieder ein Gemälde beschreiben.

»Nein«, antwortete ich. In der Woche war ich kaum im Atelier gewesen. Dort hatte sich nichts verändert.

»Vielleicht ist er träge«, meinte meine Mutter.

»Das ist er nicht«, widersprach ich schnell.

»Vielleicht will er nichts sehen«, sagte mein Vater.

»Ich weiß nicht, was er will«, erwiderte ich, schärfer als beabsichtigt. Meine Mutter warf mir einen nachdenklichen Blick zu. Mein Vater rutschte auf seinem Sitz umher.

Ich sprach nicht mehr von ihm.

Am Tag des Festes trafen die ersten Gäste gegen Mittag ein. Abends waren rund hundert Menschen im Haus, drängten sich in den Hof, wichen auf die Straße aus. Alle möglichen Leute waren erschienen – wohlhabende

Händler ebenso wie unser Bäcker, der Schneider, der Schuster und der Apotheker. Nachbarn waren eingeladen, die Mutter und Schwester meines Herrn, die Cousinen von Maria Thins. Maler waren gekommen und andere Mitglieder der Gilde, ebenso van Leeuwenhoek und van Ruijven mit seiner Frau.

Sogar Pieter der Vater war da, ohne seine blutverschmierte Schürze, und lächelte mir zu, als ich mit einem Krug voll gewürztem Wein an ihm vorbeiging. »Ja, Griet«, sagte er, als ich ihm einschenkte, »mein Sohn wird eifersüchtig sein, daß ich den Abend mit dir verbringe.«

»Das glaube ich nicht«, murmelte ich und ging verlegen davon.

Catharina stand im Mittelpunkt der Aufmerksamkeit. Sie trug ein grünes Seidenkleid, das eigens geändert worden war; ihr Bauch war noch genauso rund. Dazu hatte sie die mit Hermelin besetzte gelbe Ärmeljacke umgelegt, die van Ruijvens Frau für das Gemälde getragen hatte. Es war seltsam, die Jacke um die Schultern einer anderen Frau zu sehen. Es gefiel mir nicht, daß sie sie trug, obwohl sie natürlich alles Recht dazu hatte. Außerdem hatte sie eine Perlenkette und Perlenohrringe angelegt, und ihre blonden Locken waren hübsch frisiert. Sie hatte sich von der Geburt schnell erholt und war heiter und unbeschwert; ihr Körper hatte einen Teil der Last verloren, die er so viele Monate getragen hatte. Sie ging beschwingt von Raum zu Raum, trank und lachte mit ihren Gästen, entzündete Kerzen, rief nach Essen, machte Leute miteinander bekannt. Nur wenn Franciscus von der Amme genährt wurde, blieb sie stehen und machte viel Aufhebens.

Mein Herr war wesentlich ruhiger. Meist saß er in einer Ecke des Herrschaftszimmers und unterhielt sich mit van Leeuwenhoek, obwohl seine Augen oft Catharina durchs

Zimmer folgten, während sie sich zwischen ihren Gästen bewegte. Er trug eine gute schwarze Samtjacke und seine Kappe der Vaterschaft und sah ganz zufrieden aus, obwohl ihn das Fest nicht weiter bekümmerte. Große Menschenansammlungen sagten ihm weniger zu als seiner Frau.

Am späten Abend gelang es van Ruijven, mich abzufangen, als ich mit einer brennenden Kerze und einem Weinkrug den Gang entlangging. »Ach, die Magd mit den runden Augen!« rief er und trat nah an mich heran. »Guten Abend, mein Mädchen.« Er faßte mich ans Kinn und hielt mit der anderen Hand die Kerze an mein Gesicht. Die Art, wie er mich ansah, gefiel mir nicht.

»Ihr solltet sie malen«, sagte er über die Schulter.

Dort saß mein Herr. Er runzelte die Stirn. Er sah aus, als wollte er seinem Gönner etwas sagen, das er nicht sagen durfte.

»Griet, bring mir noch etwas Wein.« Pieter der Vater war aus dem Kreuzigungszimmer gekommen und hielt mir seinen Kelch entgegen.

»Ja, Mijnheer.« Ich entzog mein Kinn van Ruijvens Hand und ging rasch zu Pieter dem Vater. Ich spürte zwei Augenpaare in meinem Rücken.

»Oh, es tut mir leid, Mijnheer, der Krug ist leer. Ich hole rasch welchen aus der Küche.« Ich hastete davon, den Krug an die Brust gepreßt, damit er nicht sah, daß er voll war.

Als ich einige Minuten später wiederkam, war nur noch Pieter der Vater da. Er lehnte an der Wand. »Danke«, sagte ich leise, als ich sein Glas füllte.

Er zwinkerte mir zu. »Es hat sich gelohnt, allein schon, um zu hören, wie du mich Mijnheer nennst. Das wird wohl nie wieder vorkommen, was?« Scherzhaft hob er das Glas, um mir zuzuprosten, und trank.

Nach dem Fest begann der Winter, und im Haus wurde es kalt und öde. Das Aufräumen bedeutete viel Arbeit, und sonst gab es nichts, worauf ich mich freuen konnte. Die Mädchen wurden schwierig, sogar Aleydis; sie verlangten viel Aufmerksamkeit und halfen wenig im Haushalt mit. Maria Thins blieb häufiger als früher in ihren eigenen Räumen im Obergeschoß. Franciscus, der bislang sehr ruhig gewesen war, bekam Blähungen und weinte fast ununterbrochen. Sein gellendes Geschrei war im ganzen Haus zu hören – im Hof, im Atelier, im Keller. Für ihre aufbrausende Art hatte Catharina überraschend viel Geduld mit dem Neugeborenen, fuhr aber alle anderen im Haus an, selbst ihren Mann.

Während der Vorbereitungen für das Fest war es mir gelungen, nicht an Agnes zu denken, aber jetzt kehrten die Erinnerungen noch stärker zurück. Nun, wo ich Zeit zum Nachdenken hatte, grübelte ich zuviel. Ich war wie ein Hund, der sich die Wunden leckt, um sie zu säubern, aber damit alles nur schlimmer macht.

Am schlimmsten war, daß er mir zürnte. Seit dem Abend, als van Ruijven mich bedrängte, vielleicht sogar schon, seitdem Pieter der Sohn mich angelächelt hatte, war er abweisend geworden. Außerdem kam es mir vor, als würde ich ihm öfter begegnen als früher. Obwohl er häufig unterwegs war – zum Teil, um Franciscus' Schreien zu entkommen –, schien ich immer gerade dann zur Haustür hineinzutreten, wenn er fortging, oder ich kam die Treppe hinab, während er hinaufstieg, oder fegte im Kreuzigungszimmer, wenn er dort Maria Thins suchte. Einmal, als ich Besorgungen für Catharina machte, begegnete ich ihm sogar auf dem Marktplatz. Er nickte mir zwar jedesmal höflich zu und trat beiseite, um mich vorbeizulassen, sah mich aber nicht an.

Ich hatte ihn verärgert, aber ich wußte nicht, womit.

Auch das Atelier war kalt und öde geworden. Zuvor hatte ich das Gefühl gehabt, daß dort immer Leben war, daß der Raum einen Zweck hatte – ein Ort, wo Gemälde entstanden. Jetzt war es einfach ein leerer Raum, in dem sich nur Staub niederlassen würde, wenn ich ihn nicht sofort wegfegte. Ich wollte nicht, daß die Stimmung im Atelier traurig war. Ich wollte dort Zuflucht finden können wie früher.

Eines Morgens, als Maria Thins die Tür für mich öffnen wollte, war sie unverschlossen. Wir spähten in den dämmrigen Raum. Er saß schlafend am Tisch, mit dem Rücken zur Tür, den Kopf auf die Arme gelegt. Maria Thins trat rückwärts wieder hinaus. »Er ist wohl wegen dem Schreien nach oben gekommen«, murmelte sie. Ich wollte noch einen Blick hineinwerfen, aber sie stand direkt in der Tür. Leise zog sie sie zu. »Laß ihn schlafen. Du kannst später putzen.«

Am nächsten Morgen öffnete ich im Atelier alle Fensterläden und sah mich im Zimmer um. Ich wollte etwas tun, etwas berühren, ohne ihn zu verärgern, ich wollte etwas verändern, ohne daß er es merkte. Alles stand an seinem Platz – der Tisch, die Stühle, der mit Büchern und Papieren bedeckte Schreibtisch, der Schrank mit den Pinseln und dem Messer ordentlich obenauf, die Staffelei gegen die Wand gelehnt, daneben die sauberen Paletten. Die Gegenstände, die er gemalt hatte, waren in der Abstellkammer verstaut worden oder wieder im Haushalt in Verwendung.

Eine der Glocken der Nieuwe Kerk begann, die Stunden zu schlagen. Ich ging zum Fenster und schaute hinaus. Als die Glocke die sechste Stunde geschlagen hatte, wußte ich, was ich tun würde.

Ich machte Wasser auf dem Feuer heiß, holte Seife und saubere Lappen und ging damit ins Atelier, um die Fenster zu putzen. Um an die oberen Läden zu gelangen, mußte ich mich auf den Tisch stellen.

Ich putzte gerade das letzte Fenster, als ich ihn hereinkommen hörte. Ich drehte mich um und sah ihn über die linke Schulter mit großen Augen an. »Mijnheer«, sagte ich beklommen. Ich wußte nicht, wie ich ihm meinen plötzlichen Wunsch, die Fenster abzuwaschen, erklären sollte.

»Halt.«

Entsetzt, daß ich etwas gegen seinen Willen getan hatte, erstarrte ich.

»Beweg dich nicht.«

Er starrte mich an, als wäre unversehens ein Gespenst in sein Atelier getreten.

»Verzeiht, Mijnheer«, sagte ich und ließ den Lumpen in den Wassereimer fallen. »Ich hätte Euch vorher fragen sollen. Aber im Augenblick malt Ihr nicht, und ...«

Er sah verwundert drein, dann schüttelte er den Kopf. »Ach, die Fenster. Nein, mach nur weiter.«

Es wäre mir lieber gewesen, nicht vor seinen Augen zu putzen, aber da er nicht fortging, hatte ich keine andere Wahl. Ich spülte den Lumpen im Wasser aus, wrang ihn aus und wischte das Fenster innen und außen ab.

Als ich fertig war, trat ich ein Stück zurück, um meine Arbeit zu prüfen. Das Licht fiel ungetrübt herein.

Er stand noch immer hinter mir. »Seid Ihr zufrieden damit, Mijnheer?« fragte ich.

»Schau mich noch mal über die Schulter an.«

Ich tat, wie er mich geheißen hatte. Er musterte mich. Er nahm mich wieder richtig wahr.

»Das Licht«, sagte ich. »Es ist jetzt sauberer.«

»Ja«, sagte er. »Ja.«

Am nächsten Morgen stand der Tisch wieder in der Malecke, obenauf ein Läufer in Rot, Gelb und Blau. Vor die rückwärtige Wand war ein Stuhl gerückt, darüber hing eine Landkarte.

Er hatte wieder angefangen.

1665

Mein Vater wollte, daß ich ihm das Gemälde noch einmal beschrieb.

»Aber seit dem letzten Mal hat sich nichts verändert«, sagte ich.

»Ich will es noch mal hören«, beharrte er und beugte sich im Stuhl vor, um näher an den Flammen zu sitzen. Er klang wie Frans, wenn ihm als Kind gesagt wurde, daß der Hotspot aufgegessen war. Im März war mein Vater häufig ungeduldig, wartete auf das Ende des Winters, daß die Kälte nachließ und die Sonne wieder schien. März war ein unbeständiger Monat, in dem man nie wußte, was kommen würde. Warme Tage ließen einen Hoffnung schöpfen, bis sich wieder Eis und grauer Himmel über die Stadt legten.

März war der Monat, in dem ich geboren bin.

Seit er blind war, schien mein Vater den Winter noch mehr zu hassen. Seine anderen Sinne wurden schärfer. Er spürte die Kälte bis in die Knochen, roch die abgestandene Luft im Haus, schmeckte die Fadheit des Gemüseeintopfs mehr als meine Mutter. Er litt sehr unter dem langen Winter.

Er tat mir leid. Wann immer ich konnte, steckte ich

ihm Leckerbissen aus Tannekes Küche zu – gedünstete Kirschen, getrocknete Aprikosen, eine kalte Wurst, einmal eine Handvoll getrockneter Rosenblütenblätter, die ich in Catharinas Schrank gefunden hatte.

»Die Tochter des Bäckers steht im hellen Licht in der Ecke neben dem Fenster«, erklärte ich geduldig. »Ihr Gesicht ist uns zugewandt, aber sie sieht zum Fenster hinaus, nach unten, nach rechts. Sie trägt ein gelb-schwarzes Mieder aus Seide und Samt, einen dunkelblauen Rock und eine weiße Haube, deren Zipfel ihr unters Kinn hängen.«

»So wie deine?« fragte mein Vater. Diese Frage hatte er mir noch nie gestellt, obwohl ich ihm die Haube jedesmal auf dieselbe Art beschrieb.

»Ja, so wie meine. Wenn man die Haube lang genug ansieht«, fuhr ich rasch fort, »merkt man, daß er sie nicht wirklich weiß gemalt hat, sondern blau und lila und gelb.«

»Aber die Haube ist weiß, hast du gesagt.«

»Das ist ja das Seltsame daran. Sie ist in vielen Farben gemalt, aber wenn man sie ansieht, denkt man, sie ist weiß.«

»Fliesenmalerei ist viel einfacher«, murrte mein Vater. »Man verwendet Blau, und damit hat es sich. Ein dunkles Blau für die Konturen, ein helles Blau für die Schatten. Blau ist Blau.«

Und eine Fliese ist eine Fliese, dachte ich, und etwas völlig anderes als seine Gemälde. Ich wollte meinen Vater verstehen machen, daß Weiß nicht einfach nur Weiß ist. Das hatte mein Herr mir erklärt.

»Was tut sie?« fragte er einen Moment später.

»Sie hat eine Hand auf einen Zinnkrug gelegt, der auf dem Tisch steht, und die andere liegt auf dem Fenster, das sie einen Spalt geöffnet hat. Sie will wohl gerade den

Krug aufheben und das Wasser zum Fenster hinausschütten, aber sie hat mittendrin aufgehört und träumt, oder sie sieht etwas unten auf der Straße.«

»Ja was denn nun?«

»Ich weiß es nicht. Manchmal kommt es mir wie das eine vor, dann wieder das andere.«

Mit gerunzelter Stirn lehnte mein Vater sich zurück. »Zuerst sagst du, die Haube ist weiß, aber nicht mit Weiß gemalt. Dann sagst du, das Mädchen tut eine Sache, aber vielleicht doch eine andere. Du verwirrst mich.« Er fuhr sich über die Stirn, als hätte er Kopfschmerzen.

»Es tut mir leid, Vater. Ich versuche, das Bild so genau wie möglich zu beschreiben.«

»Aber welche Geschichte erzählt es denn?«

»Seine Bilder erzählen keine Geschichten.«

Darauf erwiderte er nichts. Er war den ganzen Winter über schwierig gewesen. Wenn Agnes da gewesen wäre, hätte sie ihn aufheitern können. Sie hatte immer verstanden, ihn zum Lachen zu bringen.

»Mutter, soll ich die Fußwärmer anzünden?« fragte ich und wandte mich von meinem Vater ab, um meine Gereiztheit zu verbergen. Wenn er sich Mühe gab, konnte er jetzt, wo er blind war, die Stimmung anderer spüren. Ich mochte es nicht, daß er das Gemälde kritisierte, ohne es gesehen zu haben, oder daß er es mit den Fliesen verglich, die er früher gemalt hatte. Ich hätte ihm gerne gesagt, wenn er das Gemälde nur sehen könnte, würde er es überhaupt nicht verwirrend finden. Vielleicht erzählte es keine Geschichte, aber es war trotzdem ein Gemälde, das man einfach immer wieder ansehen wollte.

Während mein Vater und ich geredet hatten, war meine Mutter emsig gewesen, hatte den Eintopf umgerührt, Holz nachgelegt, Teller und Humpen aufgedeckt, ein Messer gewetzt, um das Brot zu schneiden. Ohne ihre

Antwort abzuwarten, ging ich mit den Fußwärmern ins Hinterzimmer, wo der Torf lagerte. Als ich sie füllte, schalt ich mich selbst, daß ich mich über meinen Vater ärgerte.

Ich ging mit den Fußwärmern wieder in die Küche und entzündete sie am Feuer, das dort brannte. Nachdem ich sie unter unsere Stühle am Tisch gestellt hatte, führte ich meinen Vater zu seinem Platz; währenddessen tat meine Mutter den Eintopf auf und schenkte Bier ein. Mein Vater aß einen Bissen und verzog das Gesicht. »Hast du vom Papistenviertel nichts mitgebracht, damit der Brei schmackhafter wird?« murrte er.

»Das ging nicht. Tanneke ist nicht besonders freundlich zu mir, und ich bin kaum in ihrer Küche gewesen.« Sobald ich die Worte ausgesprochen hatte, bedauerte ich es.

»Warum? Was hast du getan?« Mein Vater versuchte immer öfter, mich ins Unrecht zu setzen, und stellte sich manchmal sogar auf Tannekes Seite.

Ich überlegte rasch. »Ich habe Bier verschüttet, ihr bestes. Einen ganzen Krug voll.«

Meine Mutter warf mir einen tadelnden Blick zu. Sie wußte, wann ich log. Wenn mein Vater nicht so unzufrieden gewesen wäre, hätte er es vielleicht an meiner Stimme gemerkt.

Aber langsam fiel es mir immer leichter.

Als ich mich verabschiedete, bestand meine Mutter darauf, mich ein Stück zu begleiten, obwohl es regnete, ein kalter, harter Regen. Beim Rietveld-Kanal, wo wir nach rechts zum Marktplatz abbogen, sagte sie: »Du wirst bald siebzehn.«

»Nächste Woche«, antwortete ich.

»Bald bist du eine Frau.«

»Bald.« Ich schaute unverwandt auf die Regentropfen,

die auf die Gracht prasselten. Ich wollte nicht an die Zukunft denken.

»Ich habe gehört, daß der Sohn des Fleischers sehr aufmerksam zu dir ist.«

»Wer hat dir das gesagt?«

Zur Antwort strich sie sich nur Regentropfen von der Haube und schüttelte ihren Schal aus.

Ich zuckte mit den Schultern. »Bestimmt nicht mehr als zu anderen Mädchen.«

Ich erwartete, daß sie mich warnen und mir sagen würde, ich solle achtgeben und an den Namen unserer Familie denken. Statt dessen sagte sie: »Sei nicht unhöflich zu ihm. Lächle und sei freundlich.«

Ihre Worte überraschten mich, aber als ich ihr in die Augen schaute und den Hunger nach Fleisch sah, der darin lag und den der Sohn eines Fleischers stillen konnte, verstand ich, warum sie ihren Stolz ablegte.

Zumindest fragte sie mich nicht wegen der Lüge, die ich beim Essen erzählt hatte. Ich konnte ihnen nicht sagen, warum Tanneke unfreundlich zu mir war. Hinter dieser Lüge lag eine noch viel größere Lüge. Ich hätte zuviel erklären müssen.

Tanneke hatte herausgefunden, was ich an den Nachmittagen tat, an denen alle dachten, ich würde nähen.

Ich war sein Gehilfe geworden.

Begonnen hatte es vor zwei Monaten, eines Nachmittags im Januar bald nach Franciscus' Geburt. Es war sehr kalt. Franciscus und Johannes kränkelten beide, sie hatten einen schlimmen Husten und atmeten schwer. Catharina und die Amme pflegten sie am Feuer in der Waschküche, während wir anderen rund um das Feuer in der Kochküche saßen.

Nur er war nicht da. Er war oben. Offenbar störte ihn die Kälte nicht.

Catharina erschien in der Tür, die die beiden Küchen verband. »Jemand muß zum Apotheker gehen«, sagte sie. Ihr Gesicht war gerötet. »Ich brauche ein paar Arzneien für die Jungen.« Sie schaute vielsagend zu mir.

Normalerweise wäre ich die letzte, der eine solche Aufgabe übertragen wurde. Ein Besuch beim Apotheker war etwas ganz anderes, als zum Fleischer oder zum Fischhändler zu gehen – Aufgaben, die Catharina mir auch weiterhin überließ, selbst nach der Geburt von Franciscus. Der Apotheker war ein angesehener Arzt, den Catharina und Maria Thins gerne aufsuchten. So schöne Aufgaben durfte ich nicht übernehmen. Aber wenn es so kalt war wie jetzt, wurde jede Besorgung dem unwichtigsten Mitglied des Haushalts übertragen.

Nicht einmal Maertge und Lisbeth baten, mich begleiten zu dürfen. Ich wickelte mich in einen wollenen Umhang und mehrere Schals, während Catharina mir erklärte, was ich besorgen sollte – getrocknete Hollunderblüten und ein Huflattichelixir. Cornelia trieb sich in der Nähe herum und schaute mir zu, wie ich die Enden der Schals wegsteckte.

»Darf ich mitkommen?« fragte sie und lächelte mich mit unschuldigen Augen an. Manchmal fragte ich mich, ob ich nicht zu streng mit ihr ins Gericht ging.

»Nein«, antwortete Catharina an meiner Statt. »Es ist viel zu kalt draußen. Es kommt nicht in Frage, daß noch eins meiner Kinder krank wird. Und jetzt geh«, sagte sie zu mir. »Beeil dich.«

Ich zog die Haustür ins Schloß und trat auf die Straße. Dort war es sehr still – die Leute saßen zu Hause am Feuer, was nur vernünftig war. Die Gracht war zugefroren, der Himmel war ein drohendes Grau. Als ich die Nase vor dem schneidenden Wind tiefer in die Falten des Schals um mein Gesicht steckte, hörte ich jemanden meinen Namen rufen. Ich sah mich um; ich dachte, Cornelia sei mir gefolgt. Aber die Haustür war geschlossen.

Ich schaute nach oben. Er hatte ein Fenster geöffnet und streckte den Kopf heraus.

»Mijnheer?«

»Wohin gehst du, Griet?«

»Zum Apotheker, Mijnheer. Die Herrin schickt mich. Ich muß etwas für die Jungen besorgen.«

»Kannst du mir etwas mitbringen?«

»Natürlich, Mijnheer.« Plötzlich kam mir der Wind nicht mehr ganz so bitter vor.

»Wart. Ich schreib's dir auf.« Er verschwand. Ich wartete. Nach einem Augenblick erschien er wieder und warf einen kleinen Lederbeutel zur mir herunter. »Gib dem Apotheker den Zettel, der darin liegt, und bring das, was er dir gibt, zu mir.«

Ich nickte und steckte den Beutel in eine Falte meines Schals. Ich freute mich über den geheimen Auftrag.

Der Apotheker hatte seinen Laden am Koornmarkt in der Nähe des Rotterdam-Tors. Es war zwar nicht weit, aber jeder Atemzug, den ich machte, schien in mir zu gefrieren, so daß ich zuerst gar nicht sprechen konnte, als ich den Laden betrat.

Ich war noch nie in einer Apotheke gewesen, nicht einmal in der Zeit, bevor ich Dienstmagd wurde – meine Mutter hatte unsere Heilmittel immer selbst gemacht. In seinem kleinen Geschäft standen an allen Wänden Regale, die vom Boden bis zur Decke reichten. Sie waren voll mit Flaschen, Schalen und irdenen Gefäßen unterschiedlichster Größe, allesamt sorgsam beschriftet. Ich vermutete, selbst wenn ich die Wörter lesen könnte, würde ich nicht verstehen, was die Gefäße enthielten.

Obwohl sich in der Kälte fast alle Gerüche verloren, hing hier in der Luft ein Geruch, den ich nicht kannte. Es roch wie etwas, das im Wald unter vermoderndem Laub liegt.

Ich hatte den Apotheker nur einmal gesehen, vor wenigen Wochen bei Franciscus' Geburtsfest. Er war ein kahler, schmächtiger Mann, der mich an ein Vogeljunges erinnerte. Er wirkte überrascht, mich zu sehen. Bei solcher Kälte wagten sich nur wenige Leute hinaus. Er saß hinter einem Tisch, zu seinem Ellbogen eine Waage, und wartete, daß ich zu sprechen anfing.

»Ich bin im Auftrag meiner Herrschaften gekommen«, stieß ich hervor, sobald meine Kehle warm genug geworden war, daß ich etwas sagen konnte. Er sah mich verständnislos an, und ich fügte hinzu: »Die Vermeers.«

»Ach so. Wie geht es der Familienschar?«

»Die beiden Kleinsten sind krank. Meine Herrin braucht getrocknete Hollunderblüten und ein Huflattichelixir. Und mein Herr ...« Ich reichte ihm den Beutel. Verwundert nahm er ihn mir ab, doch nachdem er den Zettel gelesen hatte, nickte er. »Ihm ist also das Beinweiß und das Ocker ausgegangen«, murmelte er. »Das läßt sich leicht beheben. Aber er hat sich noch nie seine Farben von jemand anderem besorgen lassen.« Er schaute über den Zettel hinweg auf mich. »Sonst kauft er sie immer selbst. Das ist eine Überraschung.«

Ich schwieg.

»Dann setz dich. Hier hinten, neben das Feuer, solange ich alles zusammensuche.« Geschäftig öffnete er Glasbehälter, wog kleine Häufchen getrockneter Blütenknospen ab, füllte Sirup in eine Flasche, packte Dinge sorgsam in Papier und verschnürte sie. Einige tat er in den Lederbeutel. Die anderen Päckchen legte er auf den Tresen.

»Braucht er Leinwand?« fragte er mich über die Schulter, als er ein Gefäß auf ein hohes Regal stellte.

»Das weiß ich nicht, Mijnheer. Er hat mir nur aufgetragen, das zu besorgen, was auf dem Zettel steht.«

»Das ist erstaunlich, wirklich sehr erstaunlich.« Er musterte mich von Kopf bis Fuß. Ich setzte mich aufrecht hin; so aufmerksam, wie er mich betrachtete, wünschte ich mir, ich wäre größer. »Nun ja, es ist wirklich sehr kalt draußen. Verständlich, daß er nur außer Haus geht, wenn es sich nicht vermeiden läßt.« Er gab mir die Päckchen und den Lederbeutel und öffnete mir die Tür. Als ich auf der Straße stand und einen Blick zurückwarf, sah ich, wie er mir durch ein kleines Fenster in der Tür nachschaute.

Bei meiner Rückkunft ging ich sofort zu Catharina, um ihr die losen Päckchen zu geben. Dann lief ich zur Treppe. Er stand schon da und wartete. Ich holte den Beutel aus meinem Schal und reichte ihn ihm.

»Danke, Griet«, sagte er.

»Was macht ihr da?« Cornelia lauerte hinten im Gang und sah uns zu.

Zu meiner Überraschung gab er ihr keine Antwort. Er drehte sich um und stieg die Treppe hinauf, so daß ich allein mit ihr zurechtkommen mußte.

Die Wahrheit war das einfachste, obwohl mir oft unwohl dabei war, Cornelia die Wahrheit zu sagen. Ich wußte nie, was sie damit anstellen würde. »Ich habe für deinen Vater ein paar Sachen zum Malen besorgt«, erklärte ich.

»Hat er dir das aufgetragen?«

Auf diese Frage gab ich ihr dieselbe Antwort wie zuvor ihr Vater – ich ließ sie stehen und ging in die Küche. Währenddessen band ich mir die Schals ab. Ich hatte Angst, ihr zu antworten, denn ich wollte ihm keine Schwierigkeiten einhandeln. Mir war klar, daß es besser wäre, wenn niemand von meinen Besorgungen für ihn wußte.

Ich fragte mich, ob Cornelia ihrer Mutter erzählen

würde, was sie gesehen hatte. So klein sie war, sie war ebenso schlau wie ihre Großmutter. Vielleicht behielt sie ihr Wissen erst einmal für sich und überlegte genau, wie sie es einsetzen sollte.

Einige Tage später gab sie mir ihre Antwort.

Es war ein Sonntag. Ich stand im Keller und durchsuchte die Truhe mit meinen Habseligkeiten nach einem Kragen, den meine Mutter für mich gestickt hatte. Ich merkte sofort, daß jemand alles durchwühlt hatte – Krägen waren nicht richtig zusammengefaltet, eines meiner Leibchen lag zusammengeknüllt in einer Ecke, die Schildpattkämme waren aus dem Tuch gefallen. Das Taschentuch mit der Fliese meines Vaters war so ordentlich verknotet, daß ich mißtrauisch wurde. Als ich es aufmachte, fiel die Fliese in zwei Teile. Sie war zerbrochen worden, und zwar so, daß der Junge und das Mädchen voneinander getrennt waren. Jetzt schaute der Junge hinter sich ins Leere, und das Mädchen war ganz allein, ihr Gesicht von der Haube verborgen.

Da weinte ich. Cornelia konnte nicht ahnen, wie weh mir das tun würde. Es hätte mir weniger ausgemacht, wenn sie die Köpfe von den Körpern gebrochen hätte.

Von da an bat er mich auch um andere Dinge. Einmal trug er mir auf, auf dem Rückweg vom Fischhändler beim Apotheker Leinöl zu kaufen. Ich sollte es unten an der Treppe für ihn stehenlassen, damit er und sein Modell nicht gestört würden. Das sagte er zumindest. Vielleicht war ihm klar, daß Maria Thins, Catharina oder Tanneke – oder Cornelia – es merken könnten, wenn ich zu einer ungewohnten Zeit ins Atelier hinaufging.

Es war kein Haus, in dem man leicht Heimlichkeiten haben konnte.

Ein anderes Mal sollte ich beim Fleischer eine Schweineblase für ihn besorgen. Wozu er sie benötigte, verstand ich erst, als er mich später bat, morgens nach dem Putzen die Farben, die er brauchte, für ihn bereitzustellen. Er öffnete die Schubladen des Schranks, der neben der Staffelei stand, und zeigte mir, welche Farben er wo verwahrte; dabei nannte er ihre Namen. Viele Wörter hatte ich noch nie gehört – Ultramarin, Zinnober, Bleiglätte. Die braunen und gelben Erdfarben, das Beinschwarz und Bleiweiß wurden in kleinen irdenen Gefäßen aufbewahrt und mit Pergament abgedeckt, damit sie nicht austrockneten. Von den wertvolleren Farben – den Blau, den Rot und Gelb – wurden kleine Mengen in eine Schweineblase gefüllt. In die Blase wurde ein Loch gestanzt, damit er die Farbe herausdrücken konnte, und dann mit einem Nagel verstöpselt.

Eines Morgens, als ich beim Putzen war, kam er herein und fragte, ob ich die Bäckerstochter ersetzen könnte, die krank geworden sei und nicht kommen könne. »Ich muß mir den Aufbau kurz ansehen«, erklärte er. »Jemand muß da stehen.«

Gehorsam stellte ich mich an ihren Platz, eine Hand auf den Griff des Wasserkrugs, die andere am Rahmen des Fensters, das einen Spaltbreit offenstand, so daß ich den eisigen Luftzug auf Gesicht und Brust spürte.

Vielleicht ist das der Grund, warum die Bäckerstochter krank geworden ist, dachte ich.

Er hatte alle Läden geöffnet. Es war im Atelier noch nie so hell gewesen.

»Senk den Kopf«, sagte er. »Und schau nach unten, nicht zu mir. Ja, genau so. Halt still.«

Er saß an der Staffelei. Aber er griff nicht nach seiner Palette, seinem Messer oder seinen Pinseln. Er saß einfach da, die Hände im Schoß, und schaute.

Ich errötete. Mir war nicht klar gewesen, daß er mich

so unverwandt ansehen würde. Ich versuchte, an etwas anderes zu denken. Ich sah zum Fenster hinaus und beobachtete ein Boot, das auf der Gracht entlangfuhr. Der Mann, der es stakte, war derselbe, der mir am ersten Morgen geholfen hatte, den Topf aus dem Wasser zu fischen. Wieviel sich seit jenem Morgen verändert hat, dachte ich. Damals hatte ich ihn noch nie bei der Arbeit an einem Gemälde gesehen. Jetzt stehe ich in einem seiner Gemälde.

»Schau nicht auf das, was immer du anschaust«, sagte er. »Das sehe ich an deinem Gesicht. Es lenkt dich ab.«

Ich versuchte, auf nichts zu sehen, sondern an etwas anderes zu denken. Ich dachte an einen Tag, als unsere Familie zum Kräutersammeln aufs Land hinausgegangen war. Ich dachte an eine Hinrichtung, die ich im Jahr zuvor auf dem Marktplatz gesehen hatte; die Frau wurde gehängt, weil sie in betrunkener Raserei ihre Tochter umgebracht hatte. Ich dachte an den Ausdruck auf Agnes' Gesicht, als ich sie das letzte Mal gesehen hatte.

»Du denkst zuviel«, sagte er und rutschte auf seinem Stuhl umher.

Ich kam mir vor, als hätte ich einen Bottich voller Wäsche gewaschen, aber überall Flecken übersehen. »Verzeiht, Mijnheer. Ich weiß nicht, was ich tun soll.«

»Vielleicht magst du die Augen zumachen.«

Ich schloß die Augen. Nach einem Moment fühlte ich den Fensterrahmen und den Krug in meinen Händen; sie gaben mir Halt. Dann spürte ich die Wand hinter mir, den Tisch zu meiner Linken und die kalte Luft, die zum Fenster hereinzog.

So muß mein Vater sich vorkommen, dachte ich, mit dem Raum um sich, und sein Körper weiß, wo alles ist.

»Gut«, sagte er. »Das war gut. Danke, Griet. Du kannst weiterputzen.«

Ich hatte noch nie gesehen, wie ein Gemälde entstand. Ich dachte, man malte, was man sah, und verwendete die Farben, die man sah.

Er lehrte mich anders.

Er begann das Gemälde von der Bäckerstochter mit einer Schicht Hellgrau, die er auf die weiße Leinwand auftrug. Dann machte er überall rötlichbraune Flecke, um anzudeuten, wo das Mädchen, der Tisch, der Krug, das Fenster und die Landkarte sein würden. Ich dachte, danach würde er anfangen, das zu malen, was er sah – das Gesicht eines Mädchens, einen blauen Rock, ein gelb-schwarzes Mieder, eine braune Landkarte, einen silbernen Krug mit Schale, eine weiße Wand. Statt dessen malte er Farbflecken – Schwarz, wo der Rock war, Ocker für das Mieder und die Landkarte an der Wand, Rot für den Krug und die Schale darunter, ein anderes Grau für die Wand. Es waren die verkehrten Farben – nichts auf der Leinwand hatte dieselbe Farbe wie der Gegenstand selbst. Mit diesen falschen Farben, wie ich sie nannte, verbrachte er viel Zeit.

Manchmal kam das Mädchen und stand stundenlang am Fenster, aber wenn ich das Gemälde am nächsten Tag ansah, war nichts hinzugekommen oder entfernt worden. Ich sah nur Farbflecken, die keinen Gegenstand ergaben, so lang ich sie auch betrachtete. Ich wußte nur, was sie darstellen sollten, weil ich die Gegenstände jeden Tag putzte und weil ich einmal das Mädchen gesehen hatte, wie es im Herrschaftszimmer Catharinas gelb-schwarzes Mieder anzog.

Widerwillig legte ich ihm jeden Morgen die Farben zurecht, nach denen er verlangte. Eines Tages legte ich auch ein Blau dazu. Als ich es ein zweites Mal aus der Schublade holen wollte, sagte er: »Kein Ultramarin, Griet. Nur die Farben, die ich dir sage. Warum hast du es hergerichtet, obwohl ich nicht darum gebeten habe?« Er war ärgerlich.

»Verzeiht, Mijnheer. Es ist nur ...« Ich holte tief Luft. »Sie trägt einen blauen Rock. Ich dachte, Ihr wolltet Blau und nicht nur Schwarz.«

»Wenn ich soweit bin, frage ich nach Blau.«

Ich nickte und machte mich wieder daran, den Stuhl mit den Löwenköpfen zu polieren. Die Brust tat mir weh. Ich wollte nicht, daß er zornig auf mich war.

Er öffnete das mittlere Fenster, so daß kalte Luft ins Zimmer strömte.

»Komm her, Griet.«

Ich legte meinen Lumpen aufs Fensterbrett und ging zu ihm.

»Schau nach draußen.«

Ich sah hinaus. Es war ein böiger Tag, und hinter dem Turm der Nieuwe Kerk zogen Wolken vorbei.

»Welche Farbe haben die Wolken?«

»Weiß natürlich, Mijnheer.«

Er hob die Augenbrauen ein wenig. »Wirklich?«

Ich schaute noch einmal. »Und grau. Vielleicht wird es schneien.«

»Jetzt komm, Griet, dir fällt bestimmt etwas Besseres ein. Denk an dein Gemüse.«

»Mein Gemüse, Mijnheer?«

Er machte eine kleine Kopfbewegung. Ich verärgerte ihn wieder. Mein Kinn spannte sich an.

»Denk daran, wie du das Weiß getrennt hast. Deine Rüben und Zwiebeln – sind sie dasselbe Weiß?«

Plötzlich begriff ich. »Nein. Die Rüben haben etwas Grün drin, die Zwiebeln Gelb.«

»Genau. Also, welche Farben siehst du jetzt in den Wolken?«

»Ein bißchen Blau«, sagte ich, nachdem ich sie ein

paar Minuten angeschaut hatte. »Und – etwas Gelb. Und da ist ein bißchen Grün!« Ich war so aufgeregt, daß ich mit dem Finger auf sie deutete. Mein ganzes Leben hatte ich Wolken betrachtet, aber in dem Augenblick kam es mir vor, als würde ich sie zum allerersten Mal sehen.

Er lächelte. »Du wirst feststellen, daß die Wolken nur ganz wenig reines Weiß haben, und doch sagen die Leute, daß sie weiß sind. Verstehst du jetzt, warum ich das Blau noch nicht brauche?«

»Ja, Mijnheer.« Ich verstand ihn nicht wirklich, aber das wollte ich nicht zugeben. Ich hatte das Gefühl, daß ich ihn beinahe verstand.

Als er schließlich anfing, andere Farben auf die falschen Farben zu malen, wurde mir klar, was er meinte. Er malte Hellblau auf den Rock des Mädchens, und dadurch entstand ein Blau, durch das man stellenweise etwas Schwarz sehen konnte, dunkler im Schatten des Tischs, heller am Fenster. Auf die Wandflächen tat er gelbes Ocker, durch das etwas Grau schimmerte. So wurde es eine helle, aber keine weiße Wand. Wenn das Licht auf die Wand fiel, war sie nicht weiß, stellte ich fest, sondern hatte viele Farben.

Der Krug und die Schale waren am schwierigsten – sie wurden gelb und braun und grün und blau. Sie spiegelten das Muster des Läufers wider, das Mieder des Mädchens, das blaue Tuch, das über dem Stuhl hing – alles, nur nicht ihre eigentliche Silberfarbe. Und trotzdem sahen sie genau so aus, wie sie sollten, wie ein Krug und eine Schale.

Danach konnte ich nicht mehr aufhören, mir Dinge anzusehen.

Es wurde schwieriger zu verheimlichen, was ich tat, als er von mir verlangte, ihm mit den Farben zu helfen. Eines Morgens ging er mit mir in den Speicher hinauf, zu dem man über eine Leiter in der Abstellkammer neben dem Atelier gelangte. Dort war ich noch nie gewesen. Es war ein kleiner Raum mit sehr schrägem Dach und einem Fenster, das viel Licht hereinließ und durch das man die Nieuwe Kerk sehen konnte. An Möbeln gab es nur einen kleinen Schrank und einen steinernen Tisch mit einer Vertiefung. In dieser Mulde lag ein Stein in der Form eines Eis mit einem abgeschnittenen Ende. In der Fliesenwerkstätte meines Vaters hatte ich einmal einen ähnlichen Tisch gesehen. Dann gab es ein paar Gefäße – Schalen und flache irdene Teller –, neben dem winzig kleinen Kamin hing eine Zange.

»Ich möchte, daß du hier ein paar Sachen für mich zerstößt, Griet«, sagte er. Er zog eine Schublade auf und nahm ein schwarzes Stöckchen heraus, etwa so lang wie mein kleiner Finger. »Das ist ein Stück Elfenbein, das im Feuer verkohlt wurde«, erklärte er. »Daraus macht man schwarze Farbe.«

Er legte es in die Vertiefung im Tisch und gab eine klebrige Masse dazu, die nach einem Tier roch. Dann nahm er den Stein, den er Reibstein nannte, in die Hand und zeigte mir, wie man ihn halten muß und wie man sich über den Tisch beugt und das ganze Gewicht einsetzt, um das Bein mit dem Stein zu zerstoßen. Nach ein paar Minuten hatte er alles zu einer feinen Paste zermahlen.

»Jetzt versuch du mal.« Er gab die schwarze Paste in ein kleines Gefäß und holte ein zweites Stück Elfenbein. Ich nahm den Reibstein und versuchte, mich wie er über den Tisch zu beugen.

»Nein, du mußt mit der Hand so machen.« Er legte seine Hand auf meine. Seine Berührung erschreckte mich so, daß ich den Reibstein losließ und er über den Tisch rollte und auf den Boden fiel.

Ich fuhr zurück und hob den Stein wieder auf. »Verzeihung, Mijnheer«, murmelte ich und legte den Reibstein in die Mulde zurück.

Er versuchte nicht wieder, mich zu berühren.

»Halt die Hand ein bißchen höher«, befahl er mir stattdessen. »Ja, so. Und jetzt dreh aus der Schulter und aus dem Handgelenk heraus.«

Ich brauchte sehr viel länger als er, um mein Elfenbeinstück zu zermahlen, denn ich war ungeschickt und verstört wegen seiner Berührung. Außerdem war ich kleiner als er und ungeübt in der Bewegung, die ich machen mußte. Wenigstens hatte ich Kraft in den Armen vom Wringen der Wäsche.

»Etwas feiner«, sagte er, als er den Inhalt der Schüssel begutachtete. Ich mahlte ein paar Minuten länger, bis er die Paste für fertig erklärte und mir befahl, sie zwischen den Fingern zu reiben, damit ich wußte, wie fein er sie haben wollte. Dann legte er noch einige Elfenbeinstücke mehr auf den Tisch. »Morgen zeige ich dir, wie man weißes Blei zerstößt. Das ist viel einfacher als Bein.«

Ich starrte auf die Elfenbeinstücke.

»Was ist, Griet? Du hast doch keine Angst vor den kleinen Knochen, oder? Sie sind nichts anderes als der Elfenbeinkamm, mit dem du dir die Haare richtest.«

Ich würde nie wohlhabend genug sein, um einen solchen Kamm zu besitzen. Ich kämmte mich mit den Fingern.

»Darum geht es nicht, Mijnheer.« Alles andere, was er mir bislang aufgetragen hatte, konnte ich während des Putzens tun oder wenn ich Besorgungen machte. Außer Cornelia hatte niemand Verdacht geschöpft. Aber Bein zu zerstoßen brauchte viel Zeit – das konnte ich nicht neben dem Putzen im Atelier tun, aber ich konnte den anderen auch nicht erklären, warum ich gelegentlich auf den Speicher gehen und meine andere Arbeit liegenlassen mußte. »Es dauert lange, das alles zu zerstoßen«, sagte ich kläglich.

»Wenn du ein bißchen Übung hast, geht es viel schneller als heute.«

Es war mir schrecklich, ihm zu widersprechen – er war mein Herr. Aber ich hatte Angst vor dem Ärger der Frauen unten im Haus. »Eigentlich sollte ich jetzt zum Fleischer gehen und die Bügelwäsche machen, Mijnheer. Für die Herrin.« Es waren kleinliche Worte.

Er rührte sich nicht. »Zum Fleischer?« Seine Stirn war gerunzelt.

»Ja, Mijnheer. Die Herrin wird wissen wollen, warum ich nicht meine anderen Aufgaben erledige. Sie wird wissen wollen, daß ich Euch hier oben helfe. Es ist für mich nicht so einfach, ohne Grund auf den Speicher zu kommen.«

Lange Zeit herrschte Schweigen. Die Glocke im Turm der Nieuwe Kerk schlug siebenmal.

»Ich verstehe«, murmelte er, als sie verklungen war. »Ich werde darüber nachdenken.« Er legte einen Teil des Elfenbeins in die Schublade zurück. »Dann mach nur das.« Er deutete auf die Stücke, die noch am Tisch lagen. »Das sollte nicht lange brauchen. Ich muß jetzt gehen. Wenn du fertig bist, laß alles liegen.«

Er würde mit Catharina reden und ihr von meiner Arbeit erzählen müssen. Dann würde es einfacher für mich werden, Sachen für ihn zu tun.

Ich wartete, aber er redete nicht mit Catharina.

Der Ausweg für das Problem mit den Farben kam unerwarteterweise von Tanneke. Seit Franciscus' Geburt mußte sie das Kreuzigungszimmer zum Schlafen mit der Amme teilen, die von dort schnell ins Herrschaftszimmer gehen und das Kind nähren konnte, wenn es aufwachte. Obwohl Catharina es nicht selbst an die Brust legte, bestand sie darauf, daß es neben ihr in der Wiege schlief. Ich fand das merkwürdig, aber als ich Catharina besser kennenlernte, wurde mir klar, daß sie den Anschein des Mutterseins wahren, aber nicht die dazugehörigen Aufgaben übernehmen wollte.

Tanneke war sehr unzufrieden, daß die Amme mit ihr im Zimmer schlief. Sie beschwerte sich, daß die Frau zu oft aufstand, um nach Franciscus zu sehen, und wenn sie im Bett blieb, dann schnarchte sie. Tanneke erzählte jedem von ihrem Unbill, ob er es hören wollte oder nicht. Allmählich wurde sie bei der Arbeit immer nachlässiger und erklärte, das käme davon, weil sie nicht genug schlafen könne. Maria Thins sagte, das ließe sich nicht ändern, aber Tanneke hörte nicht auf zu klagen. Oft warf sie mir finstere Blicke zu – ehe ich ins Haus gekommen war, hatte Tanneke im Keller geschlafen, wenn eine Amme da war. Fast hatte ich das Gefühl, als gäbe sie mir die Schuld am Schnarchen der Amme.

Eines Abends wandte sie sich sogar an Catharina selbst. Die Herrin kleidete sich für einen Abend bei den van Ruijvens an, zu denen sie trotz der Kälte gehen wollte. Sie war guter Laune – wie immer, wenn sie ihre Perlen und die gelbe Ärmeljacke trug. Über die Jacke hatte sie einen breiten Leinenkragen gebreitet, der ihre Schultern bedeckte und die Jacke vor dem Puder schützte, den sie sich aufs Gesicht tat. Während Tanneke ihre Kümmernisse vortrug, puderte Catharina sich weiter und hielt einen Spiegel hoch, um das Ergebnis zu betrachten. Ihre

Haare waren zu Zöpfen geflochten und mit Schleifen gebunden, und solange ihre Miene heiter war, sah sie sehr schön aus; durch die blonden Haare zusammen mit den hellbraunen Augen wirkte sie fast exotisch.

Schließlich wedelte sie mit der Puderquaste vor Tanneke herum. »Hör auf!« rief sie lachend. »Wir brauchen die Amme, und sie muß in meiner Nähe schlafen. Im Zimmer der Mädchen ist kein Platz, deswegen ist sie bei dir. Das läßt sich nicht ändern. Also, warum belästigst du mich damit?«

»Vielleicht läßt sich doch eine Lösung finden«, sagte er. Ich schaute auf; ich suchte gerade im Schrank nach einer Schürze für Lisbeth. Er stand in der Tür. Überrascht sah Catharina zu ihrem Mann. Es kam selten vor, daß er sich in Haushaltsdinge einmischte. »Stell ein Bett auf den Speicher und laß jemanden dort oben schlafen. Griet zum Beispiel.«

»Griet auf dem Speicher? Aber warum denn?« fragte Catharina.

»Dann kann Tanneke im Keller schlafen, wie sie es gerne möchte«, erklärte er sanft.

»Aber ...« Verwirrt brach Catharina ab. Die Idee schien ihr nicht zu behagen, aber sie wußte nicht warum.

»Doch, Mevrouw«, warf Tanneke rasch ein. »Das wäre eine große Hilfe.« Sie warf mir einen Blick zu.

Ich faltete die Kleidungsstücke der Kinder zusammen, obwohl sie schon ordentlich im Schrank lagen.

»Was ist mit dem Schlüssel zum Atelier?« Endlich hatte Catharina einen Grund gefunden, der gegen den Vorschlag sprach. Es gab nur eine Möglichkeit, auf den Speicher zu kommen – über die Leiter in der Abstellkammer des Ateliers. Um ins Bett zu gehen, mußte ich zuerst ins Atelier, das nachts zugesperrt wurde. »Wir können einer Dienstmagd keinen Schlüssel geben.«

»Sie braucht gar keinen Schlüssel«, erwiderte er. »Du kannst das Atelier verschließen, wenn sie zu Bett gegangen ist. Dann kann sie am Morgen das Atelier putzen, bevor du die Tür aufmachst.«

Ich blieb mit der Wäsche in der Hand reglos stehen. Der Gedanke, nachts in mein Zimmer gesperrt zu werden, gefiel mir gar nicht.

Aber offenbar sagte genau diese Vorstellung Catharina sehr zu. Vielleicht dachte sie, wenn sie mich wegsperrte, wäre ich sicher in Verwahr und aus ihrer Sichtweite. »Also gut«, beschloß sie. Sie traf ihre Entscheidungen immer sehr rasch. Dann wandte sie sich an Tanneke und mich. »Morgen tragt ihr zusammen ein Bett auf den Speicher. Nur für eine Weile«, fügte sie hinzu. »Bis wir die Amme nicht mehr brauchen.«

Ebenso, wie ich nur eine Weile zum Fleischer und zum Fischhändler gehen sollte, dachte ich.

»Komm einen Augenblick ins Atelier«, sagte er. Er betrachtete sie auf eine Art, die ich allmählich zu deuten wußte – auf die Art eines Malers.

»Ich?« Catharina lächelte ihren Mann an. Es kam selten vor, daß er sie in sein Atelier bat. Mit einer schwungvollen Geste legte sie die Puderquaste beiseite und wollte sich den breiten Kragen abnehmen, der jetzt mit Puder bestäubt war.

Er griff nach ihrem Arm. »Laß ihn an.«

Das war fast ebenso überraschend wie sein Vorschlag, ich solle in den Speicher ziehen. Als er mit Catharina nach oben ging, tauschten Tanneke und ich einen Blick aus.

Am nächsten Tag legte die Bäckerstochter den breiten, weißen Kragen an, bevor sie für das Gemälde Modell stand.

Maria Thins war nicht so leicht hinters Licht zu führen. Als Tanneke ihr frohlockend erzählte, daß sie in den Keller und ich auf den Speicher ziehen würde, zog sie an ihrer Pfeife und runzelte die Stirn. »Ihr beiden könntet doch einfach tauschen« – sie deutete mit der Pfeife auf uns – »so daß Griet bei der Amme schläft und du im Keller. Dann braucht niemand auf den Speicher zu ziehen.«

Tanneke hörte ihr nicht zu – sie war zu stolz auf ihren Triumph, um zu merken, daß ihre Herrin einen vernünftigen Vorschlag gemacht hatte.

»Mevrouw hat zugestimmt«, sagte ich nur.

Maria Thins warf mir einen langen Seitenblick zu.

Sobald ich auf dem Speicher schlief, war es leichter für mich, dort Arbeiten zu verrichten, obwohl mir immer noch wenig Zeit dafür blieb. Ich konnte früher aufstehen und später ins Bett gehen, aber manchmal gab er mir soviel zu tun, daß ich nachmittags, wenn ich sonst am Feuer saß und nähte, unter irgendeinem Vorwand nach oben gehen mußte. Ich erklärte, ich könne in der düsteren Küche nicht genug sehen und brauche das helle Licht oben in meinem Speicherzimmer. Oder ich sagte, ich hätte Magenschmerzen und müsse mich hinlegen. Jedesmal, wenn ich eine Ausrede erfand, warf Maria Thins mir einen Seitenblick zu, sagte aber nichts.

Allmählich gewöhnte ich mich daran zu lügen.

Nachdem er einmal den Vorschlag gemacht hatte, daß ich auf dem Speicher schlafen sollte, überließ er es mir, mir meine Pflichten so einzuteilen, daß ich für ihn arbeiten konnte. Er erfand keine Ausreden für mich, und er fragte mich auch nicht, ob ich Zeit für ihn hätte. Er gab mir nur morgens Anweisungen und erwartete, daß bis zum nächsten Tag alles getan war.

Die Farben wogen alle Schwierigkeiten auf, die es mir bereitete, meine Arbeit zu verheimlichen. Bald liebte ich es, die Stoffe zu zerstoßen, die er in der Apotheke besorgte – Bein, Bleiweiß, Krapp, Bleiglätte –, und zu sehen, wie leuchtend und rein ich die Farben bekam. Je feiner ich sie mahlte, desto tiefer waren die Farben, stellte ich fest. Aus den groben, matten Körnchen Krapp wurde ein feines, leuchtendrotes Pulver und, mit Leinöl angerührt, ein funkelndes Rot. Es kam mir immer wie ein Wunder vor, wenn ich das machte.

Von ihm lernte ich auch, Stoffe zu schlämmen, um Unreinheiten auszuspülen und ihre eigentliche Farbe hervorzubringen. Ich schwemmte die Farben in Muscheln, die als flache Schalen dienten, manchmal bis zu dreißigmal, um Kreide, Sand oder Kieskörnchen zu entfernen. Das machte viel Mühe und dauerte lange, aber es war sehr befriedigend zu sehen, wie die Farbe mit jedem Mal sauberer wurde und allmählich dem entsprach, was er zum Malen brauchte.

Die einzige Farbe, mit der ich nicht arbeiten durfte, war Ultramarin. Lapislazuli kostete sehr viel, und es war sehr schwierig, aus dem Stein ein reines Blau herzustellen. Deswegen machte er das selbst.

Im Lauf der Zeit gewöhnte ich mich daran, in seiner Nähe zu sein. Manchmal standen wir in dem kleinen Raum nebeneinander, während ich Bleiweiß zerstieß und er Lapislazuli schwemmte oder Ocker im Feuer brannte. Er sagte wenig zu mir. Er war ein stiller Mensch. Und auch ich sagte nichts. Dann war es friedvoll, das Licht strömte durchs Fenster herein. Wenn wir fertig waren, gossen wir uns gegenseitig aus einem Krug Wasser über die Hände und bürsteten sie sauber.

Im Speicher war es sehr kalt. Obwohl es das kleine Feuer gab, auf dem er Leinöl erwärmte oder Farben brannte, wagte ich nicht, es anzumachen, wenn er es mir nicht eigens auftrug. Sonst hätte ich Catharina und Maria Thins erklären müssen, warum so viel Torf und Holz verbraucht wurde.

Wenn er da war, störte mich die Kälte weniger. Ich spürte die Wärme seines Körpers, wenn er neben mir stand.

Eines Nachmittags schwemmte ich gerade etwas Bleiglätte, die ich zuvor zerstoßen hatte, als ich im Atelier Maria Thins' Stimme hörte. Er arbeitete am Gemälde; ab und an seufzte die Bäckerstochter.

»Mädchen, ist dir kalt?« fragte Maria Thins.

»Ein wenig«, antwortete sie zaghaft.

»Warum hat sie keinen Fußwärmer?«

Seine Stimme war so leise, daß ich seine Worte nicht verstand.

»Auf dem Bild sieht man ihn nicht, nicht neben ihren Füßen. Wir wollen doch nicht, daß sie noch einmal krank wird.«

Wieder konnte ich nicht hören, was er sagte.

»Griet kann einen für sie holen«, erklärte Maria Thins. »Sie müßte auf dem Speicher sein, angeblich hat sie Magenschmerzen. Ich geh sie holen.«

Sie war schneller, als ich es einer alten Frau zugetraut hätte. Bis ich auf der obersten Sprosse stand, war sie die Leiter schon halb hinaufgestiegen. Ich trat in den Speicher zurück. Es war unmöglich, ihr zu entkommen, und ich hatte keine Zeit, etwas zu verstecken.

Als Maria Thins das kleine Zimmer betrat, sah sie mit einem Blick alles – die Muscheln, die aufgereiht auf dem Tisch standen, den Krug mit Wasser, meine von Bleiglätte gelbverschmierte Schürze.

»Das treibst du also, Mädchen. Das habe ich mir fast gedacht.«

Ich senkte den Blick. Ich wußte nicht, was ich sagen sollte.

»Magenschmerzen, zu dunkel in der Küche. Nicht alle hier im Haus sind dumm, weißt du.«

Fragt ihn, hätte ich ihr gerne gesagt. Er ist mein Herr. Er hat es mir aufgetragen.

Aber sie rief nicht nach ihm. Und er erschien auch nicht unten an der Leiter, um zu erklären.

Lange Zeit herrschte Schweigen. Dann sagte Maria Thins: »Wie lange hilfst du ihm schon, Mädchen?«

»Seit ein paar Wochen, Mevrouw.«

»In den letzten Wochen hat er schneller gemalt. Das habe ich bemerkt.«

Ich hob die Augen. Sie überlegte, wog die Vorteile ab.

»Hilf du ihm, schneller zu malen, Mädchen, dann kannst du deine Stelle hier behalten«, sagte sie leise. »Aber kein Wort zu meiner Tochter oder Tanneke.«

»Ja, Mevrouw.«

Sie lachte auf. »Ich hätte es mir denken können, schlau, wie du bist. Fast hast du sogar mich getäuscht. Und jetzt hol dem armen Mädchen da unten einen Fußwärmer.«

Ich schlief gerne auf dem Speicher. Am Fußende des Bettes hing keine Kreuzigungsszene, die mir Angst gemacht hätte. Es gab überhaupt keine Gemälde, nur den sauberen Geruch von Leinöl und den Moschusgeruch der Erdpigmente. Ich mochte den Blick auf die Nieuwe Kerk, die Stille. Außer ihm kam niemand hierher. Die Mädchen besuchten mich nicht, wie sie es im Keller manchmal getan hatten, oder stöberten heimlich in meinen Habseligkeiten. Ich hatte das Gefühl, allein zu sein, hoch über der geräuschvollen Familie, und konnte sie fast wie aus der Ferne betrachten.

Ähnlich wie er.

Aber das Schönste war, daß ich mehr Zeit im Atelier

verbringen konnte. Manchmal hüllte ich mich spätnachts, wenn es still im Haus war, in eine Decke und schlich nach unten. Dann schaute ich im Licht einer Kerze das Gemälde an, an dem er arbeitete, oder öffnete einen Fensterladen, um das Mondlicht hereinzulassen. Ein paarmal setzte ich mich im Dunkeln in einen der Löwenkopfstühle, die um den Tisch standen, und stützte den Ellbogen auf den blau-roten Tischläufer. Ich stellte mir vor, ich würde das gelb-schwarze Mieder und die Perlen tragen, ein Glas Wein in der Hand halten, ihm gegenüber am Tisch sitzen.

Nur eine Sache gefiel mir am Speicher überhaupt nicht. Ich haßte es, nachts eingesperrt zu sein.

Catharina hatte sich von Maria Thins den Schlüssel zum Atelier zurückgeben lassen und schloß jetzt die Tür selbst auf und zu. Wahrscheinlich hatte sie damit das Gefühl, daß ich in ihrer Macht stand. Sie ärgerte sich darüber, daß ich auf dem Speicher schlief – dadurch war ich mehr in seiner Nähe, war an einem Ort, den sie nicht betreten, ich aber nach Belieben aufsuchen durfte.

Für eine Ehefrau war es sicher schwer, sich damit abzufinden.

Doch eine Weile ging alles gut. Eine Weile konnte ich nachmittags wegschlüpfen und für ihn Farben zerstoßen und schwemmen. Meistens schlief Catharina zu der Zeit – Franciscus war noch sehr unruhig und weckte sie fast jede Nacht, so daß sie am Tag schlafen mußte. Tanneke döste meist am Feuer ein, und so konnte ich die Küche verlassen, ohne jedesmal eine Ausrede erfinden zu müssen. Die Mädchen waren mit Johannes beschäftigt, denn er lernte gerade zu laufen und zu reden, und deswegen fiel ihnen kaum auf, wenn ich nicht da war. Wenn sie es doch bemerkten, sagte Maria Thins, ich würde etwas für sie besorgen, Sachen aus ihrem Zimmer holen oder etwas für sie nähen, wofür ich das helle Licht im Speicher bräuchte. Schließlich waren sie Kinder, lebten in ihrer eigenen Welt und achteten auf das Treiben der Erwachsenen um sie herum nur, wenn es sie selbst betraf.

Das dachte ich zumindest.

Eines Nachmittags schlämmte ich gerade Bleiweiß, als Cornelia von unten nach mir rief. Schnell wischte ich mir die Hände ab, zog den Kittel aus, den ich bei der Arbeit auf dem Speicher trug, und band mir die Tagesschürze um, bevor ich die Leiter hinab zu ihr ging. Sie stand auf der Schwelle zum Atelier; auf ihrem Gesicht war ein Ausdruck, als würde sie vor einer Pfütze stehen und sich überlegen hineinzutreten.

»Was ist?« Meine Stimme war ziemlich scharf.

»Du sollst zu Tanneke kommen.« Cornelia drehte sich um und ging mir zur Treppe voraus. Dann blieb sie zögernd stehen. »Hilfst du mir, Griet?« bat sie kläglich. »Geh du voran, damit du mich auffangen kannst, wenn ich falle. Die Stufen sind so steil.«

Es sah ihr nicht ähnlich, Angst zu haben, selbst bei einer Treppe, die sie selten benutzte. Aber sie rührte mich, oder vielleicht hatte ich auch nur ein schlechtes Gewissen wegen meines barschen Tons. Ich ging nach unten, drehte mich um und streckte die Arme aus. »Jetzt komm.«

Cornelia stand oben, die Hände in die Taschen gesteckt. Als sie nach unten stieg, legte sie eine Hand aufs Geländer, die andere war zur Faust geballt. Sie war fast unten, da ließ sie das Geländer los und sprang, so daß sie auf mich fiel und über meine Brust hinabrutschte; dabei stieß sie mir fest in den Bauch. Sobald sie am Boden stand, lachte sie auf, warf den Kopf in den Nacken; ihre braunen Augen waren zusammengekniffen.

»Du ungezogenes Kind«, murmelte ich. Jetzt bedauerte ich meine Weichherzigkeit.

Tanneke saß mit Johannes auf dem Schoß in der Kochküche.

»Cornelia hat mir gesagt, daß du mich brauchst.«

»Ja. Sie hat einen Kragen zerrissen und will, daß du ihn flickst. Ich habe ihn nicht einmal anfassen dürfen – warum, verstehe ich auch nicht, sie weiß genau, daß niemand so gut Krägen flickt wie ich.« Als Tanneke ihn mir reichte, wanderte ihr Blick zu meiner Schürze. »Was ist denn das? Blutest du?«

Ich sah an mir hinab. Auf meinem Bauch war ein roter Farbschmierer, wie eine Schliere auf Fensterglas. Einen Augenblick dachte ich an die Schürzen von Pieter dem Vater und dem Sohn.

Tanneke beugte sich weiter vor. »Das ist kein Blut. Das sieht aus wie Puder. Wie ist der da hingekommen?«

Ich schaute auf den Fleck. Krapp, dachte ich. Den habe ich vor ein paar Wochen zerstoßen.

Nur ich hörte das unterdrückte Kichern im Gang.

Cornelia hatte diesen Streich schon länger geplant. Irgendwie war es ihr gelungen, heimlich auf den Speicher zu gehen und das Pulver zu stehlen.

Mir fiel nicht rasch genug eine Ausrede ein, und je länger ich zögerte, desto mißtrauischer wurde Tanneke. »Hast du in Mijnheers Sachen herumgestöbert?« fragte sie vorwurfsvoll. Sie hatte für ihn Modell gestanden und wußte, was er im Atelier aufbewahrte.

»Nein, es war ...« Ich brach ab. Es würde kleinlich klingen, wenn ich Cornelia verpetzte, und vermutlich würde es nicht verhindern, daß Tanneke von meiner Arbeit oben auf dem Speicher erfuhr.

»Ich glaube, das sollte die junge Herrin selbst sehen«, beschloß sie.

»Nein«, sagte ich schnell.

Tanneke straffte die Schultern, so gut es ging mit dem

schlafenden Kind auf dem Schoß. »Zieh die Schürze aus«, befahl sie, »damit ich sie der jungen Herrin zeigen kann.«

»Tanneke«, sagte ich und blickte sie ruhig an. »Wenn du weißt, was gut für dich ist, wirst du Catharina nicht aufwecken, sondern mit Maria Thins reden. Und zwar allein, nicht vor den Mädchen.«

Diese Worte und mein herrischer Ton richteten den größten Schaden zwischen Tanneke und mir an. Ich hatte nicht absichtlich so anmaßend geredet; ich wollte sie nur unter allen Umständen davon abhalten, mit Catharina darüber zu sprechen. Aber sie verzieh mir nie, daß ich sie behandelte, als stünde sie unter mir.

Zumindest hatten meine Worte Wirkung. Tanneke schaute mich wütend an, aber in ihrem Blick lagen auch Unsicherheit und der Wunsch, tatsächlich mit ihrer Herrin zu reden. Sie war hin und her gerissen zwischen diesem Wunsch und dem Verlangen, mich für meine Schroffheit zu bestrafen, indem sie nicht auf mich hörte.

»Sprich mit deiner Herrin«, sagte ich leise. »Aber sprich allein mit ihr.«

Obwohl ich mit dem Rücken zur Tür stand, merkte ich, wie Cornelia sich von der Schwelle fortstahl.

Schließlich folgte Tanneke ihrem gesunden Menschenverstand. Mit eisigem Gesicht reichte sie mir Johannes und machte sich auf die Suche nach Maria Thins. Bevor ich ihn auf meinen Schoß setzte, wischte ich den roten Schmierer von der Schürze und warf den Lappen ins Feuer. Ein Fleck blieb trotzdem zurück. Dann saß ich mit den Armen um das Kind da und wartete auf das Urteil, das über mein Schicksal gefällt werden würde.

Ich fand nie heraus, was Maria Thins zu Tanneke sagte, womit sie ihr drohte oder was sie ihr versprach, damit sie schwieg. Doch es wirkte. Tanneke verlor kein Wort über meine Arbeit auf dem Speicher, weder gegenüber Catharina noch zu den Mädchen oder mir. Aber sie machte mir das Leben noch schwerer und wurde willentlich schwierig, nicht unwillentlich wie früher. Wenn ich beim Fischhändler Kabeljau kaufte, wie sie es mir gesagt hatte, schickte sie mich zurück und schwor, sie hätte mir aufgetragen, Schollen zu kaufen. Beim Kochen wurde sie nachlässig, verspritzte so viel Fett wie möglich über ihre Schürze, damit ich die Flecken länger einweichen und fester schrubben mußte, um sie zu entfernen. Sie ließ Eimer für mich zum Ausleeren stehen, holte kein Wasser mehr, um die Zisterne in der Küche zu füllen, wischte die Böden nicht mehr. Sie saß nur da, weigerte sich, die Füße zu heben, und schaute mir gehässig zu, während ich um sie herum aufwischte, und hinterher stellte ich fest, daß sie unter ihren Füßen eine Öllache verborgen hatte.

Und sie redete nicht mehr freundlich zu mir. Sie gab mir das Gefühl, in einem Haus voller Menschen allein zu sein.

Also wagte ich nicht mehr, Kleinigkeiten aus ihrer Küche mitzunehmen, um meinen Vater fröhlicher zu stimmen. Ich erzählte meinen Eltern nicht, wie schwierig das Leben für mich am Oude Langendijck geworden war, wie achtsam ich sein mußte, um die Stelle nicht zu verlieren. Und von den wenigen schönen Dingen, die es für mich dort gab, konnte ich ihnen auch nicht erzählen – von den Farben, die ich zerstieß, den Nächten, in denen ich allein im Atelier saß, den Momenten, in denen er und ich nebeneinander arbeiteten und seine Anwesenheit mich wärmte.

Ich konnte ihnen nur von seinen Gemälden erzählen.

Eines Morgens im April, als die Kälte endlich vorbei war, ging ich den Koornmarkt entlang zur Apotheke, als Pieter der Sohn neben mich trat und mir einen guten Tag wünschte. Er trug eine saubere Schürze und hatte ein Bündel in der Hand, das er, wie er sagte, bei einem Haus am Koornmarkt abliefern mußte. Er ging denselben Weg wie ich und fragte, ob er mich begleiten dürfe. Ich nickte – ich glaubte, ihm die Bitte nicht abschlagen zu dürfen. Im Winter hatte ich ihn ein- oder zweimal die Woche in der Fleischhalle gesehen. Es war immer schwer für mich, seinem Blick zu begegnen – seine Augen kamen mir vor wie Nadeln, die sich in meine Haut bohrten. Seine Aufmerksamkeit machte mir Sorgen.

»Du siehst müde aus«, sagte er jetzt. »Deine Augen sind rot. Die schinden dich.«

Ja, es war eine Schinderei. Mein Herr hatte mir so viel Bein zu mahlen gegeben, daß ich sehr früh aufstehen mußte, um alles zu schaffen. Und am Abend zuvor hatte Tanneke mich länger aufbleiben und den Küchenboden ein zweites Mal wischen lassen, weil sie eine Pfanne voll Fett verschüttet hatte.

Ich wollte nichts gegen meinen Herrn sagen. »Tanneke macht mir das Leben schwer«, erklärte ich statt dessen. »Sie gibt mir viel zu tun. Außerdem müssen wir jetzt, wo es wärmer wird, den Winter aus dem Haus putzen.« Das fügte ich hinzu, damit er nicht glaubte, ich würde mich über sie beklagen.

»Tanneke ist eigen«, sagte er. »Aber sehr treu.«

»Gegenüber Maria Thins.«

»Der ganzen Familie gegenüber. Denk daran, wie sie Catharina gegen ihren verrückten Bruder verteidigt hat.«

Ich schüttelte den Kopf. »Ich weiß nicht, wovon du redest.«

Pieter schaute mich überrascht an. »In der Fleischhalle wurde tagelang von nichts anderem gesprochen. Aber du klatschst ja nicht, stimmt's? Du hältst die Augen offen, aber du trägst keine Geschichten weiter und hörst dir auch keine an.« Offenbar freute ihn das. »Aber ich, ich höre die alten Frauen den ganzen Tag klatschen, während sie auf ihr Fleisch warten. Ein bißchen was bleibt immer hängen.«

»Was hat Tanneke getan?« fragte ich, obwohl ich es eigentlich nicht wollte.

Pieter lächelte. »Als deine Herrin das vorletzte Kind trug – wie heißt es?«

»Johannes. Wie der Vater.«

Pieters Lächeln verblaßte wie die Sonne, vor die sich eine Wolke schiebt. »Ja, wie sein Vater.« Er griff den Faden seiner Erzählung wieder auf. »Eines Tags kam Catharinas Bruder Willem in den Oude Langendijck, da war ihr Bauch schon sehr dick, und hat sie mitten auf der Straße geschlagen.«

»Warum?«

»Es heißt, er hat nicht alle Tassen im Schrank. Er war immer schon gewalttätig. Sein Vater auch. Du weißt doch, daß der Vater und Maria Thins sich vor vielen Jahren getrennt haben? Er hat sie oft geschlagen.«

»Er hat Maria Thins geschlagen?« wiederholte ich ungläubig. Ich konnte mir nicht vorstellen, daß irgend jemand Maria Thins schlagen sollte.

»Als Willem da auf der Straße auf Catharina losging, hat sich Tanneke zwischen die beiden geworfen, um Catharina zu beschützen. Sie hat sogar auf ihn eingedroschen.«

Wo war mein Herr gewesen, als das passierte? fragte ich mich. Es war undenkbar, daß er im Atelier geblieben war. Undenkbar. Er mußte in der Gilde gewesen sein oder bei van Leeuwenhoek oder im Mechelen, dem Gasthaus seiner Mutter.

»Letztes Jahr haben Maria Thins und Catharina Willem wegsperren lassen«, fuhr Pieter fort. »Jetzt kann er nicht mehr auf die Straße. Deswegen hast du ihn auch nie gesehen. Weißt du wirklich nichts davon? Reden sie bei dir im Haus nicht?«

»Nicht mit mir.« Ich dachte an die vielen Male, wenn Catharina und ihre Mutter im Kreuzigungszimmer beisammensaßen und verstummten, sobald ich hereinkam. »Und ich lausche nicht an Türen.«

»Natürlich nicht.« Pieter lächelte, als hätte ich einen Scherz gemacht. Wie alle anderen Menschen dachte auch er, daß alle Dienstmägde lauschten. Es gab viele Vorurteile gegenüber Dienstmägden, die die Leute auf mich übertrugen.

Den Rest des Wegs schwieg ich. Ich hatte nicht gewußt, daß Tanneke so ergeben und so mutig sein konnte, trotz allem, was sie hinter Catharinas Rücken über sie sagte, oder daß Catharina geschlagen worden war, oder daß Maria Thins einen solchen Sohn haben konnte. Ich versuchte, mir vorzustellen, mein Bruder würde mich auf der Straße schlagen, aber es gelang mir nicht.

Pieter sagte nichts mehr – er sah mir meine Verwirrung an. Als wir die Apotheke erreichten, berührte er mich nur kurz am Ellbogen und ging weiter. Bevor ich in den Laden trat, mußte ich einen Moment stehenbleiben und in das dunkelgrüne Wasser der Gracht schauen, und dann schüttelte ich den Kopf, um alle Gedanken zu vertreiben.

Ich schüttelte das Bild des Messers ab, das über den Küchenfußboden meiner Mutter schlitterte.

Eines Sonntags besuchte Pieter der Sohn den Gottesdienst in unserer Kirche. Er war wohl nach meinen Eltern und mir gekommen und hatte ganz hinten Platz genommen, denn ich sah ihn erst später, als wir draußen mit unseren Nachbarn redeten. Er stand etwas abseits und beobachtete mich. Als ich ihn bemerkte, schrak ich zusammen. Zumindest ist er protestantisch, dachte ich. Dessen war ich mir vorher nicht sicher gewesen. Seit ich im Haus im Papistenviertel arbeitete, war ich mir vieler Sachen nicht mehr sicher.

Meine Mutter folgte meinem Blick. »Wer ist das?«

»Der Sohn des Fleischers.«

Sie schaute mich an – überrascht, aber auch ängstlich. »Geh zu ihm«, flüsterte sie. »Bring ihn zu uns.«

Gehorsam ging ich zu Pieter. »Was suchst du hier?« fragte ich ihn. Ich wußte, daß ich höflicher sein sollte.

Er lächelte. »Guten Tag, Griet. Hast du kein freundliches Wort für mich?«

»Was suchst du hier?«

»Ich gehe zum Gottesdienst reihum in alle Kirchen in Delft, um herauszufinden, wo es mir am besten gefällt. Das wird eine Weile dauern.« Als er meinen Gesichtsausdruck sah, gab er den scherzhaften Ton auf – Spaßen war nicht meine Art. »Ich bin gekommen, um dich zu sehen und deine Eltern kennenzulernen.«

Ich fühlte mich fiebrig, so rot lief ich an. »Es wäre mir lieber, wenn du das nicht tätest«, antwortete ich leise.

»Warum nicht?«

»Ich bin erst siebzehn. Ich will nicht … An solche Sachen denke ich noch nicht.«

»Es hat keine Eile«, sagte Pieter.

Ich schaute auf seine Hände. Sie waren sauber, aber rund um die Nägel klebte verkrustetes Blut. Ich dachte an die Hand meines Herrn, wie sie auf meiner lag, als er mir zeigte, wie ich das Bein zerstoßen sollte, und schauderte.

Die Leute starrten zu uns herüber, denn er war in der Gemeinde nicht bekannt. Außerdem war er mit seinen langen, blonden Locken, den strahlenden Augen und dem freundlichen Lächeln ein gutaussehender Mann – das merkte sogar ich. Mehrere junge Frauen versuchten, seinen Blick auf sich zu lenken.

»Stellst du mich deinen Eltern vor?«

Widerstrebend führte ich ihn zu ihnen. Pieter begrüßte meine Mutter mit einem Kopfnicken und nahm die Hand meines Vaters, der befangen einen Schritt zurücktrat. Seitdem er das Augenlicht verloren hatte, war er in der Gegenwart Fremder scheu geworden. Und er hatte noch nie mit einem Mann gesprochen, der sich um mich bemühte.

»Mach dir keine Sorgen, Vater«, flüsterte ich, als meine Mutter Pieter mit einer Nachbarin bekannt machte. »Ihr verliert mich nicht.«

»Wir haben dich schon verloren, Griet. Wir haben dich verloren an dem Tag, als du Dienstmagd geworden bist.«

Ich war froh, daß er nicht die Tränen sehen konnte, die mir in die Augen stiegen.

Pieter der Sohn kam nicht jede Woche in unsere Kirche, aber oft genug, daß mir jeden Sonntag beklommen war, ich meinen Rock öfter als nötig glatt strich und mit zusammengepreßten Lippen auf unserem Platz saß.

»Ist er gekommen? Ist er da?« fragte mein Vater jeden Sonntag und drehte den Kopf hin und her.

Ich überließ es meiner Mutter zu antworten. »Ja«, sagte sie, »er ist hier«, oder: »Nein, er ist nicht da.«

Pieter begrüßte immer erst meine Eltern und dann mich. Anfangs waren sie in seiner Gegenwart sehr befangen. Aber Pieter plauderte mit ihnen, überging ihre verlegenen Antworten und die langen Pausen. Da er am Stand seines Vaters mit so vielen Menschen zusammentraf, fiel es ihm leicht, mit Fremden ins Gespräch zu kommen. Nach einigen Sonntagen gewöhnten meine Eltern sich an ihn. Beim ersten Mal, als mein Vater über eine Bemerkung Pieters lachte, war er so überrascht, daß er sofort die Stirn runzelte, bis Pieter etwas sagte, das ihn wieder zum Lachen brachte.

Nachdem sie sich eine Weile unterhalten hatten, kam immer der Moment, in dem meine Eltern sich jemand anderem zuwandten und uns allein miteinander reden ließen. Pieter war klug und überließ es ihnen, diesen Moment zu bestimmen. Die ersten Male kam es gar nicht dazu. Dann, eines Sonntags, nahm meine Mutter meinen Vater entschlossen am Arm und sagte: »Komm, laß uns mit dem Pfarrer reden.«

Mehrere Sonntage graute mir vor diesem Moment, bis auch ich mich daran gewöhnte, vor so vielen aufmerksamen Augenpaaren mit ihm allein zu sein. Manchmal neckte Pieter mich ein wenig, aber meistens erkundigte er sich, was ich die Woche über getan hatte, erzählte mir Geschichten, die er in der Fleischhalle gehört hatte, oder beschrieb Auktionen auf dem Viehmarkt. Und er blieb geduldig, wenn ich wenig sagte oder scharf oder abweisend war.

Er fragte mich nie nach meinem Herrn. Ich erzählte ihm nie, daß ich mit den Farben arbeitete, und war froh, daß er mich nicht danach fragte.

An den Sonntagen war ich sehr verwirrt. Obwohl ich eigentlich Pieter zuhören sollte, merkte ich, daß ich an meinen Herrn dachte.

Eines Sonntags im Mai, als ich fast schon ein Jahr im Haus am Oude Langendijck arbeitete, fragte meine Mutter Pieter, bevor sie und mein Vater uns allein ließen: »Möchtest du nächsten Sonntag nach dem Gottesdienst zu uns zum Essen kommen?«

Ich starrte sie mit offenem Mund an, aber Pieter lächelte. »Ich komme.«

Was er dann noch sagte, hörte ich gar nicht. Als er sich schließlich verabschiedete und ich mit meinen Eltern nach Hause ging, mußte ich mir auf die Lippen beißen, um nicht laut zu schreien. »Warum hast du mir nicht gesagt, daß du Pieter einladen würdest?« murrte ich.

Meine Mutter warf mir einen Seitenblick zu. »Es ist Zeit, daß wir ihn einladen«, sagte sie nur.

Sie hatte recht – es wäre unhöflich gewesen, ihn nicht zu uns zu bitten. Ich hatte dieses Spiel mit einem Mann noch nie gespielt, aber ich hatte es bei anderen beobachtet. Wenn Pieter es ernst meinte, mußten meine Eltern ihn ernst nehmen.

Ich wußte auch, welche Belastung es für sie bedeuten würde, ihn zu Gast zu haben. Meine Eltern hatten jetzt sehr wenig Geld. Trotz meines Lohns und dem, was meine Mutter bekam, indem sie für andere Leute Wolle spann, hatten sie kaum selbst genug zu essen, ganz zu schweigen von einem Besucher – noch dazu einen Fleischer. Und ich konnte ihnen nur wenig helfen, höchstens mit einigen Kleinigkeiten aus Tannekes Küche, vielleicht etwas Holz, ein paar Zwiebeln, einem Stück Brot. Sie würden die Woche über weniger essen und seltener Feuer machen, nur damit sie ihm ein richtiges Essen vorsetzen konnten.

Trotzdem wollten sie, daß er zu uns kam. Mir gegenüber gaben sie es zwar nicht zu, aber sicher hatten sie das Gefühl, wenn wir ihm jetzt etwas zu essen gaben, würden wir in der Zukunft satt werden. Die Ehefrau eines Fleischers – und ihre Eltern – würden immer gut zu essen haben. Heute zu hungern verhieß morgen einen vollen Bauch.

Später, als Pieter uns regelmäßig besuchte, schickte er

ihnen vorher immer ein Stück Fleisch, das meine Mutter dann am Sonntag zubereitete. Doch an jenem ersten Sonntag setzte sie dem Fleischerssohn klugerweise kein Fleisch vor. Daran hätte er genau ablesen können, wie arm sie tatsächlich waren. Statt dessen machte sie einen Fischeintopf, in den sie sogar Garnelen und Hummer tat. Wovon sie das bezahlte, erzählte sie mir nie.

Das Haus war zwar ärmlich, glänzte aber von oben bis unten. Meine Mutter hatte einige der schönsten Fliesen meines Vaters hervorgeholt – diejenigen, die sie nicht hatte verkaufen müssen –, sie poliert und entlang der Wand aufgestellt, so daß Pieter sie beim Essen betrachten konnte. Er lobte den Eintopf meiner Mutter, und seine Worte klangen aufrichtig. Sie errötete vor Freude und gab ihm lächelnd nach. Hinterher fragte er meinen Vater nach den Fliesen und beschrieb jede einzelne, bis mein Vater sie wiedererkannte und die Beschreibung beendete.

»Griet hat die schönste«, sagte er, nachdem sie alle Fliesen im Zimmer durchgegangen waren. »Eine mit ihr und ihrem Bruder.«

»Die würde ich gerne sehen«, antwortete Pieter.

Ich schaute auf meine rauhen Hände, die in meinem Schoß lagen, und schluckte. Ich hatte meinen Eltern nie erzählt, was Cornelia mit meiner Fliese getan hatte.

Als Pieter sich verabschiedete, flüsterte meine Mutter mir ins Ohr, ich solle ihn ein Stück begleiten. Ich ging neben ihm her, überzeugt, daß alle Nachbarn uns mit Blicken verfolgten, obwohl an dem regnerischen Tag nur wenige Leute unterwegs waren. Ich hatte das Gefühl, als hätten meine Eltern mich auf die Straße getrieben, als seien sie handelseinig geworden und hätten mich in die Hände eines Mannes übergeben. Zumindest ist er ein guter Mann, dachte ich, selbst wenn seine Hände nicht so sauber sind, wie sie es sein könnten.

In der Nähe der Riedveld-Gracht war eine Gasse. Mit sanftem Druck auf meinen Rücken steuerte Pieter mich dorthin. Wenn wir als Kinder spielten, hatte Agnes sich oft hier versteckt. Ich lehnte mich an die Wand und ließ mich von Pieter küssen. Er war so begierig, daß er mir in die Lippen biß. Ich schrie nicht – ich leckte das salzige Blut ab, und als er sich an mich drückte, schaute ich über seine Schulter auf die nasse Backsteinwand gegenüber. Ein Regentropfen fiel mir ins Auge.

Ich ließ ihn nicht alles tun, was er tun wollte. Nach einer Weile machte er einen Schritt zurück und streckte die Hand zu meinem Kopf aus. Ich wich ihm aus.

»Du trägst immer eine Haube, nicht?« fragte er.

»Ich habe nicht genug Geld, um mir die Haare zu frisieren und ohne Haube zu gehen«, wies ich ihn zurecht. »Und ich bin auch keine …« Ich beendete den Satz nicht. Es war nicht nötig, ihm zu sagen, welche andere Art von Frauen mit bloßem Kopf auf die Straße ging.

»Aber deine Haube bedeckt dein ganzes Haar. Warum? Bei den meisten Frauen ist von den Haaren zumindest ein bißchen zu sehen.«

Ich gab keine Antwort.

»Welche Haarfarbe hast du?«

»Braun.«

»Hell oder dunkel?«

»Dunkel.«

Pieter lächelte, als spiele er mit einem Kind und müsse nachsichtig sein. »Gerade oder lockig?«

»Weder – noch. Beides.« Ich wußte nicht ein noch aus.

»Lang oder kurz?«

Ich zögerte. »Bis unter die Schultern.«

Er lächelte mich unverwandt an, dann küßte er mich noch einmal und ging zum Marktplatz.

Ich hatte gezögert, weil ich nicht lügen konnte, ihm

aber auch nicht die Wahrheit sagen wollte. Meine Haare waren lang und ließen sich nicht bändigen. Wenn sie unbedeckt waren, schienen sie einer anderen Griet zu gehören – einer Griet, die sich allein mit einem Mann in einer Gasse herumtreiben würde, die nicht ruhig, still und sittsam war. Einer Griet wie die Frauen, die es wagten, mit unbedecktem Kopf auf die Straße zu gehen. Das war der Grund, warum ich meine Haare völlig unter der Haube verbarg – damit von dieser Griet nichts zu sehen war.

Er hatte das Bild der Bäckerstochter beendet. Dieses Mal war ich gewarnt, denn er hatte mir schon seit einiger Zeit nicht mehr aufgetragen, Farben zu zerstoßen und zu schwemmen. Jetzt brauchte er nur noch wenig davon, und dieses Mal nahm er am Ende auch nicht plötzlich Veränderungen vor wie bei der Frau mit der Perlenkette. Er hatte die Änderungen früher gemacht, einen der Stühle aus dem Bild genommen und die Landkarte ein Stück zur Seite gehängt. Diese Veränderungen hatten mich weniger überrascht, weil ich Zeit gehabt hatte, sie mir selbst zu überlegen, und weil ich wußte, daß das Gemälde dadurch besser wurde.

Dann borgte er sich von van Leeuwenhoek noch einmal die Camera obscura, um die Szene ein letztes Mal zu betrachten. Als er die Camera aufgebaut hatte, ließ er mich einmal hineinschauen. Obwohl mir immer noch nicht klar war, wie sie es machte, bewunderte ich mittlerweile die Darstellungen, die sie in den dunklen Kasten malte, die kleinen, seitenverkehrten Bilder der Gegenstände im Raum. Die Farben der alltäglichsten Dinge wurden kräftiger – das Rot des Tischläufers leuchtender, das Braun der Wandkarte schillernder, wie wenn man ein Glas Bier in die Sonne hält. Ich wußte nicht genau, wie die Camera ihm beim Malen half, aber allmählich dachte ich wie Maria Thins – wenn sie ihm half, besser zu malen, stellte ich keine Fragen.

Allerdings malte er nicht schneller. An dem Mädchen mit dem Wasserkrug arbeitete er fünf Monate. Ich machte mir oft Sorgen, daß Maria Thins mir sagen würde, ich hätte ihm nicht geholfen, schneller zu arbeiten, und müßte meine Habseligkeiten zusammenpacken und gehen.

Aber das tat sie nicht. Sie wußte, daß er im Winter sehr viel in der Gilde zu tun gehabt hatte, und auch im Mechelen. Vielleicht hatte sie beschlossen abzuwarten und zu sehen, ob es im Sommer anders werden würde. Oder vielleicht fiel es ihr schwer, ihn zu tadeln, weil ihr das Gemälde so gut gefiel.

»Es ist eine Schande, daß ein so gutes Bild nur dem Bäcker gehören wird«, sagte sie eines Tages. »Wenn es für van Ruijven wäre, könnten wir mehr verlangen.« Es war offensichtlich, daß er zwar die Bilder malte, sie aber die Geschäfte abschloß.

Dem Bäcker gefiel das Bild auch. Als er kam, um es sich anzusehen, verlief sein Besuch völlig anders als die förmliche Gesellschaft mit van Ruijven und seiner Frau, als sie einige Monate zuvor ihr Gemälde begutachtet hatten. Der Bäcker brachte seine ganze Familie mit, darunter mehrere Kinder und ein oder zwei Schwestern. Er war ein fröhlicher Mann, das Gesicht immer rot von der Hitze seiner Öfen, und seine Haare sahen aus, als hätte er sie in Mehl gestippt. Den Wein, den Maria Thins ihm anbot, lehnte er ab und bat um einen Humpen Bier. Er liebte Kinder und bestand darauf, daß auch die vier Mädchen und Johannes ins Atelier kamen. Und sie liebten ihn ebenso – bei jedem Besuch brachte er ihnen eine weitere Muschel für ihre Sammlung mit. Dieses Mal war es eine Schneckenmuschel, so groß wie meine Hand, rauh und stachelig, außen weiß mit hellgelben Streifen, innen schimmernd Rosa und Orange. Die Mädchen waren entzückt und holten sofort ihre anderen Muscheln nach oben. Dann spielten sie und die Bäckerskinder gemeinsam in der Abstellkammer, während Tanneke und ich die Gäste im Atelier bedienten.

Der Bäcker erklärte, er sei mit dem Gemälde zufrieden. »Meine Tochter sieht hübsch aus, mehr verlange ich nicht«, sagte er.

Hinterher klagte Maria Thins, er habe es sich nicht so genau angesehen, wie van Ruijven es getan hätte, seine Sinne seien vom Bier benebelt gewesen und von der Unruhe, die er verbreitete. Ich war anderer Meinung, aber das verschwieg ich. Meiner Ansicht nach hatte der Bäcker ehrlich seine Gefühle zu dem Bild geäußert. Van Ruijven bemühte sich zu sehr, wenn er die Bilder betrachtete, suchte nach schmeichlerischen Worten und förmlichen Ausdrücken. Ihm war allzu klar, daß er vor einem Publikum auftrat, während der Bäcker nur sagte, was er dachte.

Ich schaute nach den Kindern in der Abstellkammer. Sie hatten sich über den ganzen Boden ausgebreitet, sortierten ihre Muscheln und machten alles voll Sand. Die Truhen und Bücher, die Gefäße und Kissen, die dort aufbewahrt wurden, langweilten sie nur.

Cornelia kam gerade die Leiter vom Speicher herunter. Sie sprang von der drittuntersten Sprosse herab und landete mit einem triumphierenden Aufschrei auf dem Boden. In dem kurzen Blick, den sie mir zuwarf, lag etwas Trotziges. Einer der Söhne des Bäckers, der ungefähr in Aleydis' Alter war, stieg die Leiter ein Stück hinauf und sprang ebenfalls herunter. Dann war Aleydis an der Reihe, dann ein anderes Kind und noch eines.

Ich hatte nie herausgefunden, wie es Cornelia gelungen war, auf den Speicher zu schleichen und den Krapp zu stehlen, mit dem sie mir die Schürze verschmiert hatte. Sie war von Natur aus verschlagen, es fiel ihr leicht, sich davonzustehlen, wenn niemand auf sie achtete. Ich hatte weder Maria Thins noch ihm von ihrer Ungehörigkeit erzählt. Ich war mir nicht sicher, ob sie mir glauben würden. Aber von dem Tag an hatte ich die Farben immer weggeschlossen, wenn er und ich nicht da waren.

Jetzt, als sie neben Maertge am Boden lag, sagte ich nichts zu ihr. Aber abends überprüfte ich meine Sachen. Alles war da – meine zerbrochene Fliese, mein Schildpattkamm, mein Gebetbuch, meine gestickten Taschentücher, meine Krägen, Leibchen, Schürzen und Hauben. Ich zählte sie alle, sortierte sie und faltete sie neu zusammen.

Dann, nur um sicherzugehen, überprüfte ich die Farben. Auch sie lagen noch ordentlich in der Schublade, und der Schrank sah nicht aus, als hätte sich jemand an ihm zu schaffen gemacht.

Vielleicht war sie doch einfach nur ein Kind, das eine Leiter hinaufkletterte und wieder heruntersprang, das ein Spiel und keinen Streich spielen wollte.

Der Bäcker holte sein Gemälde im Mai ab, aber erst im Juli begann mein Herr mit dem Aufbau für das nächste Bild. Je länger er sich Zeit ließ, desto größere Sorgen machte ich mir, denn ich dachte, daß Maria Thins mir die Schuld dafür geben würde, auch wenn wir beide wußten, daß ich nichts damit zu tun hatte. Dann hörte ich eines Tages zufällig, wie sie Catharina von einem Bekannten van Ruijvens erzählte, der das Gemälde seiner Frau mit der Perlenkette gesehen und gesagt hatte, sie solle zum Betrachter und nicht in den Spiegel schauen. Daraufhin hatte van Ruijven beschlossen, er wolle ein Bild, auf dem seine Frau sich dem Maler zuwandte. »Die Pose malt er nicht oft«, fügte Maria Thins hinzu.

Catharinas Antwort konnte ich nicht hören. Einen Augenblick hielt ich mit dem Fegen im Mädchenzimmer inne.

»Du erinnerst dich doch an das letzte Mal«, sagte Maria Thins. »Die Dienstmagd. Weißt du noch – van Ruijven und die Magd in dem roten Kleid?«

Catharina unterdrückte ein Prusten.

»Das war das letzte Mal, daß jemand aus seinem Bild herausgeschaut hat«, fuhr Maria Thins fort. »Das war ein Skandal! Ich war mir sicher, daß er ablehnen würde, als van Ruijven ihm den Vorschlag machte, aber er hat ja gesagt.«

Maria Thins konnte ich nicht fragen, denn dann würde sie wissen, daß ich an der Tür gelauscht hatte. Tanneke konnte ich nicht fragen, denn sie erzählte mir keinen Klatsch mehr. Also fragte ich Pieter den Sohn, als einmal wenig Kundinnen am Stand waren, ob er etwas von der Dienstmagd in dem roten Kleid gehört habe.

»Ach, die Geschichte hat überall in der Fleischhalle die Runde gemacht«, erwiderte er lachend. Er beugte sich vor und ordnete die Rinderzungen, die auf dem Tisch auslagen. »Das ist jetzt schon mehrere Jahre her. Wie es heißt, wollte van Ruijven, daß eine seiner Dienstmägde mit ihm für ein Bild Modell sitzt. Sie haben ihr ein Kleid von seiner Frau gegeben, ein rotes, und van Ruijven hat darauf bestanden, daß sie auf dem Bild ein Glas Wein in der Hand hält, so daß sie beim Modellsitzen immer davon getrunken hat. Bevor das Bild fertig war, hat sie ein Kind von ihm erwartet.«

»Was ist aus ihr geworden?«

Pieter zuckte die Achseln. »Was wird schon aus solchen Mädchen?«

Seine Worte ließen mir das Blut in den Adern gefrieren. Natürlich hatte ich schon von ähnlichen Geschichten gehört, aber sie waren nie in meinem Kreis passiert. Ich dachte daran, wie ich mir gewünscht hatte, Catharinas Kleider zu tragen, wie van Ruijven mir im Gang ans Kinn gefaßt und zu meinem Herrn gesagt hatte: »Ihr solltet sie malen.«

Pieter hatte in seiner Arbeit innegehalten; Falten standen ihm auf der Stirn. »Weswegen fragst du nach ihr?«

»Nur so«, antwortete ich leichthin. »Ich habe nur zufällig etwas davon gehört.«

Ich hatte nicht miterlebt, wie er den Tisch für das Gemälde der Bäckerstochter aufbaute – zu der Zeit hatte ich ihm noch nicht geholfen. Doch jetzt, als van Ruijvens Frau kam, um das erste Mal für ihn zu sitzen, war ich oben auf dem Speicher und hörte alles, was er sagte. Sie war eine stille Frau. Sie tat, was ihr gesagt wurde, ohne ein Geräusch zu machen. Selbst ihre feinen Schuhe klackten nicht, wenn sie über den Fliesenboden ging. Er ließ sie am Fenster stehen, die Läden geöffnet, dann mußte sie sich auf einen der beiden Löwenkopfstühle am Tisch setzen. Ich hörte, wie er einige Fensterläden schloß. »Dieses Bild wird dunkler werden als das andere«, erklärte er.

Sie erwiderte nichts. Es war, als rede er mit sich selbst. Nach einem Moment rief er nach mir. Als ich erschien, sagte er: »Griet, hol die gelbe Jacke von meiner Frau und die Perlenkette mit den Ohrenringen.«

An dem Nachmittag war Catharina bei Bekannten zu Besuch, also konnte ich sie nicht nach ihrem Schmuck fragen. Ich hätte auch Angst davor gehabt. Statt dessen ging ich zu Maria Thins, die im Kreuzigungszimmer saß. Sie schloß Catharinas Schmuckschatulle auf und gab mir die Kette und die Ohrringe. Dann holte ich die Ärmeljacke aus dem Schrank im Saal, schüttelte sie aus und legte sie mir vorsichtig über den Arm. Ich hatte sie nie zuvor angefaßt. Ich steckte die Nasenspitze in den Pelz – er war ganz weich, wie das Fell eines jungen Kaninchens.

Als ich den Gang entlang zur Treppe ging, empfand ich plötzlich den Wunsch, mit den Reichtümern, die ich in der Hand hielt, zur Tür hinauszulaufen. Ich könnte zum Stern mitten auf dem Marktplatz laufen, eine Richtung wählen und nie mehr zurückkommen.

Statt dessen ging ich zu van Ruijvens Frau zurück und half ihr in die Ärmeljacke. Sie trug sie wie eine zweite Haut. Nachdem sie sich den Draht der Ohrringe durch die Löcher in ihren Ohrläppchen gesteckt hatte, legte sie sich die Kette um den Hals. Ich hielt die Bänder, um sie ihr zuzubinden, da sagte er: »Tragt die Kette nicht. Legt sie auf den Tisch.«

Sie setzte sich wieder. Er sah sie von seinem Stuhl aus an. Es schien ihr nichts auszumachen – sie schaute in die Ferne, ohne etwas zu sehen, wie er es von mir verlangt hatte.

»Schaut zu mir«, sagte er.

Sie blickte auf. Ihre Augen waren groß und dunkel, fast schwarz.

Er drapierte einen Tischläufer auf den Tisch, ersetzte ihn durch das blaue Tuch. Er legte die Perlen in einer Reihe obenauf, arrangierte sie zu einem Häufchen, dann wieder zu einer Reihe. Er bat die Frau aufzustehen, sich hinzusetzen, sich anzulehnen, sich vorzubeugen.

Ich dachte, er hätte mich vergessen, wie ich in der Ecke stand und zusah, bis er sagte: »Griet, hol mir Catharinas Puderquaste.«

Er bat sie, sich die Quaste ans Gesicht zu halten, sie

auf den Tisch zu legen, aber mit der Hand darauf, sie beiseite zu stellen. Dann gab er sie mir. »Bring sie wieder nach unten.«

Als ich zurückkam, hatte er ihr eine Feder und ein Blatt Papier gegeben. Sie saß vorgebeugt auf dem Stuhl und schrieb; zu ihrer Rechten stand ein Tintenfaß. Er öffnete zwei der oberen Fensterläden und schloß das untere Paar. Es wurde dunkler im Raum, das Licht fiel auf ihre hohe, runde Stirn, auf ihren Arm am Tisch, auf den Ärmel der gelben Jacke.

»Die linke Hand ein Stück vor«, sagte er. »Ja, so.«

Sie schrieb.

»Schaut zu mir«, sagte er.

Sie sah zu ihm.

Er holte eine Landkarte aus der Abstellkammer und hängte sie an die hintere Wand. Er nahm sie wieder ab. Er versuchte es mit einer kleinen Landschaft, dem Gemälde eines Schiffs, der bloßen Wand. Dann verschwand er nach unten.

Während er weg war, beobachtete ich van Ruijvens Frau. Das war vielleicht unmanierlich, aber ich wollte sehen, was sie tat. Sie bewegte sich nicht. Es war, als würde sie sich noch mehr in die Pose einfinden. Als er wiederkam, mit einem Stilleben von Musikinstrumenten in der Hand, sah sie aus, als hätte sie schon immer an diesem Tisch gesessen und ihren Brief geschrieben. Ich hatte gehört, daß er sie vor dem Bild mit der Perlenkette schon einmal gemalt hatte, wie sie Laute spielte. Mittlerweile wußte sie wohl, was er von einem Modell wollte. Vielleicht war sie einfach das, was er wollte.

Er hängte das Bild an die Wand hinter sie, dann setzte er sich wieder auf seinen Stuhl und betrachtete sie. Während er und sie sich ansahen, hatte ich das Gefühl, als wäre ich gar nicht da. Ich wollte gehen, wieder mit den

Farben arbeiten, aber ich wagte nicht, den Moment zu zerstören.

»Wenn Ihr das nächste Mal kommt, tragt weiße Bänder im Haar statt der rosafarbenen, und eine gelbe Schleife hinten im Nacken.«

Sie nickte, aber so leicht, daß ihr Kopf sich kaum bewegte.

»Jetzt könnt Ihr Euch zurücklehnen.«

Als er sie aus der Pose erlöste, hatte ich das Gefühl, gehen zu dürfen.

Am folgenden Tag schob er einen weiteren Stuhl an den Tisch. Am Tag darauf holte er Catharinas Schmuckschatulle und stellte sie auf den Tisch. Die Schlüssellöcher der Schubladen waren rundum mit Perlen besetzt.

Während ich auf dem Speicher arbeitete, kam van Leeuwenhoek mit seiner Camera obscura. »Eines Tages müßt Ihr Euch eine eigene zulegen«, hörte ich ihn mit seiner tiefen Stimme sagen. »Aber ich muß zugeben, so bekomme ich die Gelegenheit zu sehen, was Ihr gerade malt. Wo ist das Modell?«

»Sie konnte nicht kommen.«

»Das ist ein Problem.«

»Nein. Griet«, rief er.

Ich stieg die Leiter herunter. Als ich ins Atelier kam, sah van Leeuwenhoek mich überrascht an. Er hatte ganz klare, braune Augen mit großen Lidern, die ihm einen verschlafenen Ausdruck gaben. Aber er war alles andere als verschlafen, sondern hellwach und etwas verwundert; die Mundwinkel waren ein wenig eingekniffen. Trotz seiner Überraschung, mich zu sehen, hatte seine Art etwas Freundliches, und als er sich wieder gefaßt hatte, verbeugte er sich sogar.

Kein Herr hatte sich je vor mir verbeugt. Ich konnte nicht anders – ich mußte lächeln.

Van Leeuwenhoek lachte. »Was hast du da oben gemacht, mein Kind?«

»Ich habe Farben zerstoßen, Mijnheer.«

Er drehte sich zu meinem Herrn. »Ein Gehilfe! Mit welchen Überraschungen werdet Ihr noch aufwarten? Als nächstes werdet Ihr ihr beibringen, Eure Frauen für Euch zu malen.«

Mein Herr lachte nicht. »Griet«, sagte er. »Setz dich so hin wie neulich van Ruijvens Frau.«

Beklommen ging ich zum Stuhl, setzte mich und beugte mich vor, wie sie es getan hatte.

»Nimm die Feder in die Hand.«

Meine Finger zitterten, so daß der Kiel bebte, als ich ihn aufnahm. Ich hielt die Hände, wie ich glaubte, daß sie es getan hatte, und betete, daß er nicht von mir verlangen würde, etwas zu schreiben, wie von van Ruijvens Frau. Mein Vater hatte mir beigebracht, meinen Namen zu schreiben, aber mehr nicht. Zumindest wußte ich, wie man einen Federkiel hält. Ich schaute auf die Blätter am Tisch und fragte mich, was van Ruijvens Frau wohl geschrieben hatte. Ich konnte ein wenig lesen, vertraute Dinge wie mein Gebetbuch, aber nicht die Handschrift einer Dame.

»Schau zu mir.«

Ich sah zu ihm. Ich versuchte, van Ruijvens Frau zu sein.

Er räusperte sich. »Sie wird die gelbe Jacke tragen«, sagte er zu van Leeuwenhoek. Der nickte.

Mein Herr stand auf. Sie bauten die Camera obscura so auf, daß sie direkt auf mich gerichtet war. Dann sahen sie abwechselnd hinein. Wenn sie sich über den Kasten beugten, die Köpfe unter die schwarze Robe gesteckt, fiel es mir nicht so schwer, dazusitzen und an nichts zu denken, wie er es von mir wollte.

Er bat van Leeuwenhoek mehrmals, das Bild an der Wand zu verhängen, bis er mit der Position zufrieden war, dann ließ er ihn Fensterläden öffnen und schließen, den Kopf immer unter der Robe verborgen. Endlich war er zufrieden. Er stand auf und warf die Robe über eine Stuhllehne, dann ging er zum Schreibtisch, nahm ein Blatt Papier und reichte es van Leeuwenhoek. Sie begannen, über den Inhalt des Schreibens zu reden – Belange der Gilde, bei denen mein Herr Rat brauchte. Sie redeten eine lange Weile.

Schließlich schaute van Leeuwenhoek auf. »Guter Gott, Mann, laßt das Mädchen wieder an seine Arbeit gehen.«

Mein Herr sah hoch, als wäre er überrascht, daß ich noch mit dem Federkiel in der Hand dasaß. »Griet, du kannst gehen.«

Als ich ging, glaubte ich, einen Ausdruck des Mitleids auf van Leeuwenhoeks Gesicht zu erkennen.

Er ließ die Camera einige Tage im Atelier aufgebaut stehen. So konnte ich mehrmals hineinschauen, wenn ich allein war, und die Gegenstände auf dem Tisch betrachten. Irgend etwas an der Szene, die er zu malen beginnen wollte, störte mich. Es war, als würde ich ein Bild ansehen, das schief an der Wand hing. Ich wollte etwas verändern, aber ich wußte nicht was. Der Kasten gab mir keine Antwort.

Eines Tages kam van Ruijvens Frau wieder, und er schaute sie lange durch die Camera an. Einmal, als sein Kopf mit der Robe bedeckt war, mußte ich durchs Atelier gehen und trat so leise wie möglich auf, um ihn nicht zu

Griet (Scarlett Johansson) und Johannes Vermeer (Colin Firth)

Catharina (Essie Davies) – die Frau von Johannes Vermeer

Der zwielichtige Van Ruijven (Tom Wilkinson) und Vermeers Schwiegermutter Maria Thins (Judy Parfitt)

Griet ist fasziniert von Vermeers Werken

Griet (Scarlett Johansson)

Pieter (Cillian Murphy) hat sich in Griet verliebt

Griet in den Straßen von Delft

Catharina, Van Ruijven, Griet und ein Gast des Abends

Griet und Johannes Vermeer

Die beiden Mägde Griet (links) und Tanneke (Johanna Scanlan, rechts)

Das Mädchen mit dem Perlenohrring

Johannes Vermeer mischt gemeinsam mit Griet neue Farben an

Scarlett Johansson und Regisseur Peter Webber am Set

stören. Ich stellte mich einen Moment hinter ihn, um die Szene mit ihr dort sitzend zu betrachten. Sie muß mich bemerkt haben, ließ es sich aber nicht anmerken, sondern schaute ihn aus ihren dunkeln Augen unverwandt an.

Da fiel mir auf, daß der Aufbau allzu ordentlich war. Obwohl mir Ordnung über alles ging, wußte ich von seinen anderen Gemälden, daß auf dem Tisch eine gewisse Unordnung herrschen mußte, etwas, das den Blick ein klein wenig störte. Ich musterte jeden Gegenstand – die Schmuckschatulle, das blaue Tuch auf dem Tisch, die Perlen, den Brief, das Tintenfaß – und wußte, was ich verändern würde. Leise ging ich auf den Speicher, überrascht von meinem kühnen Gedanken.

Sobald mir klar war, was er mit der Szene tun mußte, wartete ich darauf, daß er die Veränderung vornahm.

Doch er stellte keinen der Gegenstände auf dem Tisch um. Er schloß die Fensterläden ein wenig mehr, ließ van Ruijvens Frau den Kopf etwas stärker neigen, den Winkel, in dem sie den Federkiel hielt. Aber er tat nicht das, was ich von ihm erwartete.

Ich dachte drüber nach, während ich Wäsche auswrang, während ich für Tanneke den Bratspieß drehte, während ich den Fliesenboden in der Küche wischte, während ich Farben schwemmte. Und wenn ich nachts im Bett lag, dachte ich wieder darüber nach. Manchmal stand ich auf, um mir die Szene noch einmal anzusehen. Nein, ich irrte mich nicht.

Er gab die Camera an Leeuwenhoek zurück.

Jedesmal wenn ich die Szene betrachtete, hatte ich ein beklommenes Gefühl in der Brust, als würde sie zusammengepreßt werden.

Er stellte die Leinwand auf die Staffelei und trug eine Grundierung aus Bleiweiß und Kreide auf, gemischt mit etwas gebrannter Sienna und gelbem Ocker.

Meine Brust wurde enger. Ich wartete, daß er etwas tat.

Er skizzierte die Umrisse der Frau und aller Gegenstände in einem rötlichen Braun.

Als er anfing, große Flächen mit falschen Farben auszufüllen, glaubte ich, die Brust würde mir zerspringen wie ein Sack, der mit zu viel Mehl gefüllt wurde.

Eines Nachts, als ich im Bett lag, kam ich zu dem Ergebnis, daß ich die Veränderung selbst vornehmen mußte.

Am nächsten Morgen machte ich sauber, stellte die Schmuckschatulle ordentlich zurück, reihte die Perlen auf, legte das Blatt Papier an seinen Platz, polierte das Tintenfaß. Dann holte ich tief Luft, um mich von dem Druck in meiner Brust freizumachen. Mit einer raschen Bewegung zog ich den vorderen Zipfel des blauen Tuchs auf den Tisch, so daß er aus dem Schatten unter dem Tisch nach oben floß und vor der Schmuckschatulle eine Falte warf. Ich richtete sie ein wenig und trat einen Schritt zurück. Jetzt folgte das Tuch der Form ihres Arms, der auf dem Tisch ruhte.

Ja, dachte ich und preßte die Lippen zusammen. Vielleicht schickt er mich fort, aber jetzt sieht es besser aus.

An dem Nachmittag ging ich nicht auf den Speicher, obwohl dort viel Arbeit auf mich wartete. Ich saß mit Tanneke draußen auf der Bank und flickte Hemden. Er war morgens nicht ins Atelier gegangen, sondern zur Gilde, und hatte bei van Leeuwenhoek zu Mittag gegessen. Er hatte die Veränderung noch nicht gesehen.

Ich wartete beklommen. Sogar Tanneke, die mich sonst nie beachtete, fiel meine Stimmung auf. »Was ist denn los mit dir, Mädchen?« fragte sie. Sie hatte sich angewöhnt, mich wie ihre Herrin Mädchen zu nennen. »Du bist ja wie ein Huhn, das gleich auf den Schlachtblock kommt.«

»Nichts«, antwortete ich. »Erzähl mir doch, was passiert ist, als Catharinas Bruder das letzte Mal hier war. Ich habe am Markt davon gehört. Sie reden immer noch über dich«, fügte ich hinzu, in der Hoffnung, sie abzulenken und ihr zu schmeicheln. Und um zu verbergen, wie ungeschickt ich ihrer Frage auswich.

Einen Moment straffte Tanneke die Schultern, aber dann fiel ihr ein, wer sich nach dieser Geschichte erkundigte. »Das geht dich nichts an«, antwortete sie barsch. »Das sind Familienangelegenheiten, nichts für deine Ohren.«

Ein paar Monate zuvor wäre sie glücklich gewesen, eine Geschichte zum besten zu geben, die sie ins beste Licht rückte. Doch ich war es, die sie danach fragte, und mich wollte sie nicht ins Vertrauen ziehen, mich wollte sie nicht bei Laune halten und mit ihren Geschichten unterhalten. Sicher fiel es ihr schwer, auf eine Gelegenheit zu verzichten, bei der sie prahlen konnte.

Dann sah ich ihn – er kam den Oude Langendijck entlang auf uns zu, den Hut zum Schutz vor der Sonne in die Stirn gezogen, den dunklen Umhang nach hinten über die Schultern geworfen. Als er näher kam, ertrug ich es nicht, ihm ins Gesicht zu sehen.

»Guten Tag, Mijnheer«, flötete Tanneke in einem völlig anderen Ton.

»Guten Tag, Tanneke. Genießt du ein bißchen die Sonne?«

»O ja, Mijnheer. Ich mag die Sonne auf meinem Gesicht.«

Ich schaute immer nur auf die Stiche, die ich genäht hatte. Ich spürte, daß er mich ansah.

Nachdem er ins Haus gegangen war, zischte Tanneke: »Du mußt Mijnheer begrüßen, wenn er dich anspricht, Mädchen! Deine Manieren sind schandhaft.«

»Er hat dich angesprochen.«

»Das gehört sich auch so. Aber trotzdem brauchst du nicht unhöflich zu sein, sonst endest du auf der Straße ohne ein Dach über dem Kopf.«

Jetzt muß er oben sein, dachte ich. Er muß gesehen haben, was ich getan habe.

Ich wartete. Meine Finger konnten kaum die Nadel halten. Ich wußte nicht, was ich erwartete. Würde er mich vor Tanneke tadeln? Würde er die Stimme erheben – zum ersten Mal, seit ich in seinem Haus lebte? Würde er sagen, daß das Gemälde ruiniert sei?

Vielleicht würde er das blaue Tuch einfach nur glatt ziehen, so daß es hing wie zuvor. Vielleicht würde er gar nichts zu mir sagen.

Abends sah ich ihn kurz, als er zum Essen herunterkam. Er wirkte weder glücklich noch verärgert, weder unbekümmert noch bedrückt. Er schaute nicht von mir weg, aber er schaute mich auch nicht an.

Als ich ins Bett ging, sah ich nach, ob er das Tuch wieder so hingelegt hatte, wie es zuvor gewesen war.

Er hatte nichts getan. Ich hielt die Kerze an die Staffelei. Er hatte den Faltenwurf des blauen Tuchs in dem rötlichen Braun verändert. Er hatte meine Veränderung hingemalt.

In der Nacht lag ich in der Dunkelheit im Bett und lächelte.

Am nächsten Morgen kam er herein, als ich gerade um die Schmuckschatulle herum Staub wischte. Er hatte nie zuvor gesehen, wie ich meine Abmessungen machte. Ich hatte meinen Arm an eine Kante gelegt und dann die Schatulle weggenommen, um darunter sauberzumachen. Ich sah kurz zu ihm; er beobachtete mich. Er sagte nichts. Ich sagte auch nichts – ich war ganz damit beschäftigt, die Schatulle genau auf denselben Platz zurückzustellen. Dann wischte ich das blaue Tuch mit einem feuchten

Lappen ab und gab besonders acht mit den neuen Falten, die ich gemacht hatte. Meine Hände zitterten ein wenig.

Als ich fertig war, sah ich zu ihm auf.

»Sag, Griet, warum hast du das Tuch verändert?« Sein Ton war derselbe wie damals, als er mich im Haus meiner Eltern wegen des Gemüses gefragt hatte.

Ich dachte kurz nach. »Die Szene braucht etwas Unordnung, als Gegensatz zu der Ruhe«, erklärte ich. »Etwas, das ein bißchen stört. Aber es muß das Auge auch ansprechen, und das tut es, weil das Tuch und ihr Arm dieselbe Linie bilden.«

Lange Zeit blieb er still. Er betrachtete den Tisch. Ich wartete und fuhr mit den Händen immer wieder über meine Schürze.

»Ich hätte nicht gedacht, daß ich von einer Dienstmagd etwas lernen würde«, sagte er schließlich.

Am Sonntag, als ich meinem Vater das neue Bild beschrieb, setzte meine Mutter sich zu uns. Pieter war da; er hielt die Augen auf einen Sonnenfleck am Boden gerichtet. Er sagte nie etwas, wenn wir über die Bilder meines Herrn sprachen.

Ich erzählte ihnen nicht von der Veränderung, die ich gemacht und die mein Herr übernommen hatte.

»Ich glaube, seine Bilder sind nicht gut für die Seele«, erklärte meine Mutter plötzlich. Ihre Stirn war gerunzelt. Sie hatte noch nie über seine Arbeit gesprochen.

Überrascht drehte mein Vater den Kopf zu ihr.

»Aber vielleicht gut für die Geldbörse«, scherzte Frans. Es war einer der seltenen Sonntage, an denen er unsere Eltern besuchte. In letzter Zeit war er wie besessen von Geld. Er fragte mich nach dem Wert der Dinge im Haus am Oude Langendijck, dem Wert der Perlen und der Ärmeljacke im Bild, der perlenbesetzten Schmuckschatulle und ihrem Inhalt, der Anzahl und Größe der Bilder, die an den Wänden hingen. Ich erzählte ihm nicht viel. Es tat mir weh, von meinem eigenen Bruder denken zu müssen, daß sich seine Gedanken um einfachere Möglichkeiten drehten, seinen Lebensunterhalt zu verdienen, denn als Lehrling in einer Fliesenwerkstätte. Vermutlich träumte er nur, aber ich wollte diese Träume nicht noch unterstützen, indem ich kostbare Dinge beschrieb, die in seiner oder der Reichweite seiner Schwester waren.

»Was meinst du damit, Mutter?« fragte ich, ohne auf Frans einzugehen.

»Die Art, wie du seine Bilder beschreibst, klingt gefährlich«, meinte sie. »Nach dem, was du erzählst, könnten sie religiös sein. Es klingt, als wäre die Frau, die du beschreibst, die Jungfrau Maria, und dabei ist sie einfach nur eine Frau, die einen Brief schreibt. Du gibst dem Gemälde eine Bedeutung, die es nicht hat und nicht verdient. In Delft gibt es Tausende von Bildern. Sie hängen überall, in den Tavernen ebenso wie in den Häusern der Reichen. Mit zwei Wochenlöhnen einer Dienstmagd könntest du auf dem Markt eines erstehen.«

»Wenn ich das täte, würdet ihr zwei Wochen lang nichts zu essen haben und müßtet sterben, ohne zu sehen, was ich gekauft habe«, antwortete ich.

Mein Vater schrak zusammen. Frans, der Knoten in eine Schnur geknüpft hatte, hielt still. Pieter warf mir einen Blick zu.

Meine Mutter schwieg. Sie sagte nur sehr selten ihre Meinung. Wenn sie es doch tat, konnte man ihre Worte mit Gold aufwiegen.

»Es tut mir leid, Mutter«, stammelte ich. »Ich wollte nicht …«

»Die Arbeit dort hat dir den Kopf verdreht«, unterbrach sie mich. »Sie hat dich vergessen machen, wer du bist und woher du stammst. Wir sind eine anständige protestantische Familie, deren Leben nicht von Reichtum oder Moden bestimmt wird.«

Ich senkte den Blick. Ihre Worte trafen mich. Es waren die Worte einer Mutter, Worte, die ich meiner eigenen Tochter sagen würde, wenn ich mir Sorgen um sie machte. Obwohl es mir nicht behagte, daß sie das sagte – ebenso, wie ich es nicht mochte, daß sie den Wert seiner Gemälde hinterfragte –, wußte ich, daß sie die Wahrheit sagte.

An dem Sonntag blieb Pieter nicht so lange mit mir in der Gasse.

Am nächsten Morgen schmerzte es mich, das Gemälde anzusehen. Die Flächen mit falschen Farben waren fertig, und er hatte mit ihren Augen begonnen, der hohen, runden Stirn, einem Teil der Falten am Jackenärmel. Vor allem das tiefe Gelb erfüllte mich mit der Freude, die meine Mutter mit ihren Worten verurteilt hatte und die jetzt Schuldgefühle in mir weckte. Ich versuchte mir vorzustellen, wie das fertige Bild am Stand von Pieter dem Vater für zehn Gulden zum Verkauf aushing – einfach das Bild einer Frau, die einen Brief schrieb.

Es gelang mir nicht.

An dem Nachmittag war er guter Laune, sonst hätte ich ihn nicht gefragt. Ich hatte gelernt einzuschätzen, in welcher Stimmung er war; nicht nach dem wenigen, was er sagte, oder nach seiner Miene – sein Gesicht zeigte wenig Regungen –, sondern nach der Art, wie er sich durchs Atelier und den Speicher bewegte. Wenn er glücklich war, wenn er gut arbeitete, ging er zielstrebing hin und her, zauderte nicht, machte keine überflüssige Bewegung. Wäre er musikalisch gewesen, hätte er gesummt oder gesungen oder leise vor sich hin gepfiffen. Wenn die Arbeit nicht gut lief, hielt er immer wieder inne, starrte zum Fenster hinaus, machte abrupte Bewegungen, stieg die Leiter ein paar Sprossen nach oben und machte dann wieder kehrt.

»Mijnheer«, begann ich, als er auf den Speicher kam, um das Bleiweiß, das ich gerade zerstoßen hatte, mit Leinöl zu mischen. Er arbeitete am Pelzbesatz des Ärmels. Van Ruijvens Frau war an dem Tag nicht da, aber ich hatte festgestellt, daß er bestimmte Teile von ihr malen konnte, ohne daß sie für ihn Modell saß.

Er hob die Augenbrauen. »Ja, Griet?«

Er und Maertge waren die einzigen im Haus, die mich immer bei meinem Namen nannten.

»Sind Eure Bilder katholische Bilder?«

Er hielt inne, hielt die Flasche mit Leinöl reglos über der Muschel mit dem Bleiweiß. »Katholische Bilder«, wiederholte er. Er senkte die Hand und klopfte mit der Flasche auf den Tisch. »Was meinst du mit katholischen Bildern?«

Ich hatte geredet, ohne vorher zu überlegen. Jetzt wußte ich nicht, was ich sagen sollte. Ich versuchte es mit einer anderen Frage. »Warum hängen in katholischen Kirchen Gemälde?«

»Bist du je in einer katholischen Kirche gewesen, Griet?«

»Nein, Mijnheer.«

»Dann hast du keine Bilder in einer Kirche gesehen, keine Statuen und Buntglasfenster?«

»Nein.«

»Du hast Bilder nur in Häusern, in Läden und Gasthöfen gesehen?«

»Und am Markt.«

»Ja, und am Markt. Schaust du dir gerne Bilder an?«

»Aber ja, Mijnheer.« Allmählich dachte ich, daß er mir keine Antwort geben, sondern mir nur lauter Fragen stellen würde.

»Was siehst du, wenn du dir eins anschaust?«

»Nun ja, was der Maler gemalt hat, Mijnheer.«

Obwohl er nickte, hatte ich das Gefühl, daß ich ihm nicht die Antwort gegeben hatte, die er hören wollte.

»Was siehst du, wenn du dir das Bild unten im Atelier ansiehst?«

»Ich sehe nicht die Jungfrau Maria, ganz bestimmt nicht.« Ich sagte das mehr als Widerspruch zu dem, was meine Mutter gesagt hatte, denn als Antwort auf seine Frage.

Überrascht sah er mich an. »Erwartest du denn, die Jungfrau Maria zu sehen?«

»Aber nein, Mijnheer«, erwiderte ich verwirrt.

»Findest du, daß das Bild katholisch ist?«

»Ich weiß es nicht, Mijnheer. Meine Mutter sagte …«

»Deine Mutter hat das Bild nicht gesehen, oder?«

»Nein.«

»Dann kann sie dir nicht sagen, was du siehst oder nicht siehst.«

»Nein.« Obwohl er recht hatte, gefiel es mir nicht, daß er so über meine Mutter sprach.

»Nicht ein Bild ist katholisch oder protestantisch, sondern die Menschen, die es ansehen, und was sie zu sehen erwarten«, fuhr er fort. »Ein Gemälde in einer Kirche ist wie eine Kerze in einem dunklen Raum – es hilft uns, besser zu sehen. Es ist wie eine Brücke zwischen uns und Gott. Aber es ist keine protestantische oder eine katholische Kerze. Es ist einfach nur eine Kerze.«

»Wir brauchen solche Dinge nicht, um Gott zu sehen«, gab ich zurück. »Wir haben Seine Worte, das genügt.«

Er lächelte. »Weißt du, daß ich protestantisch erzogen

wurde, Griet? Ich bin vor der Heirat übergetreten. Du brauchst mir also keine Predigt zu halten. Ich habe solche Worte schon früher gehört.«

Ich starrte ihn an. Ich hatte noch niemanden kennengelernt, der sich entschieden hatte, kein Protestant mehr zu sein. Eigentlich glaubte ich nicht, daß man den Glauben wechseln konnte. Aber er hatte es getan.

Er schien zu warten, daß ich etwas sagte.

»Auch wenn ich nie in einer katholischen Kirche war«, begann ich zögernd, »glaube ich, wenn ich ein Bild dort sähe, wäre es wie eines von Euren. Auch wenn es keine Szenen aus der Bibel sind oder die Jungfrau mit dem Kind oder die Kreuzigung.« Schaudernd dachte ich an das Bild, das im Keller über meinem Bett gehangen hatte.

Er griff wieder nach der Flasche und goß vorsichtig ein paar Tropfen Öl in die Muschel. Dann begann er, das Öl und das Bleiweiß mit seinem Palettenmesser zu vermischen, bis die Masse mich an Butter erinnerte, wenn sie lange in einer warmen Küche stand. Ich war wie verzaubert von der Bewegung des silbernen Messers in der sahneweißen Farbe.

»Es gibt einen Unterschied zwischen der katholischen und der protestantischen Einstellung zur Malerei«, erklärte er, ohne mit dem Mischen innezuhalten. »Aber er ist nicht unbedingt so groß, wie du vielleicht glaubst. Bilder können für Katholiken eine spirituelle Rolle spielen, aber vergiß nicht, daß die Protestanten Gott überall sehen, in allen Dingen. Wenn sie alltägliche Gegenstände malen – Tische und Stühle, Schalen und Krüge, Soldaten und Mägde –, preisen sie dann nicht auch die Schöpfung Gottes?«

Ich wünschte, meine Mutter könnte ihn hören. Er würde selbst sie überzeugen.

Catharina gefiel es nicht, daß ihre Schatulle im Atelier stand, wo ihr Schmuck für sie unerreichbar war. Sie war mißtrauisch mir gegenüber – zum Teil, weil sie mich nicht leiden konnte, aber auch wegen der vielen Geschichten, die jeder kannte, von Mägden, die ihren Herrschaften die Silberlöffel stahlen. Stehlen und dem Hausherrn schöne Augen machen – diese Verfehlungen warfen Herrinnen ihren Mägden gerne vor.

Doch wie ich bei van Ruijven festgestellt hatte, war das Umgekehrte – daß der Mann die Dienstmagd bedrängte – viel öfter der Fall. Für ihn war eine Dienstmagd leichte Beute.

Obwohl Catharina ihren Mann in Haushaltsdingen nur selten um Rat fragte, bat sie ihn jetzt, etwas zu tun. Ich hörte nicht selbst, wie sie mit ihm darüber sprach; Maertge erzählte mir eines Morgens davon. Zu der Zeit verstanden Maertge und ich uns sehr gut. Sie war auf einmal älter geworden, verbrachte ihre Zeit nicht mehr so gern mit den anderen Kindern, sondern war am Vormittag lieber bei mir. Von mir lernte sie, Wäsche mit Wasser zu besprengen, damit sie in der Sonne bleichte, Fettflecken mit einer Mischung von Salz und Wein zu behandeln, damit man sie leichter entfernen konnte, das Plätteisen mit grobem Salz zu scheuern, damit es nicht klebrig wurde und den Stoff versengte. Aber ihre Hände waren zu zart, um die Wäsche zu waschen – sie durfte mir dabei zusehen, aber ich ließ nicht zu, daß sie ihre Hände naß machte. Meine waren mittlerweile schwielig und rot und aufgesprungen, trotz der Heilmittel meiner Mutter, mit denen ich sie pflegte. Ich war noch keine achtzehn Jahre und hatte schon die Hände einer Dienstmagd.

Maertge war ein wenig so, wie meine Schwester Agnes gewesen war – lebhaft, wißbegierig, und sie wußte schnell, was sie über etwas dachte. Aber sie war auch die Älteste, hatte die Zielstrebigkeit der Ältesten. Sie hatte sich um ihre Schwestern gekümmert, wie ich mich um meinen Bruder und meine Schwester gekümmert hatte. Das lehrte ein Mädchen, vorsichtig zu sein und Veränderungen zu scheuen.

»Mama will ihre Schmuckschatulle wiederhaben«, verkündete sie, als wir auf dem Weg zur Fleischhalle um den Stern am Marktplatz gingen. »Sie hat mit Papa darüber gesprochen.«

»Was hat sie gesagt?« Ich versuchte, unbekümmert zu klingen, und schaute auf die Zacken des Sterns. In letzter Zeit war mir aufgefallen, daß Catharina, wenn sie morgens die Tür des Ateliers für mich aufschloß, als erstes zum Tisch blickte, dorthin, wo ihr Schmuck lag.

Maertge zögerte. »Mama mag es nicht, daß du nachts mit ihrem Schmuck eingeschlossen bist«, antwortete sie schließlich. Warum Catharina das nicht mochte, erklärte sie nicht – sie befürchtete, ich könnte die Perlen vom Tisch klauben, die Schatulle unter den Arm nehmen und durch das Fenster auf die Straße steigen, um in eine andere Stadt und ein anderes Leben zu entkommen.

Auf ihre Art wollte Maertge mich warnen. »Sie will, daß du wieder unten schläfst«, fuhr sie fort. »Bald braucht sie die Amme nicht mehr, und dann gibt es keinen Grund, warum du noch auf dem Speicher schlafen sollst. Sie sagte, entweder du oder die Schmuckschatulle muß verschwinden.«

»Und was hat dein Vater gesagt?«

»Gar nichts. Er will es sich überlegen.«

Mein Herz lag schwer wie ein Stein in meiner Brust. Catharina hatte verlangt, daß er sich zwischen mir und der Schmuckschatulle entschied. Beides konnte er nicht haben. Aber ich wußte, er würde nicht die Schatulle und die Perlen aus dem Bild nehmen, damit ich auf dem Speicher bleiben konnte. Er würde mich wegschicken. Ich könnte ihm nicht mehr helfen.

Meine Schritte wurden langsamer. Vor mir erstreckten sich Jahre, in denen ich Wasser schleppte, Wäsche auswrang, Böden scheuerte, Nachttöpfe leerte, ohne jede Schönheit oder Farbe oder Licht in meinem Leben, wie eine weite, flache Landschaft, wo in der Ferne das Meer zu sehen ist, aber immer außer Reichweite bleibt. Wenn ich nicht mit den Farben arbeiten, nicht in seiner Nähe sein durfte, dann wußte ich nicht, wie ich weiter in dem Haus arbeiten sollte.

Als wir am Stand ankamen, war Pieter der Sohn nicht da. Unvermittelt stiegen mir Tränen in die Augen. Ich hatte nicht gewußt, wie sehr ich mich darauf gefreut hatte, sein freundliches, hübsches Gesicht zu sehen. So unsicher ich mir meiner Gefühle für ihn auch war, er war mein Zufluchtsort, er erinnerte mich daran, daß es eine andere Welt gab, in der ich leben konnte. Vielleicht war ich gar nicht so anders als meine Eltern, die ihn als ihre Rettung sahen, als jemanden, der ihnen Fleisch auf den Tisch setzte.

Pieter der Vater freute sich über meine Tränen. »Ich werde meinem Sohn erzählen, daß du geweint hast, als er nicht da war«, erklärte er, während er Blut von seinem Hackbrett spülte.

»Das wirst du nicht«, murmelte ich. »Maertge, was wollen wir heute?«

»Rindfleisch zum Schmoren«, antwortete sie sofort. »Vier Pfund.«

Ich trocknete mir die Augen an einem Zipfel meiner Schürze. »Ich habe eine Fliege im Auge«, sagte ich forsch. »Vielleicht ist es hier nicht sauber genug. Der Dreck lockt die Fliegen an.«

Pieter der Vater lachte herzlich. »Eine Fliege im Auge,

sagt sie! Dreck in der Fleischhalle, sagt sie! Natürlich gibt es hier Fliegen – das Blut lockt sie an, nicht der Schmutz. Das beste Fleisch ist das blutigste und lockt die meisten Fliegen an. Das wirst du eines Tages selbst feststellen. Du brauchst gar nicht so groß tun, junge Frau.« Er zwinkerte Maertge zu. »Was denkst du, Fräuleinchen? Darf die junge Griet einen Ort verurteilen, wo sie in ein paar Jahren selbst bedienen wird?«

Maertge gab sich alle Mühe, ihr Entsetzen zu verbergen, aber die Vorstellung, ich könnte eines Tages nicht mehr bei ihrer Familie sein, erschreckte sie. Sie war klug genug, ihm nicht zu antworten, sondern wandte ihre Aufmerksamkeit auf das kleine Kind, das eine Frau am Stand nebenan im Arm hielt.

»Bitte«, sagte ich leise zu Pieter dem Vater, »sag so etwas nicht wieder, weder zu ihr noch zu jemand anderem aus der Familie. Nicht einmal im Scherz. Ich bin ihre Dienstmagd, mehr nicht. Es wäre ungehörig, etwas anderes zu behaupten.«

Pieter der Vater musterte mich. Bei jeder Veränderung des Lichts nahmen seine Augen eine andere Farbe an. Ich glaubte, selbst mein Herr würde das nicht einfangen können. »Vielleicht hast du recht«, räumte er ein. »Ich sehe schon, ich muß etwas vorsichtiger sein, wenn ich dich necke. Aber eins sage ich dir, meine Liebe – an die Fliegen wirst du dich gewöhnen müssen.«

Er nahm die Schmuckschatulle nicht fort, aber er sagte mir auch nicht, daß ich gehen müßte. Statt dessen trug er die Schatulle und die Perlen und Ohrringe jeden Abend zu Catharina, die sie in den Schrank im Herrschaftszimmer schloß, wo sie auch die gelbe Ärmeljacke aufbewahrte. Morgens, wenn sie die Tür zum Atelier aufsperrte, um mich hinauszulassen, gab sie mir alles wieder. Jetzt bestand meine erste Aufgabe am Morgen darin, die Schatulle und die Kette auf den Tisch zurückzulegen, und wenn van Ruijvens Frau Modell sitzen sollte, mußte ich auch die Ohrringe bereitlegen. Catharina sah mir von der Schwelle aus zu, wie ich mit Händen und Armen die richtige Stelle abmaß. Meine Bewegungen mußten ihr merkwürdig vorkommen, aber sie fragte nie, was ich da tat. Sie wagte es nicht.

Cornelia muß von dem Problem mit der Schmuckschatulle gewußt haben. Vielleicht hatte sie wie Maertge zufällig gehört, wie ihre Eltern darüber sprachen. Vielleicht hatte sie auch gesehen, daß Catharina die Dinge morgens nach oben und er sie abends wieder nach unten trug, und vermutet, daß es Schwierigkeiten gab. Aber was immer sie gesehen oder verstanden hatte, sie beschloß, daß der richtige Augenblick gekommen war, wieder Ärger zu schüren.

Ohne besonderen Grund, nur aus einem allgemeinen Mißtrauen heraus, konnte sie mich nicht leiden. In der Hinsicht war sie genau wie ihre Mutter.

Alles begann, wie schon damals mit dem kaputten Kragen und der roten Farbe auf meiner Schürze, mit einer Bitte. Es war ein regnerischer Morgen. Catharina steckte sich gerade die Haare hoch. Cornelia sah ihr zu. Ich stand in der Waschküche und stärkte Kleidungsstücke, deswegen hörte ich nichts. Aber es war wohl sie, die ihrer Mutter vorschlug, sich die Schildpattkämme ins Haar zu stecken.

Einige Minuten später stand Catharina in der Tür zwischen der Koch- und der Waschküche und fragte: »Einer meiner Kämme ist nicht da. Habt ihr ihn gesehen?« Sie sprach zwar zu Tanneke und mir, aber ihre Augen waren auf mich gerichtet.

»Nein, Mevrouw«, antwortete Tanneke und kam von der Kochküche zur Tür, damit auch sie mich ansehen konnte.

»Nein, Mevrouw«, sagte ich ebenfalls. Als ich Cornelia vom Gang hereinäugen sah, mit dem verschlagenen Blick, den ich so gut an ihr kannte, wußte ich, daß sie wieder etwas im Schilde führte, bei dem unweigerlich ich als Schuldige dastehen würde.

Das wird sie so lange tun, bis sie mich aus dem Haus getrieben hat, dachte ich.

»Jemand muß doch wissen, wo er ist«, sagte Catharina.

»Soll ich Euch helfen, den Schrank zu durchsuchen, Mevrouw?« fragte Tanneke. »Oder sollen wir woanders suchen?« fügte sie vielsagend hinzu.

»Vielleicht ist er in Eurer Schmuckschatulle«, warf ich ein.

»Vielleicht.«

Catharina ging in den Gang, gefolgt von Cornelia.

Ich dachte, sie würde gar nicht auf meinen Vorschlag achten, weil er von mir kam. Doch als ich sie auf der Treppe hörte, wurde mir klar, daß sie tatsächlich zum Atelier ging. Rasch folgte ich ihr – sie würde mich brauchen. Sie stand wartend an der Tür zum Atelier, Cornelia dicht hinter ihr.

»Hol mir die Schatulle«, befahl Catharina leise. Die Demütigung, den Raum nicht betreten zu dürfen, verlieh ihren Worten einen Ton, den ich nie zuvor von ihr gehört hatte. Sie hatte oft scharf und laut gesprochen, aber die ruhige Beherrschtheit ihrer Stimme jetzt war viel beängstigender.

Ich hörte ihn oben auf dem Speicher. Ich wußte, was er tat – er rieb Lapislazuli für den Tischläufer.

Ich brachte Catharina die Schatulle, ließ die Perlen aber auf dem Tisch liegen. Wortlos trug sie sie nach unten, wieder gefolgt von Cornelia, die ihre Mutter wie eine hungrige Katze umschlich. Sie würde ins Herrschaftszimmer gehen und all ihren Schmuck durchsuchen, um zu sehen, ob noch etwas anderes fehlte. Vielleicht fehlte das eine oder andere tatsächlich – es war schwer zu sagen, wozu eine Siebenjährige fähig war, die es sich in den Kopf gesetzt hatte, Ärger aufzurühren.

Catharina würde den Kamm nicht in der Schatulle finden. Ich wußte genau, wo er war.

Ich folgte ihr nicht, sondern stieg auf den Speicher.

Er sah mich überrascht an, den Reibstein in der Hand, aber er fragte nicht, warum ich heraufgekommen war. Dann kehrte er zu seiner Arbeit zurück.

Ich öffnete die Truhe, in der ich meine Dinge aufbewahrte, und wickelte den Kamm aus dem Taschentuch. Ich nahm ihn nur selten in die Hand – in dem Haus hatte ich keinen Grund, ihn zu tragen oder ihn auch nur zu bewundern. Er erinnerte mich zu sehr an das Leben, das ich als Dienstmagd nie würde führen können. Jetzt, wo ich ihn genau betrachtete, merkte ich, daß es nicht der Kamm meiner Großmutter war, obwohl er sehr ähnlich aussah. Die muschelförmige Rundung war länger und gewölbter, und entlang dem Rand waren winzige Kerben. Er war zierlicher als der meiner Großmutter, aber nur ein wenig zierlicher.

Ich fragte mich, ob ich den Kamm meiner Großmutter wohl je wiedersehen würde.

Ich saß so lange mit dem Kamm im Schoß auf dem Bett, daß er wieder mit dem Mahlen innehielt.

»Was ist, Griet?«

Sein Ton war sanft. Das machte es mir leichter zu sagen, was ich sagen mußte.

»Mijnheer«, begann ich schließlich. »Ich brauche Eure Hilfe.«

Ich blieb auf meinem Speicher, auf meinem Bett, die Hände im Schoß gefaltet, während er mit Catharina und Maria Thins sprach, während sie Cornelia befragten und dann in den Dingen der Mädchen nach dem Kamm meiner Großmutter suchten. Schließlich fand Maertge ihn in der großen Muschel, die der Bäcker ihnen mitgebracht hatte, damals, als er sein Gemälde anschauen kam. An dem Tag hatte Cornelia die Kämme wohl ausgetauscht, war vom Speicher heruntergekommen, als die Kinder alle in der Abstellkammer spielten, und hatte meinen Kamm ins erstbeste Versteck getan.

Es war Maria Thins, die Cornelia schlagen mußte – er machte klar, daß das nicht seine Aufgabe war, und Catharina weigerte sich, es zu tun, obwohl sie wußte, daß Cornelia bestraft werden mußte. Später erzählte Maertge mir, daß Cornelia nicht weinte, während sie geschlagen wurde, sondern die ganze Zeit spöttisch feixte.

Und es war Maria Thins, die zu mir auf den Speicher kam. »Tja, Mädchen«, sagte sie und stützte sich auf den Tisch. »Jetzt hast du die Katze im Hühnerstall losgelassen.«

»Ich habe nichts getan«, wehrte ich mich.

»Nein, aber es ist dir gelungen, dir ein paar Feinde zu machen. Wie ist das passiert? Mit anderen Dienstboten hatten wir nie so viel Ärger.« Sie lachte, doch ihre Miene war ernst. »Aber auf seine Art hat er sich hinter dich gestellt«, fuhr sie fort. »Und das hat mehr Gewicht als alles, was Catharina oder Cornelia oder Tanneke oder sogar ich gegen dich vorbringen könnten.«

Sie warf mir den Kamm meiner Großmutter in den Schoß. Ich wickelte ihn in ein Taschentuch und legte ihn in die Truhe zurück. Dann wandte ich mich wieder zu Maria Thins. Wenn ich sie jetzt nicht fragte, würde ich es nie wissen. Dies war das einzige Mal, wo sie vielleicht bereit war, meine Frage zu beantworten. »Bitte, Mevrouw, was hat er gesagt? Über mich?«

Maria Thins warf mir einen wissenden Blick zu. »Bilde dir nur nichts ein, Mädchen. Er hat sehr wenig über dich gesagt. Aber es war deutlich genug. Daß er überhaupt nach unten kam und sich mit der Sache befaßte – da wußte meine Tochter, daß er auf deiner Seite steht. Nein, er hat ihr vorgeworfen, sie würde ihre Kinder nicht richtig erziehen. Es war viel klüger, sie zu rügen, als dich zu loben.«

»Hat er erklärt, daß ich … ihm helfe?«

»Nein.«

Ich versuchte, mir nicht anmerken zu lassen, was ich empfand, aber wahrscheinlich war meine bloße Frage deutlich genug.

»Ich habe es ihr gesagt, als er gegangen war«, fügte Maria Thins hinzu. »Es ist Unsinn, daß du durchs Haus schleichst und in ihrem eigenen Haus Geheimnisse vor ihr hast.« Sie klang, als würde sie mir die Schuld dafür geben, aber dann brummte sie: »Ich hätte Besseres von ihm erwartet.« Sie brach ab und sah aus, als täte es ihr leid, so offen gesprochen zu haben.

»Was hat sie dazu gesagt?«

»Sie ist natürlich nicht glücklich darüber, aber ihre Angst vor seinem Zorn ist größer.« Maria Thins zögerte. »Es gibt noch einen anderen Grund, warum sie nicht allzu bekümmert ist. Ich kann es dir genausogut jetzt schon sagen. Sie erwartet wieder ein Kind.«

»Noch eins?« entfuhr es mir. Es überraschte mich, daß Catharina ein weiteres Kind wollte, wo sie doch so wenig Geld hatten.

Maria Thins sah mich tadelnd an. »Hüte deine Zunge, Mädchen.«

»Verzeiht, Mevrouw.« Ich bereute sofort, auch nur

meine Verwunderung geäußert zu haben. Es stand mir nicht zu, darüber zu befinden, wie groß ihre Familie sein sollte. »Ist der Doktor schon da gewesen?« fragte ich im Versuch, meinen Fehler wiedergutzumachen.

»Das ist nicht nötig. Sie kennt die Anzeichen, schließlich hat sie das schon oft genug mitgemacht.« Einen Moment waren Maria Thins' Gedanken deutlich auf ihrem Gesicht zu lesen – auch sie wunderte sich über die vielen Kinder. Dann wurde sie wieder streng. »Du mach deine Arbeit, geh ihr aus dem Weg und hilf ihm, aber kehr es nicht heraus. Dein Bleiben hier im Haus ist nicht sicher.«

Ich nickte und schaute nur auf ihre knotigen Hände, mit denen sie ihre Pfeife stopfte. Sie zündete sie an und rauchte eine Weile. Dann lachte sie leise auf. »So viel Ärger mit einer Dienstmagd hatten wir noch nie. Du lieber Herrgott!«

Am Sonntag gab ich den Kamm meiner Mutter zurück. Ich erklärte ihr nicht, was passiert war – ich sagte nur, er sei zu fein für eine Dienstmagd.

Nach der Geschichte mit dem Kamm änderte sich einiges für mich. Catharinas Verhalten mir gegenüber war die größte Überraschung. Ich hatte erwartet, daß sie noch schwieriger werden würde – daß sie mir mehr Arbeiten übertragen, mich wann immer möglich tadeln, mir alles so unangenehm wie möglich machen würde. Statt dessen kam es mir vor, als hätte sie Angst vor mir. Sie nahm den Schlüssel von ihrem geliebten Bund und gab ihn wieder Maria Thins. Danach schloß sie die Tür nie mehr auf oder zu. Sie ließ ihre Schmuckschatulle im Atelier stehen und schickte ihre Mutter nach oben, wenn sie etwas daraus brauchte. Mir ging sie so gut wie möglich aus dem Weg. Sobald mir das klar wurde, mied auch ich sie.

Sie sagte nichts über meine Arbeit nachmittags auf dem Speicher. Maria Thins hatte ihr wohl klargemacht, daß er mit meiner Hilfe mehr malen und das Kind, das sie trug, besser ernähren konnte, wie auch diejenigen, die sie schon hatte. Und sie beherzigte seine Worte über ihren Umgang mit den Kindern, die schließlich ihre Hauptaufgabe waren, und verbrachte mehr Zeit mit ihnen. Mit Maria Thins' Unterstützung brachte sie Maertge und Lisbeth sogar das Lesen und Schreiben bei.

Bei Maria Thins war die Veränderung weniger auffällig, aber auch sie verhielt sich mir gegenüber anders und behandelte mich mit mehr Respekt. Ich war nach wie vor eine Dienstmagd, aber sie tat mich nicht mehr so schnell ab und mißachtete mich auch nicht, wie sie es zuweilen bei Tanneke tat. Sie ging zwar nicht so weit, mich um meine Meinung zu fragen, aber sie gab mir das Gefühl, weniger vom Haushalt ausgeschlossen zu sein.

Es überraschte mich auch, daß Tanneke umgänglicher wurde. Ich hatte geglaubt, daß sie mir gerne zürnte und grollte, aber vielleicht war sie es müde geworden. Oder vielleicht wollte sie, nachdem er für mich Stellung bezogen hatte, nicht den Anschein erwecken, mir feindlich gesonnen zu sein. Vielleicht ging es allen im Haus so. Aus welchem Grund auch immer, plötzlich hörte Tanneke auf, mir zusätzliche Arbeit zu schaffen, indem sie Sachen verschüttete, und sie murrte nicht mehr leise über mich und warf mir keine strengen Blicke mehr zu. Sie war nicht wirklich freundlich zu mir, aber es wurde leichter, mit ihr zu arbeiten.

Es war ein häßlicher Gedanke, aber ich hatte das Gefühl, eine Schlacht gegen sie gewonnen zu haben. Sie war älter als ich und gehörte schon sehr viel länger zum

Haushalt, aber daß er mich ins Vertrauen zog, wog offensichtlich schwerer als ihre Ergebenheit und ihre Erfahrung. Sie hätte das als herbe Demütigung empfinden können, doch sie nahm die Niederlage hin, viel leichter, als ich geglaubt hätte. Im Grunde war Tanneke ein schlichter Mensch und wollte ein möglichst unbeschwertes Leben führen. Der einfachste Weg war, sich mit mir abzufinden.

Cornelia änderte sich nicht, auch wenn Catharina sich jetzt mehr um sie kümmerte. Sie war Catharinas Liebling, vielleicht, weil sie ihr im Wesen am ähnlichsten war, und Catharina tat wenig, um sie gefügiger zu machen. Manchmal schaute sie mich aus ihren hellbraunen Augen an, den Kopf zur Seite gelegt, so daß ihr die roten Locken ins Gesicht fielen, und ich dachte an das spöttische Feixen auf ihrem Gesicht, von dem Maertge mir erzählt hatte, als ihre Schwester geschlagen wurde. Und ich dachte wieder wie an meinem ersten Tag: Sie wird viel Schwierigkeiten machen.

Unauffällig versuchte ich, Cornelia ebenso aus dem Weg zu gehen wie ihrer Mutter. Ich wollte kein Öl ins Feuer gießen. Ich versteckte die zerbrochene Fliese, meinen schönsten Spitzenkragen, den meine Mutter für mich gemacht hatte, und mein bestes gesticktes Taschentuch, damit sie mir keinen Streich damit spielen konnte.

Er verhielt sich nach der Sache mit dem Kamm nicht anders als zuvor. Als ich ihm dankte, daß er sich für mich eingesetzt hatte, schüttelte er den Kopf, als wollte er eine lästige Fliege vertreiben.

Aber mein Gefühl ihm gegenüber veränderte sich. Ich stand in seiner Schuld. Wenn er mich um etwas bat, glaubte ich nicht, es ihm verweigern zu dürfen. Ich wußte zwar nicht, was er von mir verlangen könnte, das ich abschlagen wollte, aber trotzdem war mir die Position unangenehm, in die ich geraten war.

Außerdem war ich enttäuscht von ihm, obwohl ich nicht gerne darüber nachdachte. Ich hatte mir gewünscht, er würde Catharina selbst sagen, daß ich ihm half; er würde zeigen, daß er keine Angst hatte, ihr das zu sagen; daß er mich unterstützte.

Das wünschte ich mir.

Eines Nachmittags Mitte Oktober kam Maria Thins zu ihm ins Atelier. Das Gemälde von van Ruijvens Frau war beinahe fertig. Sie muß gewußt haben, daß ich auf dem Speicher arbeitete, aber sie redete trotzdem mit ihm.

Sie fragte ihn, was er als nächstes malen würde. Als er nicht antwortete, sagte sie: »Du mußt etwas Größeres malen, mit mehr Personen wie früher. Nicht noch eine Frau, die in Gedanken versunken ist. Wenn van Ruijven kommt, um sich das Bild anzusehen, mußt du ihm ein neues vorschlagen. Vielleicht ein Begleitstück zu einem Bild, das du schon für ihn gemalt hast. Er wird einwilligen – das tut er meistens. Und er wird mehr dafür bezahlen.«

Er schwieg noch immer.

»Wir haben noch mehr Schulden«, sagte Maria Thins direkt. »Wir brauchen das Geld.«

»Er könnte verlangen, daß sie mit darauf ist«, erwiderte er. Er sprach mit leiser Stimme, aber ich hörte trotzdem, was er sagte, auch wenn ich erst später verstand, was er damit meinte.

»Und?«

»Nein. Nicht so.«

»Darüber machen wir uns Sorgen, wenn es soweit ist. Nicht früher.«

Einige Tage später kam van Ruijven mit seiner Frau, um sich das fertige Gemälde anzusehen. Am Morgen richteten mein Herr und ich das Atelier für ihren Besuch her. Er brachte die Perlen und die Schmuckschatulle nach unten zu Catharina, während ich alles andere wegräumte und die Stühle an ihren Platz stellte. Dann trug er die Staffelei und das Bild in die Ecke, wo die Szene aufgebaut gewesen war, und ließ mich alle Fensterläden öffnen.

Am Vormittag half ich Tanneke, ein gutes Essen für sie zu bereiten. Ich glaubte nicht, daß ich die Gäste würde sehen müssen, und als sie mittags eintrafen, trug Tanneke den Wein zu ihnen ins Atelier hinauf. Doch als sie wiederkam, verkündete sie, daß ich und nicht Maertge – die mittlerweile alt genug war, mit ihnen am Tisch zu sitzen – ihr beim Auftragen helfen sollte. »Das hat meine Herrin befohlen«, fügte sie hinzu.

Das überraschte mich – beim letzten Mal hatte Maria Thins alles darangesetzt, mich von van Ruijven fernzuhalten. Das sagte ich Tanneke allerdings nicht. »Ist van Leeuwenhoek auch da?« fragte ich statt dessen. »Ich dachte, ich hätte seine Stimme im Gang gehört.«

Tanneke nickte geistesabwesend. Sie probierte vom gebratenen Fasan. »Nicht schlecht«, murmelte sie. »Ich kann es mit jeder Köchin aufnehmen, die van Ruijven sich leisten kann.«

Während sie im Atelier gewesen war, hatte ich den Fasan begossen und mit Salz besprenkelt, was Tanneke zu spärlich tat.

Als alle zum Mittagessen unten im Herrschaftszimmer Platz genommen hatten, begannen Tanneke und ich, die Schüsseln aufzutragen. Catharina funkelte mich an. Es gelang ihr selten, ihre Gedanken zu verbergen, und sie war entsetzt, mich am Tisch zu sehen.

Auch mein Herr sah aus, als hätte er sich einen Zahn

ausgebissen. Er schaute mit kaltem Blick auf Maria Thins, die hinter ihrem Glas Wein gleichgültig tat.

Doch van Ruijven grinste. »Ah, die Dienstmagd mit den runden Augen!« rief er. »Ich habe mich schon gefragt, was aus dir geworden ist. Wie geht es dir, mein Kind?«

»Gut, Mijnheer, danke der Nachfrage«, murmelte ich, gab eine Scheibe Fasan auf seinen Teller und ging so schnell wie möglich fort. Aber nicht schnell genug – es gelang ihm, mir mit der Hand über den Oberschenkel zu streichen. Ich spürte die Berührung noch Minuten später.

Während van Ruijvens Frau und Maertge gar nichts bemerkten, nahm van Leeuwenhoek alles wahr – Catharinas Zorn, die Gereiztheit meines Herrn, Maria Thins' Achselzucken, van Ruijvens Hand auf mir. Als ich ihm vorlegte, musterte er mein Gesicht, als suche er dort nach einer Antwort, warum eine einfache Dienstmagd so viel Aufregung verursachen könne. Ich war ihm dankbar – auf seiner Miene lag nicht der geringste Vorwurf.

Auch Tanneke hatte bemerkt, welcher Aufruhr wegen mir herrschte, und ausnahmsweise stand sie mir zur Seite. In der Küche sprachen wir kein Wort, aber sie war es, die immer wieder ins Herrschaftszimmer ging, um die Soße zu servieren, Wein nachzuschenken, mehr Essen aufzutragen, während ich mich um alles in der Küche kümmerte. Nur als wir gemeinsam die Teller abräumten, mußte ich noch einmal hinein. Tanneke ging direkt zu van Ruijven, während ich das Geschirr am anderen Ende des Tisches einsammelte. Van Ruijvens Blick folgte mir überallhin.

Der meines Herrn auch.

Ich versuchte, nicht auf sie zu achten, und hörte stattdessen Maria Thins zu. Sie sprach gerade über das nächste Gemälde. »Das Bild mit der Musikstunde hat Euch gefallen, nicht wahr?« sagte sie. »Wäre es nicht passend, daneben ein zweites Bild mit einem musikalischen Motiv zu hängen? Eine Klavierstunde vielleicht, ein Konzert, warum nicht auch mit mehr Leuten, drei oder vier Musikanten, mehrere Zuhörer ...«

»Keine Zuhörer«, unterbrach mein Herr sie. »Ich male keine Zuhörer.«

Maria Thins warf ihm einen unzufriedenen Blick zu.

»Nun sicher, Zuhörer fesseln die Aufmerksamkeit nie im gleichen Maße wie die Musikanten selbst«, warf van Leeuwenhoek versöhnlich ein.

Ich freute mich, daß er sich für meinen Herrn einsetzte.

»Ich mache mir nichts aus Zuhörern«, erklärte van Ruijven. »Aber ich will auf dem Bild sein. Ich werde Laute spielen.« Nach einer kurzen Pause fügte er hinzu: »Und ich will, daß sie auch mit drauf ist.« Ich brauchte ihn nicht anzusehen, um zu wissen, daß er auf mich gedeutet hatte.

Tanneke machte eine kleine Kopfbewegung zur Küche. Ich entfloh mit dem wenigen, das ich abgeräumt hatte, und überließ es ihr, den Rest abzutragen. Ich hätte gerne zu meinem Herrn geschaut, aber das wagte ich nicht. Beim Hinausgehen hörte ich Catharina munter sagen: »Das ist eine wundervolle Idee! Wie das Gemälde von Euch und der Dienstmagd in dem roten Kleid. Erinnert Ihr Euch an sie?«

Als wir am Sonntag allein in ihrer Küche waren, redete meine Mutter mit mir. Mein Vater saß draußen in der späten Oktobersonne, während wir das Essen vorbereiteten. »Du weißt, ich gebe nichts darauf, was auf dem Markt geklatscht wird«, begann sie. »Aber es ist schwer wegzuhören, wenn der Name meiner Tochter genannt wird.«

Ich dachte sofort an Pieter den Sohn. Nichts, was wir in der Gasse taten, war es wert, daß darüber geklatscht wurde. Dafür hatte ich gesorgt. »Ich weiß nicht, was du meinst, Mutter«, antwortete ich aufrichtig.

Meine Mutter bekam verkniffene Mundwinkel. »Es heißt, daß dein Herr dich malen will.« Es war, als würden sich ihre Lippen wegen der bloßen Worte schürzen.

Ich rührte gerade den Eintopf um, aber jetzt hielt ich inne. »Wer sagt das?«

Meine Mutter seufzte. Es mißfiel ihr, Klatschgeschichten weiterzuerzählen. »Ein paar Frauen, die Äpfel verkauft haben.«

Als ich keine Antwort gab, deutete sie mein Schweigen als eine Bestätigung. »Warum hast du mir nichts davon erzählt, Griet?«

»Weil ich nichts davon weiß, Mutter. Ich habe nichts davon gehört!«

Sie glaubte mir nicht.

»Es ist wahr«, beharrte ich. »Mein Herr hat mir nichts gesagt und Maria Thins auch nicht. Ich putze nur sein Atelier. Mehr habe ich mit seinen Bildern nicht zu tun.« Von meiner Arbeit auf dem Speicher hatte ich ihr nie erzählt. »Wie kannst du alten Marktfrauen mehr glauben als mir?«

»Wenn am Markt über jemanden geredet wird, gibt es meist einen Grund dafür, auch wenn nur ein Körnchen Wahrheit darin steckt.« Meine Mutter verließ die Küche, um meinen Vater zu holen. An dem Tag wollte sie nicht mehr darüber reden. Aber ich fürchtete, sie könnte recht haben – ich würde die letzte sein, die etwas erfuhr.

Am nächsten Tag in der Fleischhalle beschloß ich, Pieter den Vater nach dem Gerücht zu fragen. Ich traute mich nicht, mit Pieter dem Sohn darüber zu reden. Wenn meine Mutter den Klatsch gehört hatte, dann kannte er ihn auch. Ich wußte, daß er sich nicht darüber freuen würde. Obwohl er das nie gesagt hatte, war es unverkennbar, daß er eifersüchtig auf meinen Herrn war.

Pieter der Sohn war nicht am Stand. Ich brauchte nicht lange zu warten, bis Pieter der Vater das Thema von selbst ansprach. »Was höre ich da?« sagte er feixend, sobald ich näher kam. »Du willst dich malen lassen? Bald wirst du für dergleichen wie meinen Sohn zu fein sein, was? Wegen dir ist er schlechter Laune zum Viehmarkt gegangen.«

»Erzähl mir, was ihr gehört habt.«

»Ach, jetzt willst du wohl, daß ich alles noch mal erzähle?« Er hob die Stimme. »Soll ich eine schöne Geschichte für andere Ohren daraus machen?«

»Psst«, zischte ich. Ich spürte, daß er unter seiner Munterkeit zornig auf mich war. »Sag mir einfach, was du gehört hast.«

Pieter der Vater senkte die Stimme. »Nur, daß van Ruijvens Köchin gesagt hat, du sollst mit ihrem Herrn für ein Bild Modell sitzen.«

»Davon weiß ich nichts«, antwortete ich mit Nachdruck, aber noch während ich das sagte, merkte ich, daß meine Worte wenig Eindruck machten, wie bei meiner Mutter. Pieter der Vater nahm eine Handvoll Schweinenieren. »Mir brauchst du das nicht zu sagen«, meinte er und wog sie in der Hand.

Ich wartete einige Tage, bevor ich mit Maria Thins darüber sprach. Ich wollte sehen, ob mir jemand von selbst etwas sagen würde. Eines Nachmittags fand ich sie allein im Kreuzigungszimmer; Catharina schlief, Maertge war mit den anderen Mädchen zum Viehmarkt gegangen. Tanneke saß mit ihrer Näharbeit in der Küche und paßte auf Johannes und Franciscus auf.

»Darf ich mit Euch reden, Mevrouw?« fragte ich leise.

»Was ist, Mädchen?« Sie zündete sich ihre Pfeife an und blickte mich durch die Rauchwolke an. »Schon wieder Ärger?« Sie klang, als sei sie die Schwierigkeiten leid.

»Ich weiß es nicht, Mevrouw. Aber ich habe seltsame Sachen gehört.«

»Wir hören alle seltsame Sachen.«

»Ich habe gehört, daß ... daß ich auf ein Gemälde soll. Mit van Ruijven.«

Maria Thins lachte auf. »Ja, das ist in der Tat seltsam. Haben die Leute auf dem Markt geredet?«

Ich nickte.

Sie lehnte sich zurück und schmauchte an ihrer Pfeife. »Was würdest du davon halten, auf einem solchen Bild zu sein?«

Darauf wußte ich nichts zu antworten. »Was ich davon halten würde, Mevrouw?« wiederholte ich einfältig.

»Die Frage würde ich nicht jedem stellen. Tanneke zum Beispiel nicht. Als er sie malte, stand sie ganz zufrieden da und goß monatelang ihre Milch, ohne daß ihr auch nur ein einziger Gedanke durch den Kopf ging, das einfältige Ding. Aber du – du machst dir viele Gedanken, ohne daß du sie preisgibst. Ich würde gerne wissen, was du denkst.«

Ich sagte das eine, von dem ich wußte, daß sie es verstehen würde. »Ich möchte nicht mit van Ruijven Modell sitzen, Mevrouw. Ich glaube nicht, daß er ehrbare Absichten hat.« Meine Worte waren hölzern.

»Seine Absichten sind nie ehrbar, wenn es um junge Frauen geht.«

Beklommen wischte ich mir die Hände an der Schürze ab.

»Wie es scheint, hast du einen Beschützer, der sich für deine Ehre einsetzt«, fuhr sie fort. »Mein Schwiegersohn ist ebenso unwillig, dich mit van Ruijven zu malen, wie du unwillig bist, mit ihm Modell zu sitzen.«

Ich versuchte nicht, meine Erleichterung zu verbergen.

»Aber«, fuhr Maria Thins warnend fort, »van Ruijven ist sein Gönner und obendrein ein wohlhabender und einflußreicher Mann. Wir können es uns nicht leisten, ihn zu verärgern.«

»Was werdet Ihr ihm sagen, Mevrouw?«

»Ich überlege noch. Bis ich mich entschieden habe, wirst du dich mit den Gerüchten abfinden müssen. Sag nichts dazu – van Ruijven soll nicht durch den Marktklatsch erfahren, daß du nicht mit ihm Modell sitzen willst.«

Sie mußte mir mein Unbehagen am Gesicht abgelesen haben. »Mach dir keine Sorgen, Mädchen«, brummte sie und klopfte mit der Pfeife auf den Tisch, um die Asche zu lösen. »Wir kümmern uns schon darum. Mach du nur weiter deine Arbeit und rede mit niemandem darüber.«

»Ja, Mevrouw.«

Mit einem Menschen redete ich dennoch darüber. Ich glaubte, es ihm schuldig zu sein.

Es war nicht schwer gewesen, Pieter dem Sohn aus dem Weg zu gehen – die ganze Woche über hatten auf dem Viehmarkt Versteigerungen stattgefunden von den Tieren, die den Sommer und Herbst über auf dem Land gemästet worden waren und jetzt, kurz vor Einbruch des Winters, geschlachtet werden sollten. Pieter war jeden Tag dort gewesen.

Am Nachmittag nachdem Maria Thins mit mir gesprochen hatte, ging ich zum Viehmarkt, der um die Ecke des Oude Langendijck abgehalten wurde, und suchte nach ihm. Nachmittags war es dort ruhiger als am Vormittag, wenn die Versteigerungen stattfanden. Zu dem Zeitpunkt war ein Großteil der Tiere schon von ihren neuen Besitzern weggetrieben worden, und die Männer standen unter den Platanen, die den Platz säumten, zählten ihr Geld und sprachen über die Geschäfte, die sie gemacht hatten. Das Laub an den Bäumen war gelb geworden und abgefallen und lag jetzt auf der Erde zwischen dem Dung und Urin, dessen Geruch mir schon von weitem in die Nase stieg.

Pieter der Sohn saß mit einem anderen Mann vor einer der Schenken auf dem Platz, einen Bierkrug vor sich. Er war so ins Gespräch vertieft, daß er mich nicht bemerkte, wie ich schweigend neben seinem Tisch stand. Aber sein Begleiter schaute auf und stieß ihn in die Rippen.

»Ich würde gerne einen Moment mit dir reden«, sagte ich schnell, bevor Pieter überhaupt Zeit hatte, sich seine Überraschung anmerken zu lassen.

Sein Freund sprang sofort auf und bot mir seinen Platz an.

»Können wir ein Stück gehen?« Ich deutete auf den Markt.

»Natürlich«, sagte Pieter, nickte seinem Freund zu und folgte mir über die Straße. Sein Gesichtsausdruck verriet nicht, ob er sich freute, mich zu sehen, oder nicht.

»Wie war es heute bei der Versteigerung?« fragte ich steif. Gefällige Unterhaltung lag mir nicht.

Pieter zuckte mit den Schultern. Er faßte mich am Ellbogen und steuerte mich um einen Dunghaufen, dann ließ er meinen Arm wieder fallen.

»Am Markt ist über mich geredet worden«, sagte ich geradeheraus.

»Über jeden wird irgendwann einmal geredet«, antwortete er nüchtern.

»Es stimmt nicht, was gesagt wird. Ich werde nicht mit van Ruijven auf einem Bild sein.«

»Van Ruijven hat ein Auge auf dich geworfen. Das weiß ich von meinem Vater.«

»Aber ich werde nicht mit ihm auf einem Bild sein.«

»Er hat viel Macht.«

»Du mußt mir glauben, Pieter.«

»Er hat viel Macht«, wiederholte er, »und du bist nur eine Dienstmagd. Was meinst du, wer das Spiel gewinnen wird?«

»Du glaubst, ich werde wie die Dienstmagd in dem roten Kleid enden.«

»Nur, wenn du seinen Wein trinkst.« Pieter sah mir ruhig in die Augen.

»Mein Herr will mich nicht mit van Ruijven malen«, sagte ich nach einem Moment widerstrebend. Ich hatte ihn nicht erwähnen wollen.

»Das ist gut. Ich will auch nicht, daß er dich malt.«

Ich blieb stehen und schloß die Augen. Vom durchdringenden Tiergeruch wurde mir leicht übel.

»Du bist in etwas geraten, wo du nicht hingehörst, Griet«, sagte Pieter. Er klang ein wenig freundlicher. »Ihre Welt ist nicht die deine.«

Ich öffnete die Augen und wich einen Schritt zurück. »Ich bin hergekommen, um dir zu sagen, daß die Gerüchte nicht stimmen, und nicht, um von dir angegriffen zu werden. Jetzt tut es mir leid, daß ich mir die Mühe gemacht habe.«

»Das sollte es nicht. Ich glaube dir.« Er seufzte. »Aber du hast wenig Einfluß darauf, was mit dir passiert. Das ist dir doch sicher klar.«

Als ich nichts erwiderte, fuhr er fort: »Wenn dein Herr ein Bild von dir und van Ruijven malen wollte – glaubst du wirklich, du könntest dich dann weigern?«

Diese Frage hatte ich mir schon selbst gestellt, aber keine Antwort darauf gefunden. »Danke, daß du mich daran erinnerst, wie hilflos ich bin«, erwiderte ich brüsk.

»Mit mir wärst du's nicht. Wir würden unser eigenes Geschäft haben, unser eigenes Geld verdienen, über unser eigenes Leben bestimmen. Willst du nicht genau das?«

Ich sah ihn an, seine leuchtendblauen Augen, seine blonden Locken, sein gebanntes Gesicht. Ich war töricht, auch nur einen Moment zu zögern.

»Ich bin nicht hergekommen, um darüber zu reden. Ich bin noch zu jung.« Ich gebrauchte die alte Ausrede. Eines Tages würde ich zu alt sein, um sie anzuführen.

»Ich weiß nie, was du denkst, Griet«, setzte er noch einmal an. »Du bist immer so still und ruhig, du sagst nie etwas. Aber in dir steckt mehr. Manchmal sehe ich es, verborgen in deinen Augen.«

Ich strich meine Haube glatt, prüfte, daß keine Haarsträhne hervorlugte. »Ich wollte dir nur sagen, daß es kein Bild geben wird«, erklärte ich. Auf das, was er gerade gesagt hatte, ging ich nicht ein. »Das hat Maria Thins mir versprochen. Aber du darfst nicht darüber reden. Wenn die Leute auf dem Markt dich darauf ansprechen, dann sag nichts dazu. Versuch nicht, mich zu verteidigen. Sonst könnte das van Ruijven zu Ohren kommen, und das würde uns nicht helfen.«

Pieter nickte verdrossen und stieß mit der Fußspitze ein verdrecktes Strohhäufchen aus dem Weg.

Er wird nicht immer so vernünftig sein, dachte ich. Eines Tages wird er aufgeben.

Um ihn für seine Vernünftigkeit zu belohnen, ließ ich mich von ihm in eine Nische zwischen zwei Häusern ganz in der Nähe des Viehmarkts führen und erlaubte ihm, mit seinen Händen über meinen Körper zu fahren, dort, wo die Rundungen waren. Ich versuchte, es schön zu finden, aber mir war immer noch übel vom Tiergeruch.

Was immer ich Pieter dem Sohn auch sagte, ich selbst war nicht überzeugt von Maria Thins' Versprechen, daß ich nicht auf das Gemälde kommen würde. Sie war eine durchsetzungsfähige Frau, geschäftstüchtig und ihres Wertes sicher, aber sie war nicht van Ruijven. Ich wußte nicht, wie sie ihm eine Forderung verweigern sollte. Er hatte ein Gemälde verlangt, in dem seine Frau den Maler direkt ansah, und mein Herr hatte es gemalt. Er hatte ein Gemälde von der Dienstmagd in dem roten Kleid gewollt, und er hatte es bekommen. Wenn er mich wollte, warum sollte er mich nicht bekommen?

Eines Tages kamen drei Männer, die ich nie zuvor gesehen hatte. Sie hatten ein Cembalo bei sich, fest auf einen Karren geschnürt. Ihnen folgte ein Junge mit einer Baßviola, die größer war als er selbst. Die Instrumente gehörten nicht van Ruijven, sondern einem seiner Verwandten, der Musikliebhaber war. Der ganze Haushalt versammelte sich, um zuzusehen, wie die Männer sich über die steilen Stufen mit dem Cembalo abmühten. Cornelia stand unten am Fuß der Treppe – wenn das Instrument den Männern aus der Hand glitt, würde es direkt auf sie fallen. Am liebsten hätte ich sie am Ärmel gepackt und weggezogen, und wäre sie eines der anderen Kinder gewesen, hätte ich nicht gezögert. Aber ich blieb stehen. Schließlich befahl Catharina ihr, sich an einen weniger gefährlichen Platz zu stellen.

Nachdem die Männer das Cembalo die Treppe hinaufgetragen hatten, brachten sie es ins Atelier, wo mein Herr sie beaufsichtigte. Als sie schließlich fort waren, rief er Catharina zu sich. Maria Thins folgte ihr nach oben.

Wenig später hörten wir, wie auf dem Cembalo gespielt wurde. Die Mädchen setzten sich auf die Treppe, während Tanneke und ich im Gang standen und zuhörten.

»Spielt da die Herrin? Oder ist das deine Herrin?« fragte ich Tanneke. Ich konnte mir von keiner der beiden vorstellen, daß sie ein Instrument spielen würden, und deswegen glaubte ich, er säße am Cembalo und habe Catharina nur zum Zuhören ins Atelier gebeten.

»Die junge Herrin natürlich«, zischte Tanneke. »Weswegen hätte er sie sonst nach oben gerufen? Sie spielt wirklich sehr gut, die junge Herrin. Als Mädchen hat sie viel gespielt. Aber ihr Vater hat das Cembalo behalten, als meine Herrin sich von ihm getrennt hat. Hast du die junge Herrin nie gehört, wie sie sich beschwert, daß sie sich kein Instrument leisten können?«

»Nein.« Ich dachte einen Moment nach. »Glaubst du, daß er sie malen wird? Für dieses Gemälde mit van Ruijven?« Tanneke mußte den Marktklatsch gehört haben, aber sie hatte nicht mit mir darüber geredet.

»Aber nein, der Herr malt sie nie. Sie kann nicht stillhalten!«

In den nächsten Tagen rückte er einen Tisch und Stühle in die Szene, dann öffnete er den Deckel des Cembalos, der mit einer Ansicht von Felsen, Bäumen und Himmel bemalt war. Auf den Tisch im Vordergrund legte er einen Läufer und stellte die Baßviola darunter.

Eines Tages rief mich Maria Thins ins Kreuzigungszimmer. »Mädchen«, sagte sie, »ich möchte, daß du heute Nachmittag ein paar Besorgungen für mich machst. Geh zum Apotheker und kauf Hollunderblüten und Ysop – jetzt, wo es kalt geworden ist, hustet Franciscus wieder. Und besorg etwas Wolle bei der alten Maria, der Spinnnerin, nur genug für einen Kragen für Aleydis. Hast du gesehen, daß ihrer kaputt ist?« Sie hielt inne, als überlegte sie, wie lange ich für diese Gänge brauchen würde. »Und dann geh zu Jan Mayer und frag, wann sein Bruder in Delft erwartet wird. Er wohnt am Rietveld-Turm. Das ist doch in der Nähe deiner Eltern, nicht? Du kannst sie kurz besuchen.«

Maria Thins hatte mir noch nie erlaubt, meine Eltern an einem anderen Tag als dem Sonntag zu besuchen. Dann verstand ich sie. »Kommt heute van Ruijven, Mevrouw?«

»Laß dich von ihm nicht sehen«, antwortete sie grimmig. »Am besten, du bist gar nicht hier. Wenn er dann nach dir fragt, können wir sagen, daß du außer Haus bist.«

Am liebsten hätte ich gelacht. Wenn es um van Ruijven ging, wurden wir alle kopflos wie Kaninchen, die von einer Meute Hunde gehetzt werden – sogar Maria Thins.

Meine Mutter war überrascht, mich am Nachmittag zu sehen. Zum Glück hatte sie gerade Besuch von einer Nachbarin und konnte mich nicht mit Fragen bedrängen. Meinen Vater kümmerte es weniger. Seit ich das Haus verlassen hatte, seit Agnes gestorben war, hatte er sich sehr verändert. Er wollte nicht mehr wissen, was in der Welt jenseits seiner Straße vor sich ging, fragte mich nur selten, was am Oude Langendijck oder auf dem Markt passierte. Nur von den Gemälden wollte er immer noch hören.

»Mutter«, sagte ich, als wir am Feuer saßen. »Mein Herr fängt mit dem Bild an, nach dem du mich gefragt hast. Van Ruijven ist gekommen, und heute baut er die Szene auf. Alle Personen, die auf dem Bild sein werden, sind jetzt im Haus.«

Unsere Nachbarin, eine alte Frau mit hellen Augen, die Marktklatsch über alles liebte, staunte mich an, als hätte ich ihr einen gebratenen Kapaun vorgesetzt. Meine

Mutter runzelte die Stirn – sie wußte, was in meinem Kopf vorging.

Gut, dachte ich. Das wird den Gerüchten abhelfen.

An dem Abend war er nicht er selbst. Ich hörte, wie er Maria Thins beim Abendessen barsch anfuhr, dann ging er aus dem Haus, und beim Heimkommen roch er nach der Taverne. Als er zurückkehrte, stieg ich gerade die Treppe hinauf, um zu Bett zu gehen. Er sah zu mir hinauf; sein Gesicht war müde und gerötet. Er sah nicht zornig aus, sondern bekümmert, wie ein Mann, der den Holzstoß gesehen hat, den er kleinhacken muß, oder eine Dienstmagd vor einem Berg schmutziger Wäsche.

Am nächsten Morgen entdeckte ich im Atelier kaum etwas, das darauf hindeutete, was am Nachmittag vorgefallen war. Ein Stuhl war ans Cembalo gestellt worden, ein zweiter stand jetzt mit dem Rücken zum Maler. Auf dem Stuhl lag eine Laute, auf dem Tisch zur Linken eine Geige. Die Baßviola war noch im Schatten unter dem Tisch. Die Szene sagte wenig darüber aus, wie viele Leute auf dem Bild sein würden.

Später erzählte Maertge mir, daß van Ruijven mit seiner Schwester und einer seiner Töchter gekommen war.

»Wie alt ist die Tochter?« Ich mußte die Frage einfach stellen.

»Siebzehn, glaube ich.«

So alt wie ich.

Ein paar Tage später kamen sie wieder. Maria Thins trug mir Besorgungen auf und sagte mir, ich solle den Vormittag woanders verbringen. Ich hätte ihr gerne erklärt, daß ich nicht immer aus dem Haus gehen konnte, wenn van Ruijven kam, um sich malen zu lassen – allmählich wurde es zu kalt, um sich auf den Straßen herumzutreiben, und es gab zuviel Arbeit, die getan werden mußte. Aber ich sagte nichts. Ich konnte es nicht erklären, aber ich hatte das Gefühl, daß sich bald etwas ändern würde. Ich wußte nur nicht, wie.

Zu meinen Eltern konnte ich nicht wieder gehen – sie hätten geglaubt, daß etwas nicht in Ordnung sei, und wenn ich es ihnen erklärt hätte, hätten sie das Schlimmste befürchtet. Statt dessen ging ich zu Frans' Werkstätte. Ich hatte ihn nicht mehr gesehen, seit er mich nach den Wertgegenständen im Haus gefragt hatte. Seine Neugier hatte mich geärgert, und ich hatte mir nicht die Mühe gemacht, ihn zu besuchen.

Die Frau am Tor erkannte mich nicht. Als ich nach Frans fragte, zuckte sie die Achseln, trat beiseite und verschwand, ohne mir zu zeigen, wohin ich gehen sollte. Ich betrat ein niedriges Gebäude, wo Jungen in Frans' Alter an langen Tischen saßen und Fliesen bemalten. Sie arbeiteten an einfachen Motiven, die gar nichts von der Zierlichkeit der Fliesen meines Vaters hatten. Viele malten nicht einmal die Figuren, sondern nur die Verzierungen in den Ecken, die Blätter und Schnörkel, und ließen die Mitte frei, die später von einem Meister bemalt werden würde.

Sobald sie mich bemerkten, ertönte ein schrilles Pfeifkonzert, so daß ich mir am liebsten die Finger in die Ohren gesteckt hätte. Ich ging zu dem Jungen, der mir am nächsten saß, und fragte ihn nach meinem Bruder. Er wurde rot und schaute weg. Ich war ihnen zwar eine willkommene Abwechslung, aber keiner wollte meine Frage beantworten.

Ich entdeckte ein zweites, kleineres Gebäude, in dem es sehr heiß war und wo die Brennöfen standen. Frans war allein dort. Er hatte das Hemd ausgezogen, Schweiß strömte ihm über den Leib, und sein Gesicht war finster.

Die Muskeln seiner Arme und Brust waren kräftiger geworden. Er wurde zum Mann.

Er hatte sich gesteppten Stoff um die Unterarme und Hände gebunden, so daß er unbeholfen aussah, aber er handhabte die Tabletts mit den Fliesen, die er in die Öfen schob und herausholte, sehr geschickt, ohne sich zu verbrennen. Ich hatte Angst, seinen Namen zu rufen, weil er dann erschrecken und ein Tablett fallen lassen könnte. Aber er sah mich, bevor ich etwas sagen konnte, und stellte das Tablett, das er hielt, sofort ab.

»Griet, was suchst du denn hier? Ist mit Mutter oder Vater etwas passiert?«

»Nein, nein, es geht ihnen gut. Ich wollte dich bloß besuchen.«

»Oh.« Frans band sich die Armpolster ab, wischte sich mit einem Tuch übers Gesicht und machte einen großen Schluck aus einem Humpen. Dann lehnte er sich an die Wand und ließ die Schultern kreisen, wie Männer es tun, die ein Boot entladen haben und die Muskeln lockern. Diese Bewegung hatte ich nie zuvor an ihm gesehen.

»Arbeitest du immer noch an den Öfen? Haben sie dir noch keine andere Arbeit gegeben? Glasieren oder malen wie die Jungen in dem anderen Gebäude?«

Frans zuckte die Achseln.

»Aber die Jungen sind genauso alt wie du. Solltest du nicht ...« Als ich seinen Gesichtsausdruck bemerkte, brach ich mitten im Satz ab.

»Das ist eine Strafe«, sagte er leise.

»Aber warum? Eine Strafe wofür?«

Frans gab keine Antwort.

»Frans, du mußt es mir sagen, sonst sage ich unseren Eltern, daß du Schwierigkeiten hast.«

»Ich habe keine Schwierigkeiten«, erklärte er rasch. »Der Besitzer ist wütend auf mich, sonst nichts.«

»Und wieso?«

»Ich habe etwas getan, das seiner Frau nicht gefallen hat.«

»Was war das?«

Frans zögerte. »Sie hat damit angefangen«, begann er leise. »Sie hat mir schöne Augen gemacht, verstehst du? Aber als ich ihre Blicke erwiderte, hat sie es ihrem Mann gesagt. Er hat mich nicht auf die Straße gesetzt, weil er mit unserem Vater befreundet ist. Aber deswegen muß ich an den Öfen arbeiten, bis sein Zorn verraucht ist.«

»Frans! Wie konntest du nur so dumm sein? Du weißt genau, daß sie nicht für deinesgleichen ist. Deine Lehrstelle für so etwas aufs Spiel zu setzen!«

»Du weißt ja nicht, wie es hier ist«, murrte Frans. »Die Arbeit ist anstrengend und langweilig. Die Frau war etwas, woran ich denken konnte, mehr nicht. Und du hast überhaupt kein Recht, über mich zu urteilen, du mit deinem Fleischer, der dich heiraten und dir ein schönes Leben machen wird. Es ist leicht für dich zu sagen, wie ich mein Leben leben soll, wo ich nichts vor mir habe als endlose Fliesen und lange Tage. Warum soll ich nicht ein hübsches Gesicht bewundern, wenn ich eins sehe?«

Ich wollte ihm widersprechen, ihm sagen, daß ich ihn verstand. Manchmal träumte ich nachts von Bergen von Wäsche, die nie kleiner wurden, soviel ich auch schrubbte und kochte und bügelte.

»War das die Frau am Tor?« fragte ich statt dessen.

Frans zuckte wieder die Achseln und trank noch einen Schluck Bier. Ich stellte mir ihre mürrische Miene vor und fragte mich, wie ihm ein solches Gesicht je hatte gefallen können.

»Warum bist du überhaupt hier?« fragte er. »Solltest du nicht im Papistenviertel sein?«

Ich hatte eine Ausrede erfunden, daß ich wegen einer Besorgung in diesen Teil der Stadt kommen mußte. Aber mein Bruder tat mir so leid, daß ich ihm von van Ruijven erzählte und dem Gemälde. Es war eine Erleichterung, ihm alles anvertrauen zu können.

Er hörte mir aufmerksam zu. Als ich geendet hatte, sagte er: »Siehst du, so anders sind wir gar nicht mit der Aufmerksamkeit, die Personen über uns auf uns richten.«

»Aber ich habe van Ruijven nicht ermutigt und habe auch nicht vor, das zu tun.«

»Van Ruijven meine ich auch nicht«, sagte Frans, und sein Gesicht bekam auf einmal einen mutwilligen Ausdruck. »Nein, ihn doch nicht. Ich meine deinen Herrn.«

»Was ist mit meinem Herrn?« rief ich.

Frans lächelte. »Reg dich nicht auf, Griet.«

»Schweig! Was willst du damit sagen? Er hat nie …«

»Das braucht er gar nicht. Ich sehe es dir an. Du willst ihn. Unseren Eltern und deinem Fleischer kannst du das vielleicht verheimlichen, aber mir nicht. Ich kenne dich zu gut.«

Das stimmte. Dafür kannte er mich wirklich zu gut.

Ich öffnete den Mund, aber kein Wort wollte herauskommen.

Es war Dezember und kalt, und ich schritt schnell aus, voller Sorge um Frans, so daß ich viel früher ins Papistenviertel zurückkam, als ich sollte. Mir war heiß, und ich band mir die Schals um mein Gesicht etwas loser. Während ich den Oude Langendijck entlangeilte, sah ich van Ruijven und meinen Herrn mir entgegenkommen. Ich senkte den Kopf und ging auf die andere Seite, so daß ich an meinem Herrn und nicht an van Ruijven vorbeigehen würde. Aber das lenkte van Ruijvens Aufmerksamkeit noch mehr auf mich. Er blieb stehen, und so mußte mein Herr ebenfalls innehalten.

»Du da – Dienstmagd mit den runden Augen!« rief er und drehte sich zu mir. »Sie haben mir gesagt, daß du nicht im Haus bist. Ich glaube, du gehst mir absichtlich aus dem Weg. Wie heißt du, Kleine?«

»Griet, Mijnheer.« Ich blickte unverwandt auf die Schuhe meines Herrn. Sie glänzten schwarz – Maertge hatte sie am Vormittag unter meiner Anleitung poliert.

»Also, Griet – bist du mir aus dem Weg gegangen?«

»Aber nein, Mijnheer – ich habe Erledigungen gemacht.« Ich hielt ihm den Eimer voll Dinge entgegen, die ich für Maria Thins besorgt hatte, bevor ich zu Frans gegangen war.

»Ich hoffe, daß ich dich von jetzt an öfter sehen werde.«

»Ja, Mijnheer.« Hinter den Männern standen zwei Frauen. Ich warf einen kurzen Blick auf ihre Gesichter und vermutete, daß sie die Tochter und die Schwester waren, die für das Gemälde Modell saßen. Die Tochter starrte mich an.

»Ich hoffe, Ihr habt Euer Versprechen nicht vergessen«, sagte van Ruijven zu meinem Herrn.

Mein Herr bewegte den Kopf ruckartig wie eine Marionette. »Nein«, antwortete er nach einer kurzen Pause.

»Gut. Ich vermute, Ihr wollt damit anfangen, bevor Ihr uns das nächste Mal zu Euch bittet.« Van Ruijvens Lächeln machte mich schaudern.

Eine lange Pause trat ein. Ich sah zu meinem Herrn. Er gab sich alle Mühe, ruhig zu wirken, aber ich wußte, daß er zornig war.

»Ja«, sagte er schließlich. Sein Blick ruhte auf den gegenüberliegenden Häusern. Mich sah er nicht an.

Ich verstand das Gespräch auf der Straße nicht, aber ich wußte, daß es etwas mit mir zu tun hatte. Am nächsten Tag fand ich heraus, was es bedeutete.

Am Morgen befahl er mir, nachmittags ins Atelier zu kommen. Ich vermutete, daß er mir Farben zum Zerstoßen geben würde, daß er mit dem Konzertbild begann. Als ich ins Atelier kam, war er nicht da. Ich stieg auf den Speicher. Der Tisch war leer – keine Farben lagen für mich bereit. Ich kletterte die Leiter wieder hinab, ich kam mir töricht vor.

Er war hereingekommen und sah zum Fenster hinaus.

»Bitte setz dich, Griet«, sagte er. Er hatte den Rücken zu mir gewandt.

Ich setzte mich auf den Stuhl am Cembalo. Ich berührte es nicht – ich hatte noch nie ein Instrument angefaßt, außer, um es zu putzen. Während ich wartete, betrachtete ich die Gemälde, die er an die Wand gehängt hatte und die aufs Konzertbild kommen würden. Links hing eine Landschaft, rechts ein Bild mit drei Personen – eine Frau, die Laute spielte und ein Kleid trug, das viel von ihrer Brust zeigte, ein Herr mit dem Arm um sie, und eine alte Frau. Der Mann kaufte die Gunst der jungen Frau, und die alte Frau streckte die Hand nach der Münze aus, die er ihr hinhielt. Das Gemälde gehörte Maria Thins, die mir gesagt hatte, es heiße *Die Kupplerin*.

»Nicht auf den Stuhl.« Er hatte sich vom Fenster weg zu mir gedreht. »Da sitzt van Ruijvens Tochter.«

Wo ich gesessen hätte, wenn ich auf dem Bild wäre, dachte ich.

Er holte einen anderen Löwenkopfstuhl und stellte ihn nah bei seiner Staffelei auf, aber seitlich, so daß er zum Fenster schaute.

»Setz dich hierher.«

»Was wollt Ihr, Herr?« fragte ich, als ich Platz nahm.

Ich war verwundert – wir saßen nie, wenn wir zusammen waren. Ich zitterte, obwohl mich nicht fror.

»Sag nichts.« Er öffnete einen Fensterladen, so daß das Licht direkt auf mein Gesicht fiel. »Schau zum Fenster hinaus.« Er setzte sich auf seinen Stuhl bei der Staffelei.

Ich sah auf den Turm der Nieuwe Kerk und schluckte. Ich spürte, wie mein Kinn sich anspannte und meine Augen sich weiteten.

»Jetzt schau mich an.«

Ich drehte den Kopf und sah ihn über die linke Schulter hinweg an.

Sein Blick begegnete meinem. Ich konnte nichts denken, außer daß das Grau genauso war wie das Innere einer Austernmuschel.

Er schien auf etwas zu warten. Mein Gesicht verzog sich vor Angst, daß ich ihm nicht gab, was er wollte.

»Griet«, sagte er leise. Mehr brauchte er nicht zu sagen. Tränen traten mir in die Augen. Ich vergoß sie nicht. Jetzt verstand ich.

»Ja. Beweg dich nicht.«

Er würde mich malen.

1666

Du riechst nach Leinöl.«

Mein Vater klang erstaunt. Er glaubte nicht, daß meine Kleider, meine Haut, meine Haare nach dem Öl rochen, nur weil ich das Atelier eines Malers putzte. Er hatte recht. Es war, als hätte er erraten, daß ich jetzt mit dem Öl in meinem Zimmer schlief, daß ich stundenlang dasaß und gemalt wurde und den Geruch in mich aufsog. Er erriet es und konnte es doch nicht sagen. Seine Blindheit hatte ihm alle Sicherheit genommen, so daß er seinen Gedanken nicht mehr vertraute.

Ein Jahr zuvor hätte ich vielleicht versucht, ihm zu helfen, hätte Vorschläge gemacht, was er gerade denken könnte, hätte ihn ermutigt, seine Überlegungen auszusprechen. Aber jetzt sah ich ihm zu, wie er sich wortlos abmühte, wie ein Käfer, der auf den Rücken gefallen war und sich nicht aus eigener Kraft umdrehen konnte.

Meine Mutter hatte es ebenfalls vermutet, obwohl sie nicht recht wußte, was sie vermutete. Manchmal konnte ich ihrem Blick nicht begegnen. Wenn ich es tat, lag er voll unterdrückter Wut, Neugier und Verletzlichkeit auf mir, alles durcheinander. Sie versuchte zu verstehen, was mit ihrer Tochter geschehen war.

Ich hatte mich an den Geruch des Leinöls gewöhnt. Ich nahm sogar ein Fläschchen davon ins Bett mit. Morgens, wenn ich mich anzog, hielt ich es vors Fenster, um die Farbe zu bewundern, wie Zitronensaft mit einem Tropfen Bleizinngelb darin.

Diese Farbe trage ich jetzt, hätte ich gerne gesagt. In der Farbe malt er mich.

Um meinen Vater von dem Geruch abzulenken, beschrieb ich ihm das andere Bild, an dem mein Herr gerade malte. »Eine junge Frau sitzt am Cembalo und spielt. Sie trägt ein gelb-schwarzes Mieder – dasselbe wie die Bäckerstochter auf ihrem Bild –, einen weißen Satinrock und weiße Schleifen im Haar. In der Kurve des Cembalos steht eine zweite Frau; sie hält ein Blatt Noten in der Hand und singt. Sie trägt eine grüne, mit Pelz abgesetzte Ärmeljacke und ein blaues Kleid. Zwischen den beiden Frauen sitzt ein Mann mit dem Rücken zu uns …«

»Van Ruijven«, warf mein Vater ein.

»Ja, van Ruijven. Man sieht nur seinen Rücken, die Haare und eine Hand am Hals der Laute.«

»Er ist ein schlechter Lautenspieler«, ergänzte mein Vater zufrieden.

»Ein sehr schlechter. Deswegen sitzt er auch mit dem Rücken zu uns – damit man nicht sieht, daß er die Laute nicht einmal richtig halten kann.«

Mein Vater lachte, er war wieder guter Laune. Es freute ihn immer zu hören, daß ein reicher Mann ein schlechter Musiker sein konnte.

Es war nicht immer so einfach, ihn wieder in gute Laune zu versetzen. Die Sonntage bei meinen Eltern waren allmählich so schwierig geworden, daß ich mich freute, wenn Pieter der Sohn zu uns kam. Er muß die besorgten Blicke bemerkt haben, die meine Mutter mir zuwarf, die nörglerischen Bemerkungen meines Vaters, die beklommenen Pausen, die zwischen Eltern und Kind eigentlich nicht sein durften. Er sagte nie etwas dazu, machte nie ein verlegenes Gesicht, starrte uns nie an oder wurde selbst wortkarg. Statt dessen spaßte er freundlich mit meinem Vater, schmeichelte meiner Mutter, lächelte mir zu.

Pieter fragte nicht, warum ich nach Leinöl roch. Er schien sich keine Sorgen darüber zu machen, daß ich ihm etwas verheimlichen könnte. Er hatte beschlossen, mir zu vertrauen.

Er war ein guter Mann.

Aber ich konnte nicht anders – ich schaute immer, ob unter seinen Fingernägeln Blut war.

Er sollte sie in Salzwasser einweichen, dachte ich. Eines Tages werde ich ihm das sagen.

Er war ein guter Mann, aber langsam wurde er ungeduldig. Er sagte es nicht, aber sonntags in der Gasse in der Nähe der Rietveld-Gracht spürte ich manchmal die Ungeduld in seinen Händen. Er packte meine Oberschenkel fester als nötig, drückte mir die Handfläche in den Rücken, so daß ich eng an seine Lenden gepreßt war und den harten Wulst spürte, selbst durch die vielen Stofflagen. Es war so kalt, daß wir nicht die Haut des anderen berührten, nur die Falten und Knäuel von Wollstoffen, die groben Umrisse unserer Gliedmaßen.

Pieters Berührungen waren mir nicht immer unangenehm. Manchmal, wenn ich über seine Schulter zum Himmel schaute und die anderen Farben außer Weiß in einer Wolke entdeckte oder wenn ich daran dachte, wie ich Bleiweiß oder Bleiglätte zerstieß, prickelten meine Brüste und mein Bauch, und ich drückte mich an ihn. Er freute sich immer, wenn ich so auf ihn einging. Ihm fiel nicht auf, daß ich es vermied, ihm ins Gesicht und auf die Hände zu sehen.

An dem Leinöl-Sonntag, als mein Vater und meine

Mutter so verwundert und unglücklich wirkten, ging Pieter später mit mir in die Gasse. Dort begann er, meine Brüste zu kneten und durch das Kleid hindurch an den Brustwarzen zu ziehen. Plötzlich hielt er inne, sein Gesicht bekam einen verschlagenen Ausdruck, und er fuhr mit den Händen über meine Schultern den Nacken hoch. Bevor ich ihn daran hindern konnte, steckten seine Hände unter meiner Haube und waren in meinen Haaren verfangen.

Ich drückte mir die Haube mit beiden Händen fest auf den Kopf. »Nein!«

Pieter lächelte mich an, die Augen glasig, als hätte er zu lange in die Sonne geschaut. Es war ihm gelungen, eine Strähne herauszuziehen, und daran zog er jetzt. »Ganz bald werde ich das alles sehen, Griet. Du wirst mir nicht immer ein Geheimnis bleiben.« Er fuhr mit einer Hand in die Mulde unter meinem Bauch und drängte sich an mich. »Nächsten Monat wirst du achtzehn. Dann rede ich mit deinem Vater.«

Ich wich von ihm zurück – ich kam mir vor, als wäre ich in einem heißen, dunklen Raum und bekäme keine Luft. »Ich bin noch so jung. Zu jung für so etwas.«

Pieter zuckte mit den Schultern. »Nicht alle warten, bis sie älter sind. Und deine Familie braucht mich.« Es war das erste Mal, daß er auf die Armut meiner Eltern anspielte und auf ihre Abhängigkeit von ihm – ihre Abhängigkeit, die damit auch meine war. Deswegen ließen sie es zu, daß er ihnen Fleisch schickte und sonntags mit mir in der Gasse stand.

Ich runzelte die Stirn. Ich wollte nicht daran erinnert werden, daß er Macht über uns hatte.

Pieter merkte, daß er besser geschwiegen hätte. Wie zur Entschuldigung steckte er mir die Haarsträhne unter die Haube zurück und strich mir über die Wange. »Ich werde dich glücklich machen, Griet«, sagte er. »Glaub mir.«

Nachdem er fort war, ging ich trotz der Kälte ein Stück die Gracht entlang. Das Eis war aufgebrochen worden, damit die Boote auf dem Kanal passieren konnten, doch es hatte sich schon wieder eine dünne Schicht gebildet. Als wir Kinder waren, hatten Frans und Agnes und ich Steine auf dieses dünne Eis geworfen, bis auch der kleinste Splitter untergegangen war. Das schien sehr lange her.

Einen Monat zuvor hatte er mich ins Atelier bestellt.

»Ich bin auf dem Speicher«, sagte ich am Nachmittag in den Raum hinein.

Tanneke blickte nicht von ihrer Näharbeit auf. »Leg Holz aufs Feuer nach, bevor du gehst«, befahl sie.

Die Mädchen arbeiteten unter der Aufsicht von Maertge und Maria Thins an ihrer Spitzenklöppelei. Lisbeth hatte geschickte Finger und machte schöne Spitze, aber Aleydis war noch zu jung für die feine Arbeit, und Cornelia war zu ungeduldig. Die Katze saß zu ihren Füßen am Feuer, und gelegentlich hielt Cornelia ihr den Faden ihrer Klöppelei zum Spielen hin. Wahrscheinlich hoffte sie, daß die Katze die Spitze zerreißen würde.

Als ich das Feuer nachgeschürt hatte, stieg ich um Johannes herum, der auf den kalten Küchenfliesen mit einem Kreisel spielte. Gerade, als ich aus dem Raum gehen wollte, drehte er den Kreisel so heftig, daß er direkt ins Feuer hüpfte. Er brach in Tränen aus, Cornelia lachte laut. Maertge holte das Spielzeug mit der Feuerzange aus den Flammen.

»Seid still, sonst weckt ihr Catharina und Franciscus«, ermahnte Maria Thins die Kinder. Sie hörten nicht auf sie.

Ich ging hinaus, erleichtert, dem Lärm zu entkommen, so kalt es dort oben auch sein mochte.

Die Tür zum Atelier war geschlossen. Ich preßte die Lippen aufeinander, strich mir über die Augenbrauen und fuhr mit den Fingern über die Wangen bis zum Kinn hinab, als würde ich auf dem Markt einen Apfel auf Druckstellen untersuchen. Zögernd blieb ich vor der schweren Holztür stehen, dann klopfte ich leise. Es kam keine Antwort, obwohl ich wußte, daß er dasein mußte – er erwartete mich.

Es war der erste Tag des neuen Jahres. Vor fast einem Monat hatte er die Grundierung meines Bildes gemalt, aber seitdem nichts mehr – keine rötlichen Stellen, um die Umrisse anzudeuten, keine falschen Farben, keine darüber liegenden Farben, keine Glanzlichter. Die Leinwand war eine leere, gelblichweiße Fläche. Ich sah sie jeden Morgen beim Putzen.

Ich klopfte lauter.

Als die Tür aufging, hatte er die Stirn gerunzelt, sein Blick begegnete meinem nicht. »Du brauchst nicht zu klopfen, Griet, komm einfach leise herein«, sagte er, drehte sich um und ging zu der Staffelei, wo die leere Leinwand auf Farben wartete.

Lautlos schloß ich die Tür hinter mir, so daß der Lärm der Kinder unten verstummte, und trat in die Mitte des Raums. Jetzt, da der Augenblick gekommen war, war ich erstaunlich ruhig. »Ihr wolltet, daß ich zu Euch komme, Mijnheer.«

»Ja. Stell dich dort drüben hin.« Er deutete in die Ecke, in der er die anderen Frauen gemalt hatte. Dort stand der Tisch für das Konzertgemälde, aber ohne die Musikinstrumente. Er reichte mir einen Brief. »Lies das«, sagte er.

Ich faltete das Blatt Papier auseinander und senkte den Kopf; vielleicht würde er merken, daß ich nur so tat, als würde ich die unvertraute Handschrift lesen, dachte ich ängstlich.

Auf dem Papier stand nichts.

Ich hob den Kopf, um es ihm zu sagen, aber dann schwieg ich. Oft war es besser, ihm nichts zu sagen. Ich schaute wieder auf den Brief.

»Versuch's damit«, meinte er und reichte mir ein Buch. Der Ledereinband war abgegriffen, der Rücken an mehreren Stellen gebrochen. Ich schlug es in der Mitte auf und betrachtete eine Seite. Ich erkannte keins der Wörter.

Ich mußte mich mit dem Buch hinsetzen, dann sollte ich stehen, das Buch in der Hand, und ihn ansehen. Er nahm mir das Buch ab, reichte mir den weißen Krug mit dem Zinndeckel, und ich mußte tun, als würde ich ein Glas Wein einschenken. Dann bat er mich, einfach am Fenster zu stehen und hinauszusehen. Die ganze Zeit wirkte er bestürzt, als hätte ihm jemand eine Geschichte erzählt und er könnte sich nicht an das Ende erinnern.

»Die Kleider«, murmelte er. »Das ist das Problem.«

Ich wußte, was er meinte. Er ließ mich Dinge tun, die eine Dame tun würde, aber ich trug die Kleider einer Dienstmagd. Ich dachte an die gelbe Ärmeljacke und das gelb-schwarze Mieder und fragte mich, welches er mir zum Anziehen geben würde. Aber ich konnte mich über diese Vorstellung nicht freuen; mir war sogar unbehaglich dabei. Nicht nur, weil es unmöglich sein würde, vor Catharina zu verheimlichen, daß ich ihre Kleider trug. Für mich fühlte es sich einfach nicht richtig an, Bücher und Briefe in der Hand zu halten, mir ein Glas Wein einzuschenken, Dinge zu tun, die ich sonst nie tat. So gerne ich den weichen Pelz der Ärmeljacke an meinem Hals spüren wollte – solche Dinge trug ich nie.

»Mijnheer«, sagte ich schließlich. »Vielleicht solltet Ihr

mir etwas anderes zu tun geben. Etwas, das eine Dienstmagd tut.«

»Was tut eine Dienstmagd denn?« fragte er leise, verschränkte die Arme und hob die Augenbrauen.

Ich mußte einen Moment warten, bevor ich antworten konnte – mein Kinn zitterte. Ich dachte daran, wie ich mit Pieter in der Gasse stand, und schluckte. »Nähen«, antwortete ich. »Fegen und Wischen. Wasser tragen. Wäsche waschen. Brot schneiden. Fenster putzen.«

»Möchtest du, daß ich dich mit deinem Besen male?«

»Es steht mir nicht an, das zu sagen, Mijnheer. Es ist nicht mein Gemälde.«

Er verzog das Gesicht. »Nein, es ist nicht deins.« Er klang, als redete er mit sich selbst.

»Ich möchte nicht, daß Ihr mich mit meinem Besen malt.« Das sagte ich, ohne zu wissen, daß ich es sagen würde.

»Nein. Du hast recht, Griet. Ich würde dich nicht mit einem Besen in der Hand malen.«

»Aber ich kann nicht die Kleider Eurer Frau tragen.«

Es entstand eine lange Pause. »Nein, wahrscheinlich nicht«, sagte er. »Aber ich werde dich nicht als Dienstmagd malen.«

»Als was dann, Mijnheer?«

»Ich werde dich so malen, wie ich dich beim ersten Mal gesehen habe, Griet. Nur dich.«

Er rückte einen Stuhl in die Nähe der Staffelei, und ich setzte mich darauf, das Gesicht zum mittleren Fenster gewandt. Ich wußte, daß das mein Platz sein würde. Er würde die Pose finden, die er mich vor einem Monat hatte einnehmen lassen, als er beschloß, mich zu malen.

»Schau zum Fenster hinaus«, sagte er.

Ich sah in den grauen Wintertag und erinnerte mich daran, wie ich anstelle der Bäckerstochter Modell gestanden hatte; ich versuchte, auf nichts zu sehen, meine Gedanken zu beruhigen. Das fiel mir schwer, weil ich an ihn dachte und daß ich vor ihm saß.

Die Glocke der Nieuwe Kerk schlug zweimal.

»Jetzt dreh den Kopf ganz langsam zu mir. Nein, nicht die Schultern. Laß deinen Körper zum Fenster gedreht. Beweg nur den Kopf. Langsam, langsam. Halt. Ein Stück noch, damit … halt. Jetzt bleib still sitzen.«

Ich blieb still sitzen.

Zuerst konnte ich seinem Blick nicht begegnen. Als ich es doch tat, war es, als würde ich an einem Feuer sitzen, das plötzlich auflodert. Deshalb betrachtete ich sein entschlossenes Kinn, die schmalen Lippen.

»Griet, du siehst mich nicht an.«

Ich zwang mich, ihm wieder in die Augen zu sehen. Wieder hatte ich das Gefühl, als würde ich verbrennen, aber ich ertrug es – er wollte, daß ich es tat.

Bald wurde es einfacher, ihm in die Augen zu blicken. Er sah mich an, als würde er nicht mich sehen, sondern jemand anderen oder etwas anderes – als würde er ein Gemälde betrachten.

Er beobachtet das Licht, das auf mein Gesicht fällt, dachte ich, nicht mein Gesicht selbst. Das ist der Unterschied.

Fast war es, als wäre ich gar nicht da. Sobald ich dieses Gefühl hatte, löste sich meine Anspannung ein wenig. Da er mich nicht sah, sah ich ihn nicht. Meine Gedanken begannen abzuschweifen – zu dem Hasenpfeffer, den wir zu Mittag gegessen hatten, dem Spitzenkragen, den Lisbeth mir geschenkt hatte, einer Geschichte, die Pieter der Sohn mir am Tag zuvor erzählt hatte. Danach dachte ich an nichts mehr. Zweimal stand er auf, um die Stellung eines Fensterladens zu verändern. Ein paarmal ging er zum Schrank, um Pinsel und Farben auszuwählen. Ich verfolgte seine Bewegungen, als würde ich auf der Straße stehen und durchs Fenster hereinsehen.

Die Kirchglocke läutete dreimal. Ich blinzelte. Ich hatte nicht bemerkt, daß so viel Zeit vergangen war. Es war, als wäre ich unter einen Bann geraten.

Ich schaute ihn an – jetzt lagen seine Augen auf mir. Er sah mich. Als wir uns anblickten, stieg eine heiße Woge in mir auf. Aber ich sah ihn unverwandt an, bis er endlich fortschaute und sich räusperte.

»Das ist alles, Griet. Oben liegt etwas Bein für dich zu mahlen.«

Ich nickte und ging leise aus dem Zimmer. Mein Herz schlug wie wild. Er malte mich.

»Zieh dir die Haube ein Stück aus dem Gesicht«, sagte er eines Tages.

»Aus dem Gesicht, Mijnheer?« wiederholte ich einfältig und bedauerte meine Frage sofort. Er wollte, daß ich nichts sagte, sondern einfach tat, was er mir auftrug. Wenn ich doch etwas sagte, sollte es etwas sein, das die Worte lohnte.

Er antwortete nicht. Ich schob den Rand der Haube, der ihm zugewandt war, von der Wange zurück. Die gestärkte Spitze streifte meinen Hals.

»Weiter«, sagte er. »Ich will die Kontur deiner Wange sehen.«

Ich zögerte, dann zog ich die Haube noch ein Stück zurück. Seine Augen wanderten über meine Wange hinab.

»Ich will dein Ohr sehen.«

Ich wollte es nicht, aber ich hatte keine andere Wahl.

Ich steckte eine Hand unter die Haube, um sicherzugehen, daß sich keine Haarsträhne gelöst hatte, und strich einige hinters Ohr. Dann zog ich die Haube so weit zurück, daß die untere Hälfte meines Ohrs zu sehen war.

Der Ausdruck auf seinem Gesicht war, als würde er stöhnen, obwohl er keinen Laut von sich gab. Ein Geräusch stieg in mir auf, aber ich unterdrückte es, damit es mir nicht entwich.

»Deine Haube«, sagte er. »Nimm sie ab.«

»Nein, Mijnheer.«

»Nein?«

»Bitte, verlangt das nicht von mir, Mijnheer.« Ich ließ den Rand der Haube fallen, so daß mein Ohr und die Wange wieder bedeckt waren. Ich schaute auf den Boden, auf dem die grauen und weißen Fliesen sich in einer sauberen, geraden Reihe vor mir erstreckten.

»Du willst den Kopf nicht frei machen?«

»Nein.«

»Du willst dich nicht als Dienstmagd malen lassen, mit einem Besen und deiner Haube, aber auch nicht als Dame mit Seide und Pelz und einer schönen Frisur.«

Ich gab keine Antwort. Ich konnte ihm mein Haar nicht zeigen. Ich war nicht die Art Mädchen, die den Kopf unbedeckt ließ.

Er rutschte auf seinem Stuhl herum, dann stand er auf. Ich hörte, wie er in die Abstellkammer ging. Als er wiederkam, trug er einen Berg Stoffe in den Armen, den er in meinen Schoß fallen ließ.

»Also, Griet, jetzt schau, was du damit machen kannst. Wickel dir etwas um den Kopf, damit du weder eine Dame noch eine Dienstmagd bist.« Ich war mir nicht sicher, ob er verärgert oder belustigt klang. Er verließ den Raum und zog die Tür hinter sich zu.

Ich sah die Stoffe durch. Es waren drei Hauben darunter, die alle zu fein für mich waren, und zu klein, um meinen Kopf ganz zu bedecken. Das Übrige waren Stoffreste von Kleidern und Jacken, die Catharina genäht hatte, in Gelb, Braun, Blau und Grau.

Ich wußte nicht, was ich tun sollte. Ich schaute mich um, als könnte ich die Antwort im Atelier finden. Meine Augen fielen auf das Bild *Die Kupplerin* – der Kopf der jungen Frau war unbedeckt, und sie hatte die Haare mit Schleifen zurückgebunden, aber die alte Frau hatte um den Kopf ein Tuch gewickelt, das sich an vielen Stellen überlappte. Vielleicht will er das, dachte ich. Vielleicht machen Frauen, die weder Damen noch Dienstmägde und auch nicht das andere sind, so etwas mit ihren Haaren.

Ich suchte mir einen braunen Stoffstreifen heraus und ging damit in die Abstellkammer, wo es einen Spiegel gab. Ich nahm die Haube ab und wickelte mir den Stoff so gut es ging um den Kopf. Dabei schaute ich immer wieder zum Gemälde, um es wie die alte Frau zu machen. Ich sah sehr merkwürdig aus.

Ich sollte mich doch mit einem Besen malen lassen, dachte ich. Mein Stolz hat mich eitel gemacht.

Als er wiederkam und sah, was ich getan hatte, lachte er. Ich hatte ihn nur selten lachen hören – manchmal mit den Kindern, einmal mit van Leeuwenhoek. Ich runzelte die Stirn. Es gefiel mir nicht, wenn jemand über mich lachte.

»Ich habe nur getan, was Ihr verlangt habt, Mijnheer«, stammelte ich.

Er hörte zu lachen auf. »Du hast recht, Griet. Es tut mir leid. Und dein Gesicht, jetzt, wo ich es besser sehen kann, ist …« Er brach ab und ließ den Satz unvollendet. Später fragte ich mich immer, was er gesagt haben würde.

Er deutete auf den Stoffberg, den ich auf meinen Stuhl gelegt hatte. »Warum hast du dir etwas Braunes ausgesucht, obwohl so viele andere Farben da sind?« fragte er.

Ich wollte nicht wieder anfangen, von Dienstmägden und Damen zu reden. Ich wollte ihn nicht daran erinnern, daß Blau und Gelb Farben von Damen waren. »Braun ist die Farbe, die ich sonst immer trage«, erklärte ich nur.

Offenbar ahnte er, was ich dachte. »Tanneke hat Blau und Gelb getragen, als ich sie vor ein paar Jahren malte«, erwiderte er.

»Ich bin nicht Tanneke, Mijnheer.«

»Das ist wahr. Das bist du in der Tat nicht.« Er nahm einen langen, schmalen Streifen von blauem Stoff aus dem Berg. »Trotzdem möchte ich, daß du es damit versuchst.«

Ich betrachtete das Stoffstück. »Das reicht nicht, um meinen ganzen Kopf zu bedecken.«

»Dann nimm noch das dazu.« Er zog ein gelbes Tuch heraus, das am Rand einen Streifen im selben Blau hatte, und reichte es mir.

Schweren Herzens ging ich mit den beiden Stoffstücken wieder in die Kammer und stellte mich vor den Spiegel. Ich wickelte mir den blauen Stoff um die Stirn, dann wand ich den gelben Streifen immer wieder herum und bedeckte damit meinen Scheitel. Das Ende steckte ich über dem Ohr fest, dann richtete ich hier und da eine Falte, glättete das blaue Tuch um meinen Kopf und ging zurück ins Atelier.

Er schaute in ein Buch und merkte nicht, wie ich wieder auf meinen Platz glitt. Ich setzte mich hin, wie ich zuvor gesessen hatte. Als ich den Kopf drehte, um über die linke Schulter zu sehen, schaute er auf. In dem Moment fiel das Ende des gelben Tuchs aus der Falte auf meine Schulter.

»Oh«, stieß ich leise aus. Ich hatte Angst, daß das Tuch sich ganz lösen und meine Haare entblößen würde. Aber es blieb, wie es war – nur das Ende des gelben Schals hing herab. Meine Haare waren bedeckt.

»Ja«, sagte er dann. »Das ist es, Griet. Ja.«

Er erlaubte mir nicht, das Bild zu sehen. Er stellte es auf eine zweite Staffelei im Winkel zur Tür und verbot mir, es anzusehen. Ich versprach es ihm, aber manchmal lag ich nachts im Bett und überlegte mir, mich in eine Decke zu hüllen und nach unten zu schleichen, um es anzuschauen. Er würde es nie erfahren.

Aber er würde es erraten. Ich glaubte nicht, Tag um Tag dasitzen zu können, sein Blick auf mir, ohne daß er erriet, daß ich mir das Gemälde angesehen hatte. Ich konnte nichts vor ihm verbergen. Ich wollte es nicht.

Außerdem zögerte ich zu erfahren, wie er mich sah. Es war besser, wenn das ein Geheimnis blieb.

Die Farben, die er mir zu mischen auftrug, gaben keinen Hinweis auf das, was er tat. Schwarz, Ocker, Bleiweiß, Bleizinngelb, Ultramarin, Krapplack – mit den Farben hatte ich früher schon gearbeitet, und sie konnten genausogut für das Konzertbild bestimmt sein.

Für ihn war es ungewöhnlich, an zwei Bildern gleichzeitig zu arbeiten. Obwohl es ihm nicht behagte, vom einen zum anderen wechseln zu müssen, konnte er damit leichter geheimhalten, daß er mich malte. Einige Leute wußten Bescheid. Van Ruijven wußte von dem Bild – ich war überzeugt, daß mein Herr das Gemälde auf seinen Auftrag hin malte. Wahrscheinlich hatte mein Herr eingewilligt, mich allein zu malen, damit er mich nicht zusammen mit van Ruijven malen mußte. Das Bild von mir würde van Ruijven gehören.

Dieser Gedanke gefiel mir nicht. Meinem Herrn, dachte ich, gefiel er ebensowenig.

Auch Maria Thins wußte von dem Bild. Wahrscheinlich hatte sie das Abkommen mit van Ruijven ausgehandelt. Außerdem betrat sie das Atelier nach wie vor so oft sie wollte und konnte sich das Gemälde ansehen, was ich nicht durfte. Manchmal sah sie mich mit einem neugierigen Seitenblick an, den sie nicht verbergen konnte.

Ich vermutete, daß Cornelia von dem Bild wußte. Einmal ertappte ich sie auf den Stufen zum Atelier, wo sie eigentlich nicht sein sollte. Als ich sie fragte, was sie dort suche, wollte sie nicht antworten, aber ich ließ es lieber dabei bewenden, als mit ihr zu Maria Thins oder Catharina zu gehen. Ich wollte keinen Ärger verursachen; nicht, während er mich malte.

Van Leeuwenhoek wußte von dem Bild. Eines Tages kam er mit seiner Camera obscura zu Besuch und baute sie auf, damit er und mein Herr mich anschauen konnten. Es schien ihn nicht zu überraschen, mich auf meinem Stuhl sitzen zu sehen – mein Herr mußte ihn vorgewarnt haben. Er warf zwar einen fragenden Blick auf meinen ungewöhnlichen Kopfputz, sagte aber nichts.

Sie schauten abwechselnd durch die Camera. Ich hatte gelernt dazusitzen, ohne mich zu bewegen, ohne zu denken und ohne mich von seinem Blick aus der Fassung bringen zu lassen. Aber es war schwerer, wenn der schwarze Kasten auf mich gerichtet war. Ohne Augen, ohne Gesicht, ohne Körper, der sich mir zuwandte, nur mit einem Kasten und einer schwarzen Robe, die eine gebeugte Gestalt verhüllte, wurde mir unbehaglich zumute. Ich konnte nicht sagen, mit welchen Blicken sie mich betrachteten.

Allerdings konnte ich nicht leugnen, daß ich es aufregend fand, von zwei Herren so eingehend gemustert zu werden, auch wenn ich ihre Miene nicht sehen konnte.

Mein Herr ging aus dem Zimmer und holte ein weiches Tuch, um die Linse zu putzen. Van Leeuwenhoek wartete, bis seine Schritte auf der Treppe zu hören waren, dann sagte er leise: »Paß auf dich auf, Kind.«

»Was meint Ihr damit, Mijnheer?«

»Sicher weißt du, daß er dich malt, um van Ruijven zufriedenzustellen. Seit van Ruijven ein Auge auf dich geworfen hat, glaubt dein Herr, dich beschützen zu müssen.«

Ich nickte. Insgeheim freute es mich, daß er meine Vermutung bestätigte.

»Laß dich nicht in ihren Zwist hineinziehen. Du könntest Schaden nehmen.«

Ich saß noch immer in der Haltung, die ich für das Gemälde eingenommen hatte. Jetzt zuckten meine Schultern wie von selbst, als würde ich einen Schal abschütteln. »Ich glaube nicht, daß er mir je weh tun würde, Mijnheer.«

»Sag mir, Kind, wieviel weißt du von Männern?«

Ich wurde hochrot und wendete den Kopf ab. Ich dachte an die Sonntage, wenn ich mit Pieter dem Sohn in der Gasse stand.

»Du mußt wissen, Rivalität macht Männer besitzergreifend. Zum Teil ist er auch deshalb auf dich aufmerksam geworden, weil van Ruijven dir schöntut.«

Ich gab keine Antwort.

»Er ist ein außergewöhnlicher Mann«, fuhr van Leeuwenhoek fort. »Seine Augen sind nicht mit Gold aufzuwiegen. Aber manchmal nimmt er die Welt nur so wahr, wie er sie sehen möchte, und nicht so, wie sie ist. Ihm ist nicht klar, welche Folgen sein Idealismus für andere haben könnte. Er denkt nur an sich und seine Arbeit, nicht an dich. Du mußt achtgeben, daß …« Er brach ab. Die Schritte meines Herrn waren auf den Stufen zu hören.

»Achtgeben worauf, Mijnheer?« flüsterte ich.

»Daß du bleibst, wer du bist.«

Ich reckte das Kinn vor. »Daß ich eine Dienstmagd bleibe, Mijnheer?«

»Das meine ich nicht. Die Frauen auf seinen Gemälden – er verlockt sie in seine Welt. Du könntest dich darin verlieren.«

Mein Herr trat ins Atelier. »Griet, du hast dich bewegt.«

»Verzeiht, Mijnheer.« Ich nahm wieder meine Pose ein.

Catharina war im sechsten Monat schwanger, als er das Gemälde von mir begann. Sie war schon recht unförmig und bewegte sich langsam, stützte sich an den Wänden ab, umklammerte Stuhllehnen, ließ sich seufzend in jeden Sessel sinken. Es überraschte mich, daß sie tat, als sei es eine Last, ein Kind zu tragen, wo sie doch schon öfter in Umständen gewesen war. Zwar klagte sie nicht laut, aber sobald sie voller wurde, tat sie, als sei jeder Schritt eine Strafe, die ihr auferlegt wurde. Als sie mit Franciscus guter Hoffnung gewesen war, hatte ich das nicht bemerkt; ich war neu im Haus gewesen und hatte kaum über die Wäscheberge hinausgesehen, die mich jeden Morgen erwarteten.

Je runder sie wurde, desto mehr zog sie sich in sich selbst zurück. Sie kümmerte sich, unterstützt von Maertge, immer noch um die Kinder; sie sorgte sich nach wie vor um den Haushalt und gab Tanneke und mir weiter Befehle; sie ging noch immer mit Maria Thins Dinge für den Haushalt kaufen. Doch ein Teil von ihr war abwesend, war bei dem Kind, das sie trug. Sie war nur noch selten barsch und nicht mehr absichtlich schroff. Sie wurde langsamer, und obwohl sie unbeholfen war, zerbrach sie nicht mehr soviel.

Ich machte mir Sorgen, daß sie das Gemälde von mir entdecken könnte. Zum Glück wurden die Stufen zum Atelier zu steil für sie, und deswegen war es unwahrscheinlich, daß sie unversehens die Tür öffnen und mich auf meinem Stuhl und ihn an der Staffelei sehen würde. Und da es Winter war, saß sie lieber mit den Kindern, Tanneke und Maria Thins am Feuer oder döste unter einem Berg Decken und Pelze.

Die größte Gefahr bestand darin, daß sie es von van Ruijven erfuhr. Von allen Leuten, die über das Gemälde Bescheid wußten, konnte er ein Geheimnis am schlechtesten für sich behalten. Er kam regelmäßig ins Haus, um für das Konzertbild Modell zu sitzen. Maria Thins schickte mich nicht mehr auf Botengänge, wenn er kam, oder sagte mir, ich solle einfach außer Haus gehen. Das wäre schwierig gewesen, denn es gab nur eine bestimmte Zahl von Dingen, die ich tun konnte. Außerdem dachte sie wohl, daß er sich mit der Aussicht auf ein Gemälde von mir zufriedengeben und mich nicht belästigen würde.

Das stimmte allerdings nicht. Manchmal suchte er mich eigens auf, wenn ich in der Waschküche Wäsche wusch oder bügelte oder wenn ich mit Tanneke in der Kochküche stand. Solange andere dabei waren, war es nicht so schlimm – wenn Maertge bei mir war oder Tanneke oder selbst Aleydis, dann rief er nur mit seiner samtenen Stimme: »Guten Tag, Kleine« und ging wieder. Aber wenn ich allein war, vielleicht im Hof, wo ich Wäsche aufhing, damit sie ein paar Minuten in der fahlen Wintersonne trocknen konnte, kam er hinaus und faßte mich an, hinter einem Laken oder einem Hemd meines Herrn, das ich gerade aufgespannt hatte. Ich schob ihn fort, so höflich, wie eine Dienstmagd es bei einem Herrn tun kann. Trotzdem wurde er allmählich vertraut mit der Form meiner Brüste und meiner Schenkel unter den Kleidern. Er sagte mir Dinge, die ich zu vergessen versuchte – Worte, die ich niemandem gegenüber wiederholen wollte.

Nachdem van Ruijven im Atelier gesessen hatte, stattete er immer Catharina einen kurzen Besuch ab, während seine Tochter und seine Schwester geduldig warteten, bis seine Plaudereien und Schmeicheleien ein Ende fanden. Obwohl Maria Thins ihm eingeschärft hatte, Catharina gegenüber nichts von dem Gemälde zu erwähnen, konnte er nicht einfach Stillschweigen bewahren. Er war sehr zufrieden, daß er das Bild von mir besitzen würde, und ließ in Catharinas Gegenwart manchmal Andeutungen fallen.

Eines Tages, als ich im Flur den Boden wischte, hörte ich, wie er sie fragte: »Wenn Euer Gemahl jede beliebige Person der Welt malen könnte – wen würdet Ihr wollen, daß er malt?«

»Ach, über derlei Dinge denke ich nicht nach«, antwortete sie mit einem Lachen. »Er malt, was er malt.«

»Da bin ich mir nicht sicher.« Van Ruijven gab sich alle Mühe, vieldeutig zu klingen, so daß die Anspielung selbst Catharina nicht entgehen konnte.

»Was meint Ihr damit?« fragte sie.

»Nichts, nichts. Aber Ihr solltet ihn um ein Gemälde bitten. Vielleicht würde er es Euch nicht abschlagen. Er könnte eins der Kinder malen – Maertge etwa. Oder auch Euch und Eure Schönheit.«

Catharina sagte nichts. Da van Ruijven rasch das Thema wechselte, mußte ihm aufgefallen sein, daß er sie mit seiner Bemerkung verletzt hatte.

Ein anderes Mal fragte sie ihn, ob es ihm Spaß mache, für das Gemälde Modell zu sitzen, und er erwiderte: »Es würde mir mehr Spaß machen, wenn ein hübsches Mädchen neben mir säße. Aber bald habe ich sie sowieso, und damit muß ich mich wohl vorerst begnügen.«

Catharina überging diese Bemerkung, was sie einige Monate zuvor nicht getan hätte. Aber vielleicht, da sie nichts von dem Gemälde wußte, klang die Äußerung für sie auch nicht verdächtig. Doch ich war bestürzt und berichtete Maria Thins von seinen Worten.

»Du hast wohl an der Tür gelauscht, Mädchen, was?« fragte die alte Frau.

»Ich ...« Ich konnte es nicht leugnen.

Maria Thins lächelte säuerlich. »Es ist Zeit geworden, daß ich dich bei etwas ertappe, das Dienstmägde gemeinhin zu tun pflegen. Demnächst wirst du Silberlöffel stehlen.«

Innerlich zuckte ich zusammen. Das waren harsche Worte, zumal nach der Unbill mit Cornelia und dem Kamm. Aber ich konnte mich nicht wehren – ich verdankte Maria Thins zuviel. Ich mußte ihr die grausamen Worte erlauben.

»Aber du hast recht, van Ruijvens Mundwerk ist loser als die Börse einer Hure«, fuhr sie fort. »Ich werde noch einmal mit ihm reden.«

Doch es nützte wenig – Maria Thins Worte schienen ihn nur anzuspornen, Catharina gegenüber noch mehr Andeutungen fallenzulassen. Maria Thins gewöhnte sich an, mit ihrer Tochter im Zimmer zu sitzen, wenn er kam, damit sie seine Zunge ein wenig in Zaum halten konnte.

Ich wußte nicht, was Catharina tun würde, wenn sie das Gemälde von mir entdeckte. Und eines Tages würde es dazu kommen – wenn nicht im Haus am Oude Langendijck, dann bei van Ruijven. Sie würde beim Essen am Tisch sitzen und aufblicken und mich sehen, wie ich sie von der Wand herab anschaute.

Er arbeitete nicht jeden Tag an dem Bild von mir. Er mußte auch das Konzert malen, ob mit oder ohne van Ruijven und seinen Frauen. Wenn sie nicht da waren, malte er um sie herum, oder ich mußte den Platz einer der Frauen einnehmen – des Mädchens, das am Cembalo saß, der Frau, die neben dem Instrument stand und von einem Notenblatt sang. Ich brauchte nicht ihre Kleider zu tragen; er wollte nur einen Körper dort haben. Manchmal kamen die beiden Frauen ohne van Ruijvens Begleitung, und dann arbeitete er am besten. Van Ruijven war ein schwieriges Modell. Ich hörte ihn, wenn ich auf dem Speicher arbeitete. Er konnte nicht still sitzen, wollte reden und seine Laute spielen. Mein Herr war geduldig mit ihm, wie mit einem Kind, aber manchmal hörte ich einen bestimmten Ton in seiner Stimme, und dann wußte ich, daß er abends in die Schenke gehen und mit Augen blank wie polierte Löffel zurückkommen würde.

Für das andere Gemälde saß ich drei- oder viermal die Woche für ihn, immer ein oder zwei Stunden lang. Das war mir die liebste Zeit der ganzen Woche – die Stunden, in denen seine Augen nur auf mir lagen. Es störte mich nicht, daß die Haltung ermüdend war, daß ich Kopfschmerzen bekam, wenn ich länger über die Schulter schaute. Es störte mich nicht, wenn er mich immer wieder bat, den Kopf zu drehen, damit das gelbe Tuch herumflog, damit er mich so malen konnte, als hätte ich mich gerade zu ihm gewendet. Ich tat alles, worum er mich bat.

Aber er war nicht glücklich. Der Februar ging zu Ende, der März begann mit seinen eisigen und sonnigen Tagen, und er war nicht glücklich. Er arbeitete seit fast zwei Monaten an dem Bild, und obwohl ich es nicht gesehen hatte, glaubte ich, daß es beinahe fertig sein müßte. Ich brauchte nicht mehr viel Farbe dafür zu mischen, denn er verwendete nur noch kleine Mengen, und wenn ich für ihn saß, machte er mit seinen Pinseln nur wenige Bewegungen. Ich hatte geglaubt, ich wüßte, wie er mich haben wollte, aber jetzt war ich mir nicht mehr sicher. Manchmal saß er nur da und schaute mich an, als warte er darauf, daß ich etwas tat. Dann war er kein Maler mehr, sondern ein Mann, und es fiel mir schwer, ihn anzusehen.

Eines Tages, als ich auf meinem Stuhl saß, erklärte er unversehens: »Van Ruijven wird damit zufrieden sein, aber ich nicht.«

Ich wußte nicht, was ich sagen sollte. Ohne das Bild gesehen zu haben, konnte ich ihm nicht helfen. »Darf ich mir das Gemälde ansehen, Mijnheer?«

Er warf mir einen verwunderten Blick zu.

»Vielleicht kann ich Euch helfen«, fügte ich hinzu und bedauerte es sofort. Ich fürchtete, daß ich zu kühn gewesen war.

»Also gut«, sagte er nach einer Sekunde.

Ich stand auf und stellte mich hinter ihn. Er drehte sich nicht um, er saß nur ganz still da. Ich hörte ihn langsam und gleichmäßig atmen.

Das Gemälde war völlig anders als alle anderen, die er gemacht hatte. Es war nur von mir, von meinem Kopf und meinen Schultern, kein Tisch und kein Fenster, keine Puderquaste oder Vorhänge, die es weicher machten oder den Blick ablenkten. Er hatte mich mit meinen runden Augen gemalt, Licht fiel auf mein Gesicht, aber die linke Hälfte lag im Schatten. Ich trug Blau, Gelb und Braun. Durch das Tuch um meinen Kopf sah ich nicht aus wie ich selbst, sondern wie eine Griet aus einer anderen Stadt, aus einem ganz anderen Land sogar. Der Hintergrund war schwarz, so daß ich sehr allein wirkte, obwohl ich unverkennbar jemanden anschaute. Es war, als würde ich auf etwas warten, von dem ich nicht glaubte, daß es je eintreffen würde.

Er hatte recht – das Gemälde würde van Ruijven wohl zufriedenstellen, aber es fehlte etwas.

Ich wußte es, bevor er es wußte. Als ich sah, was fehlte – der helle Punkt, mit dem er auf seinen anderen Bildern das Auge bannte –, erschauderte ich. Das wird das Ende sein, dachte ich.

Ich hatte recht.

Dieses Mal versuchte ich nicht, ihm zu helfen, wie bei dem Bild von van Ruijvens Frau, die einen Brief schrieb. Ich schlich nicht ins Atelier, um etwas zu verändern – den Stuhl zu verrücken, auf dem ich saß, oder die Läden weiter zu öffnen. Ich wickelte das gelbe und das blaue Tuch nicht anders, ich verbarg nicht den Ansatz meines Leibchens. Ich biß mir nicht auf die Lippen, damit sie röter wurden, oder saugte meine Wangen in den Mund, damit sie schmaler wirkten. Ich legte keine Farben bereit, die er vielleicht brauchen könnte.

Ich saß nur für ihn Modell und zerstieß und schwemmte die Farben, wie er es verlangte.

Er würde es sowieso von selbst herausfinden.

Es dauerte länger, als ich gedacht hatte. Ich saß noch zweimal für ihn, bis er entdeckte, was dem Gemälde fehlte. Jedesmal, wenn ich für ihn saß, arbeitete er mit einem unzufriedenen Gesichtsausdruck und ließ mich bald wieder gehen.

Ich wartete.

Catharina selbst lieferte ihm die Lösung. Eines Nachmittags putzten Maertge und ich in der Waschküche Schuhe, während die anderen Mädchen sich im Herrschaftszimmer versammelten, wo ihre Mutter sich für ein Geburtsfest ankleidete. Als ich Aleydis und Lisbeth jauchzen hörte, wußte ich, daß Catharina ihre Perlen hervorgeholt hatte. Die Mädchen liebten den Schmuck.

Dann hörte ich seine Schritte im Gang, Stille, schließlich leise Stimmen. Nach einer Sekunde rief er: »Griet, bring meiner Frau ein Glas Wein.«

Ich stellte den Weinkrug und zwei Gläser auf ein Tablett, für den Fall, daß auch er etwas trinken wollte, und trug alles ins Herrschaftszimmer. Als ich es betrat, stieß ich mit Cornelia zusammen, die in der Tür stand. Es gelang mir, den Krug aufzufangen, und die Gläser fielen klirrend gegen meine Brust, ohne zu zerbrechen. Feixend trat Cornelia beiseite.

Catharina saß am Tisch vor ihrer Puderquaste und Puderdose, den Kämmen und der Schmuckschatulle. Sie trug ihre Perlen und das grüne Seidenkleid, das weiter gemacht worden war, damit es um ihren Bauch paßte. Ich stellte ein Glas auf den Tisch vor sie und schenkte ein.

»Möchtet Ihr auch etwas Wein, Mijnheer?« fragte ich und blickte auf. Er stand am Schrank, der das Bett umgab, an die Seidenvorhänge gelehnt; zum ersten Mal fiel mir auf, daß sie aus demselben Stoff waren wie Catharinas Kleid. Er schaute immer wieder zwischen Catharina und mir hin und her. Auf seinem Gesicht lag sein Malerblick.

»Dummes Ding, jetzt hast du Wein über mich verschüttet!« Catharina schob sich ein Stück vom Tisch zurück und wischte über ihren Bauch, wo ein paar Tropfen Rotwein glitzerten.

»Verzeiht, Mevrouw. Ich hole ein feuchtes Tuch, um es wegzutupfen.«

»Ach, laß gut sein. Ich kann es nicht ertragen, wenn du um mich herumwirbelst. Geh.«

Ich nahm das Tablett auf und schaute dabei kurz zu ihm. Sein Blick war auf die Perlenohrringe seiner Frau geheftet. Als sie den Kopf drehte, um noch etwas Puder aufzutragen, schwang der Ohrring hin und her und fing das Licht ein, das zum großen Fenster hereinfiel. Unwillkürlich sahen wir alle auf ihr Gesicht; die Perle reflektierte das Licht ebenso wie ihre Augen.

»Ich muß noch kurz nach oben gehen«, sagte er zu Catharina. »Ich komme gleich wieder.«

Jetzt ist es soweit, dachte ich. Jetzt hat er die Antwort gefunden.

Als er mir auftrug, am nächsten Nachmittag ins Atelier zu kommen, war ich nicht aufgeregt wie sonst immer, wenn ich wußte, daß ich für ihn sitzen würde. Zum ersten Mal hatte ich Angst davor. An dem Vormittag kamen mir die Kleider, die ich wusch, besonders naß und schwer vor, und meinen Händen fehlte die Kraft, sie richtig auszuwringen. Ich bewegte mich nur langsam zwischen Küche und Hof hin und her und setzte mich mehr als einmal hin, um auszuruhen. Als Maria Thins eine kupferne Pfannkuchenpfanne holen kam, ertappte sie mich bei einer solchen Pause. »Was ist los, Mädchen? Bist du krank?« fragte sie.

Ich sprang auf. »Nein, Mevrouw. Nur ein bißchen müde.«

»Müde, wie? Das sollte eine Dienstmagd aber nicht sein, vor allem nicht am Vormittag.« Sie sah mich an, als glaubte sie mir nicht.

Ich tauchte meine Hände in das kühle Wasser und zog eines von Catharinas Leibchen heraus. »Gibt es irgend etwas, das ich heute nachmittag für Euch besorgen soll, Mevrouw?«

»Besorgen? Heute nachmittag? Eine seltsame Frage, wenn du müde bist.« Ihre Augen verengten sich. »Du bist doch nicht in Schwierigkeiten geraten, Mädchen, oder? Hat van Ruijven dich etwa allein abgefangen?«

»Nein, Mevrouw.« Das hatte er zwar, gerade zwei Tage zuvor, aber es war mir gelungen, mich ihm zu entziehen.

»Hat jemand dich da oben entdeckt?« fragte Maria Thins mit leiser Stimme und deutete mit dem Kopf zum Atelier.

»Nein, Mevrouw.« Einen Moment fühlte ich mich versucht, ihr vom Ohrring zu erzählen. Statt dessen sagte ich: »Ich habe etwas gegessen, das mir nicht bekommen ist, das ist alles.«

Maria Thins zuckte mit den Schultern und ging davon. Sie glaubte mir zwar nicht, aber sie war zu dem Schluß gekommen, daß es nicht wichtig war.

Am Nachmittag schleppte ich mich die Treppe hinauf und blieb vor der Tür zum Atelier stehen. Dieses Mal würde es nicht sein wie sonst, wenn ich für ihn saß. Er würde mich um etwas bitten, und ich war ihm verpflichtet.

Ich schob die Tür auf. Er saß vor seiner Staffelei und betrachtete die Spitze eines Pinsels. Als er zu mir sah, bemerkte ich auf seinem Gesicht einen Ausdruck, den ich nie zuvor gesehen hatte. Er war beklommen.

Das gab mir den Mut zu sagen, was ich dann sagte. Ich ging zu meinem Stuhl und legte meine Hand auf einen der Löwenköpfe. »Mijnheer«, begann ich und umklammerte das harte, kühle Holz. »Ich kann es nicht tun.«

»Was kannst du nicht tun, Griet?« Er war aufrichtig verwundert.

»Worum Ihr mich bitten werdet. Ich kann ihn nicht tragen. Dienstmägde tragen keine Perlen.«

Lange Zeit starrte er mich an, dann schüttelte er mehrmals den Kopf. »Du bist erstaunlich. Du überraschst mich immer wieder.«

Ich fuhr mit den Fingern über Nase und Maul des

Löwen, die Schnauze hinauf zur glatten, holprigen Mähne. Seine Augen folgten meinen Bewegungen.

»Du weißt, daß das Bild es braucht«, sagte er leise. »Das Licht, das die Perle reflektiert. Sonst wäre es nicht vollständig.«

Ich wußte es. Ich hatte das Gemälde nicht lange betrachtet – es kam mir zu merkwürdig vor, mich selbst zu sehen –, aber ich hatte sofort gewußt, daß der Perlenohrring fehlte. Ohne den gab es nur meine Augen, meinen Mund, den weißen Rand meines Leibchens, die dunkle Fläche hinter meinem Ohr, jedes für sich, jedes getrennt. Der Ohrring würde das alles verbinden. Er würde das Gemälde vollständig machen.

Und ich würde auf der Straße stehen. Ich wußte, er würde keinen Ohrring von van Ruijven oder van Leeuwenhoek oder sonst jemandem borgen. Er hatte Catharinas Perle gesehen, und er würde dafür sorgen, daß ich sie trug. Er verwendete für seine Gemälde das, was er wollte, ohne an die Folgen zu denken. Es war, wie van Leeuwenhoek gesagt hatte.

Wenn Catharina ihren Ohrring auf dem Bild sah, würde sie explodieren.

Ich hätte ihn anflehen sollen, mich nicht in den Ruin zu treiben.

»Ihr malt das Bild für van Ruijven«, erklärte ich statt dessen. »Nicht für Euch. Ist es wirklich so wichtig? Ihr habt selbst gesagt, daß er damit zufrieden sein würde.«

Sein Gesicht wurde hart, und ich wußte, daß ich das Falsche gesagt hatte.

»Ich würde nie mit einem Bild aufhören, wenn ich weiß, daß es nicht vollständig ist, gleichgültig, wer es bekommt«, zischte er. »Das ist nicht meine Art zu arbeiten.«

»Nein, Mijnheer.« Ich schluckte und schaute auf den

Fliesenboden. Dummes Ding, dachte ich. Mein Kinn spannte sich an.

»Geh und mach dich fertig.«

Mit gesenktem Kopf huschte ich in die Abstellkammer, wo ich das gelbe und das blaue Tuch aufbewahrte. Noch nie hatte er mir sein Mißfallen so deutlich gezeigt. Ich glaubte nicht, daß ich es ertragen konnte. Ich nahm meine Haube ab. Die Schleife, mit der ich mir das Haar hochband, hatte sich etwas gelöst, und ich zog sie ab. Gerade wollte ich die Haare wieder zusammenfassen, als ich eine der losen Fliesen im Atelier klicken hörte. Ich erstarrte. Er war noch nie in die Abstellkammer gekommen, während ich mich herrichtete. Das hatte er nicht von mir verlangt.

Ich drehte mich um, die Hände an den Haaren. Er stand auf der Türschwelle und starrte mich an.

Ich ließ die Arme sinken. Meine Haare fielen mir in Wellen über die Schultern herab, braun wie die Felder im Herbst. Niemand hatte sie so gesehen außer mir.

»Deine Haare«, sagte er. Er war nicht mehr verärgert.

Endlich ließen seine Augen mich frei.

Jetzt, wo er mein Haar gesehen hatte, jetzt, wo er mich entblößt gesehen hatte, verlor ich das Gefühl, daß ich etwas Kostbares zu verstecken und für mich zu behalten hatte. Ich konnte freier sein, und wenn nicht mit ihm, dann mit jemand anderem. Es war gleichgültig, was ich tat oder nicht tat.

An dem Abend schlich ich aus dem Haus. Ich fand Pieter den Sohn in einer der Schenken in der Nähe der Fleischhalle, wo die Fleischer zum Trinken hingingen. Ohne auf das Pfeifen und die Bemerkungen zu achten, ging ich zu ihm und bat ihn, mit mir zu kommen. Er stellte seinen Bierkrug auf den Tisch, die Augen weit aufgerissen, und folgte mir nach draußen, wo ich ihn an der Hand nahm und in eine Gasse führte. Dort hob ich meinen Rock hoch und ließ ihn tun, was er tun wollte. Ich verschränkte die Hände hinter seinem Nacken und hielt mich an ihm fest, während er sich einen Weg in mich bahnte und rhythmisch zu stoßen begann. Er tat mir weh, aber als ich daran dachte, wie mir im Atelier die Haare offen um die Schultern hingen, empfand ich auch so etwas wie Lust.

Später, als ich wieder im Papistenviertel war, wusch ich mich mit Essig.

Als ich wieder auf das Gemälde schaute, hatte er eine kleine Haarsträhne hinzugefügt, die über meinem linken Auge aus dem blauen Tuch ragte.

Beim nächsten Mal, als ich für ihn saß, erwähnte er den Ohrring nicht. Er reichte ihn mir nicht, wie ich befürchtet hatte, er veränderte nicht meine Pose, er hörte nicht zu malen auf.

Er kam auch nicht wieder in die Abstellkammer, um mein Haar zu sehen.

Er blieb lange Zeit sitzen, mischte mit seinem Messer Farben auf seiner Palette. Darauf war Rot und Ocker, aber die Farbe, die er mischte, war vorwiegend Weiß, in das er Kleckse von Schwarz gab, die er bedächtig unterrührte. Die silberne Raute des Messers blitzte in der grauen Farbe.

»Mijnheer?« sagte ich.

Er sah zu mir, hielt mit dem Messer inne.

»Manchmal habt Ihr gemalt, ohne daß das Modell für Euch saß. Könntet Ihr den Ohrring nicht malen, ohne daß ich ihn trage?«

Das Palettenmesser blieb reglos in der Luft. »Du willst, daß ich mir vorstelle, wie du die Perle trägst, und male, was ich mir vorstelle?«

»Ja, Mijnheer.«

Er schaute auf die Farbe, das Palettenmesser bewegte sich wieder. Ich glaube, er lächelte ein wenig. »Ich möchte sehen, wie du den Ohrring trägst.«

»Aber Ihr wißt, was dann passieren wird, Mijnheer.«

»Ich weiß, daß das Gemälde vollständig sein wird.«

Ihr werdet mich zerstören, dachte ich. Wieder konnte ich mich nicht dazu bringen, es auszusprechen. »Was wird Eure Frau sagen, wenn sie das fertige Gemälde sieht?« fragte ich statt dessen so kühn, wie es mir möglich war.

»Sie wird es nicht sehen. Ich werde es direkt van Ruijven geben.« Zum ersten Mal gestand er ein, daß er mich heimlich malte, daß Catharina es nicht billigen würde.

»Du brauchst ihn nur einmal zu tragen«, fügte er hinzu, als wollte er mich beruhigen. »Ich bringe ihn mit, wenn ich dich das nächste Mal male. Nächste Woche. Einen Nachmittag lang wird Catharina ihn nicht vermissen.«

»Aber Mijnheer, ich habe kein Loch im Ohr«, sagte ich.

Er runzelte die Stirn. »Dann wirst du dich darum kümmern müssen.« Für ihn war das offenbar eine Frauensache, nichts, womit er glaubte, sich befassen zu müssen. Er klopfte das Messer ab und wischte es mit einem Lappen sauber. »Jetzt fangen wir an. Kinn etwas nach unten.« Er betrachtete mich. »Leck dir die Lippen, Griet.«

Ich leckte mir die Lippen.

»Laß den Mund offen.«

Diese Bitte überraschte mich so sehr, daß mir der Mund von selbst offen stehen blieb. Ich blinzelte, um nicht zu weinen. Tugendhafte Frauen öffneten auf einem Gemälde nicht die Lippen.

Es war, als hätte er Pieter und mich in der Gasse beobachtet.

Ihr habt mich ruiniert, dachte ich. Ich leckte mir wieder die Lippen.

»Gut«, sagte er.

Ich wollte es nicht selbst tun. Ich hatte keine Angst vor dem Schmerz, aber ich wollte mir keine Nadel durch das eigene Ohr stechen.

Wenn ich jemanden hätte wählen können, der es für mich tat, hätte ich mich für meine Mutter entschieden. Aber sie hätte es nicht verstanden und auch nicht eingewilligt, es zu tun, ohne den Grund zu erfahren. Und wenn ich es ihr erklärt hätte, wäre sie entsetzt gewesen.

Tanneke konnte ich nicht fragen, ebensowenig Maertge.

Ich überlegte mir, Maria Thins darum zu bitten. Sie mochte noch nichts vom Ohrring gewußt haben, doch sie würde bald genug davon erfahren. Aber ich konnte mich nicht überwinden, sie zu fragen, sie an meiner Demütigung teilhaben zu lassen.

Der einzige Mensch, der es vielleicht tun und mich verstehen würde, war Frans. Am nächsten Tag verließ ich das Haus, in der Hand ein Nadelkästchen, das Maria Thins mir gegeben hatte. Die Frau mit dem mißmutigen Blick am Eingang zur Werkstätte grinste spöttisch, als ich nach ihm fragte.

»Zum Glück ist er schon lange weg«, antwortete sie. Es machte ihr Freude, das zu sagen.

»Weg? Wohin?«

Die Frau zuckte die Achseln. »Nach Rotterdam, heißt

es. Und wer weiß, wohin dann? Vielleicht findet er sein Glück auf den sieben Meeren, wenn er nicht vorher zwischen den Beinen einer Rotterdamer Hure krepiert.« Diese letzten Worte klangen so bitter, daß ich sie eingehender ansah. Sie war guter Hoffnung.

Als Cornelia die Fliese von Frans und mir zerbrach, hatte sie nicht ahnen können, daß sie schließlich recht bekommen würde – daß er sich von mir und von der Familie trennen würde. Ob ich ihn je wiedersehen werde? fragte ich mich. Und was werden unsere Eltern dazu sagen? Ich fühlte mich einsamer als je zuvor.

Am nächsten Tag ging ich auf dem Rückweg vom Fischmarkt zur Apotheke. Mittlerweile kannte der Apotheker mich und begrüßte mich sogar mit meinem Namen. »Und was braucht er heute?« erkundigte er sich. »Leinwand? Zinnoberrot? Ocker? Leinöl?«

»Er braucht gar nichts«, antwortete ich befangen. »Und meine Herrin auch nicht. Ich bin hier ...« Einen Moment fragte ich mich, ob ich ihn bitten sollte, mir das Ohr zu durchstechen. Er wirkte verschwiegen, wie ein Mensch, der es tun würde, ohne jemandem davon zu erzählen oder nach dem Grund zu fragen.

Ich konnte keinen Fremden darum bitten. »Ich brauche etwas, das die Haut betäubt«, sagte ich.

»Die Haut betäubt?«

»Ja, wie Eis.«

»Warum willst du die Haut betäuben?«

Ich zuckte die Achseln und gab keine Antwort, sondern schaute auf die Gefäße in den Regalen hinter ihm.

»Nelkenöl«, sagte er schließlich mit einem Seufzen. Er griff nach einem Glasfläschen. »Reib die Stelle ein bißchen damit ein und laß es ein paar Minuten einwirken. Aber es hält nicht lange vor.«

»Davon hätte ich gerne ein bißchen, bitte.«

»Und wer wird dafür bezahlen? Dein Herr? Es ist nämlich sehr teuer. Es kommt von sehr weit her.« In seiner Stimme schwang Mißbilligung ebenso mit wie Neugier.

»Ich bezahle dafür. Ich brauche nur ein bißchen.« Ich zog einen Lederbeutel aus meiner Schürze und zählte die kostbaren Stuiver auf die Theke. Eine winzige Flasche kostete zwei Tageslöhne. Ich hatte etwas Geld von Tanneke geborgt und versprochen, es ihr zurückzugeben, wenn ich am Sonntag bezahlt wurde.

Als ich am folgenden Sonntag meiner Mutter den kleineren Wochenlohn aushändigte, sagte ich ihr, ich hätte einen Handspiegel zerbrochen und müßte dafür aufkommen.

»Das wird mehr als zwei Tageslöhne kosten, den zu ersetzen«, tadelte sie. »Was hast du denn getan? Dich in einem Spiegel angeschaut? Sehr achtlos von dir.«

»Ja«, stimmte ich zu. »Ich war sehr achtlos.«

Ich wartete bis spätnachts, wenn ich sicher sein konnte, daß das ganze Haus schlief. Obwohl normalerweise niemand ins Atelier kam, nachdem es für die Nacht versperrt worden war, hatte ich Angst, daß jemand mich mit der Nadel, dem Spiegel und dem Nelkenöl ertappen könnte. Ich stand hinter der verschlossenen Tür des Ateliers und lauschte. Unten ging Catharina im Gang auf und ab. Sie konnte nur noch schlecht schlafen – ihr Körper war so schwerfällig geworden, daß sie keine bequeme Stellung mehr im Bett finden konnte. Dann hörte ich eine Kinderstimme, die eines Mädchens, das sich bemühte, leise zu sprechen, die aber trotzdem hell und klar war. Cornelia leistete ihrer Mutter Gesellschaft. Ich verstand nicht, was sie sagte, und weil ich ins Atelier eingeschlossen war, konnte ich nicht zum Treppenabsatz schleichen und zuhören.

Auch Maria Thins ging in ihren Räumen neben der Abstellkammer umher. Das Haus war rastlos, und dadurch wurde auch ich rastlos. Ich zwang mich, mich auf meinen Löwenkopfstuhl zu setzen und zu warten. Ich war nicht müde. Ich war noch nie so wach gewesen.

Schließlich gingen Catharina und Cornelia wieder ins Bett, und Maria Thins hörte auf, nebenan herumzugehen. Während es im Haus allmählich still wurde, blieb ich auf meinem Stuhl sitzen. Es war leichter dazusitzen, als zu tun, was ich tun mußte. Als ich es nicht länger hinausschieben konnte, stand ich auf und schaute auf das Gemälde. Das einzige, was ich sah, war das große Loch, wo der Ohrring hingehörte und das ich füllen mußte.

Ich nahm meine Kerze, suchte in der Abstellkammer nach dem Spiegel und stieg auf den Speicher. Ich lehnte den Spiegel auf dem Tisch an die Wand und stellte die Kerze daneben. Aus dem Nadelkästchen wählte ich die dünnste Nadel und hielt die Spitze in die Kerzenflamme. Dann öffnete ich das Fläschchen Nelkenöl. Ich erwartete, daß es übel riechen würde, nach Fäule oder verrottendem Laub, wie Medizin so oft riecht. Aber es war ein süßer, fremder Geruch, wie Honigkuchen, der in der Sonne gelegen hat. Das Öl kam von weit her, von Orten, die Frans auf seinen Schiffen vielleicht besuchte. Ich tat ein paar Tropfen auf ein Tuch und rieb damit mein linkes Ohrläppchen ein. Der Apotheker hatte recht – als ich das Ohr ein paar Minuten später anfaßte, fühlte es sich an, als wäre ich ohne Schal um den Kopf in der Kälte gewesen.

Ich nahm die Nadel aus der Flamme und wartete, bis die glühendrote Spitze zuerst matt orange und dann schwarz wurde. Als ich mich zum Spiegel vorbeugte, hielt ich einen Moment inne und betrachtete mich. Im Kerzenlicht leuchteten meine Augen feucht und glitzerten vor Angst.

Bring es schnell hinter dich, dachte ich mir. Durch Zögern wird es nicht besser.

Ich zog das Ohrläppchen straff und stach die Nadel mit einem Ruck durch das Fleisch.

Bevor ich ohnmächtig wurde, dachte ich noch, ich habe schon immer Perlen tragen wollen.

Jeden Abend tupfte ich mein Ohr ab und schob eine etwas dickere Nadel durch das Loch, damit es sich nicht schloß. Zuerst tat es nicht sehr weh, aber dann entzündete sich die Stelle und schwoll an. Von da an rannen mir immer Tränen aus den Augen, wenn ich die Nadel durchstach, gleichgültig, wieviel Nelkenöl ich auf mein Ohr gab. Ich wußte nicht, wie ich den Ohrring würde tragen können, ohne ohnmächtig zu werden.

Ich war froh, daß die Haube meine Ohren bedeckte, so bemerkte niemand die rote Schwellung. Sie pochte, wenn ich mich über die dampfende Wäsche beugte, wenn ich Farben zerstieß, wenn ich mit Pieter und meinen Eltern in der Kirche saß. Die Stelle pochte, als van Ruijven mich abfing, während ich eines Morgens im Hof Laken aufhängte, und er versuchte, mir mein Leibchen über die Schultern zu ziehen und meine Brüste freizulegen.

»Du solltest dich nicht gegen mich wehren, mein Kind«, murmelte er, als ich von ihm zurückwich. »Es macht dir mehr Spaß, wenn du dich nicht wehrst. Und außerdem weißt du, daß ich dich sowieso haben werde, sobald ich das Bild bekomme.« Er drückte mich an die Wand, senkte den Kopf zu meinem Ausschnitt und versuchte, meine Brüste aus dem Kleid zu ziehen.

»Tanneke!« rief ich verzweifelt in der vergeblichen Hoffnung, sie könnte früher als erwartet vom Bäcker zurückgekommen sein.

»Was macht ihr da?«

Cornelia sah uns von der Tür aus zu. Ich hatte nie geglaubt, daß ich mich freuen würde, sie zu sehen.

Van Ruijven hob den Kopf und trat einen Schritt zurück. »Wir spielen ein Spielchen, Mädchen«, antwortete er lächelnd. »Nur ein kleines Spiel. Wenn du älter bist, wirst du es selbst spielen.« Er rückte seinen Umhang zurecht und schritt an ihr vorbei ins Haus.

Ich konnte Cornelias Blick nicht begegnen. Mit zitternden Händen richtete ich mein Leibchen und glättete mein Kleid. Als ich schließlich aufsah, war sie verschwunden.

Am Morgen meines achtzehnten Geburtstags stand ich auf und putzte wie immer das Atelier. Das Konzertgemälde war fertig – in ein paar Tagen würde van Ruijven kommen, um es sich anzusehen und in sein Haus bringen zu lassen. Obwohl es nicht mehr nötig war, machte ich die Szene im Atelier immer noch sorgfältig sauber, staubte das Cembalo ab, die Geige, die Baßviola, fuhr mit einem feuchten Lappen über den Tischläufer, polierte die Stühle, wischte die grauen und weißen Fliesen am Boden.

Mir gefiel das Bild nicht so gut wie seine anderen. Obwohl es angeblich wertvoller war, weil es drei Personen zeigte, gefielen mir die Bilder mit einer einzelnen Frau besser – sie waren klarer, weniger unübersichtlich. Bei dem Konzert hatte ich wenig Lust, es mir länger anzusehen oder mir zu überlegen, was die Menschen dachten, die darauf abgebildet waren.

Ich fragte mich, was er als nächstes malen würde.

Unten stellte ich Wasser aufs Feuer und fragte Tanneke, was ich beim Fleischer holen sollte. Sie fegte gerade die Stufen vor dem Haus. »Ein Rippenstück vom Rind«, antwortete sie und stützte sich auf ihren Besen. »Warum sollen wir uns nicht mal etwas Gutes gönnen?« Stöhnend rieb sie sich über den unteren Rücken. »Vielleicht lenkt mich das von den Schmerzen ab.«

»Tut dir der Rücken wieder weh?« Ich versuchte, mitfühlend zu klingen; aber Tanneke tat der Rücken immer weh. Jeder Dienstmagd tat der Rücken weh. Das war das Leben einer Dienstmagd.

Maertge begleitete mich zur Fleischhalle. Ich war froh darüber – seit dem Abend in der Gasse war es mir unangenehm, mit Pieter dem Sohn allein zu sein. Ich war mir nicht sicher, wie er sich mir gegenüber verhalten würde. Aber wenn Maertge dabei war, mußte er achtgeben, was er sagte oder tat.

Pieter der Sohn war nicht da – nur sein Vater, der mich mit einem breiten Lächeln begrüßte. »Ach, das Geburtstagsmädchen!« rief er. »Ein wichtiger Tag für dich.«

Überrascht sah Maertge zu mir. Ich hatte der Familie gegenüber nichts von meinem Geburtstag erwähnt – es gab keinen Grund dazu.

»Auch nicht wichtiger als jeder andere Tag«, fuhr ich auf.

»Da ist mein Sohn aber anderer Meinung. Er ist gerade unterwegs. Er macht einen Besuch.« Pieter der Vater zwinkerte mir zu. Mir gefror das Blut in den Adern. Er wollte mir etwas sagen, ohne es auszusprechen, und ich sollte ihn verstehen.

»Das schönste Stück Hochrippe, das du hast«, sagte ich. Ich hatte beschlossen, nicht auf seine Worte einzugehen.

»Zur Feier des Tages, ja?« Pieter der Vater konnte nie etwas auf sich beruhen lassen, sondern stellte immer noch mehr Fragen.

Ich gab keine Antwort. Ich wartete, bis er mich bedient

hatte, dann tat ich das Fleisch in meinen Eimer und wandte mich zum Gehen.

»Hast du heute wirklich Geburtstag, Griet?« flüsterte Maertge, als wir die Fleischhalle verließen.

»Ja.«

»Wie alt wirst du?«

»Achtzehn.«

»Warum ist achtzehn so wichtig?«

»Das ist es gar nicht. Du darfst nicht darauf achten, was er sagt – er ist dumm.«

Maertge wirkte nicht überzeugt. Ich war es auch nicht. Seine Worte hatten etwas in meinem Kopf ausgelöst.

Den ganzen Vormittag kochte und spülte ich Wäsche. Während ich vor dem Bottich mit dampfendem Wasser saß, gingen mir viele Gedanken durch den Kopf. Ich fragte mich, wo Frans wohl war und ob meine Eltern schon gehört hatten, daß er nicht mehr in Delft war. Ich überlegte mir, was Pieter der Vater gemeint haben könnte und wo Pieter der Sohn hingegangen war. Ich dachte an den Abend in der Gasse. Ich dachte an das Gemälde von mir und fragte mich, wann es fertig sein und was dann aus mir werden würde. Die ganze Zeit pochte mein Ohr, und bei jeder Kopfbewegung durchfuhr mich ein brennender Schmerz.

Maria Thins holte mich.

»Laß die Wäsche liegen, Mädchen«, hörte ich ihre Stimme hinter mir. »Er will, daß du nach oben kommst.« Sie stand in der Tür und spielte mit etwas, das sie in den Händen hielt.

Verwirrt stand ich auf. »Jetzt, Mevrouw?«

»Ja, jetzt. Du brauchst mir gegenüber gar nicht so unschuldig zu tun, Mädchen. Catharina ist heute vormittag außer Haus, und das kommt jetzt, wo die Geburt bevorsteht, nicht mehr so oft vor. Streck die Hand aus.«

Ich trocknete eine Hand an meiner Schürze und streckte sie aus. Maria Thins ließ zwei Perlenohrringe hineinfallen.

»Nimm sie mit nach oben. Mach schnell.«

Ich konnte mich nicht von der Stelle bewegen. In der Hand hielt ich zwei Perlen so groß wie Haselnüsse, die die Form von Wassertropfen hatten. Sie waren silbergrau, selbst im Sonnenlicht, bis auf eine hell funkelnde Stelle. Ich hatte die Perlen schon ein paarmal angefaßt, wenn ich sie für van Ruijvens Frau nach oben brachte und ihr um den Hals band oder auf den Tisch legte. Aber ich hatte sie nie in die Hand genommen, um sie mir selbst anzulegen.

»Jetzt geh schon, Mädchen«, zischte Maria Thins ungeduldig. »Catharina kann früher als erwartet zurückkommen.«

Ich stolperte in den Flur, ließ die Wäsche unausgewrungen zurück. Vor den Augen von Tanneke, die Wasser vom Kanal hereintrug, vor Aleydis und Cornelia, die im Flur mit Murmeln spielten, stieg ich die Treppe hinauf. Sie alle sahen mir nach.

»Wo gehst du hin?« fragte Aleydis. Ihre grauen Augen blitzten vor Neugier.

»Auf den Speicher«, antwortete ich leise.

»Dürfen wir mit?« fragte Cornelia spöttisch.

»Nein.«

»Mädchen, ihr seid mir im Weg.« Tanneke drängte sich mit finsterem Gesicht an ihnen vorbei.

Die Tür zum Atelier war nur angelehnt. Ich trat hinein, preßte die Lippen aufeinander; mein Magen verknotete sich. Ich schloß die Tür hinter mir.

Er erwartete mich. Ich streckte die Hand aus und ließ die Ohrringe in seine Hand fallen.

Er lächelte mich an. »Geh und wickel dir die Tücher um den Kopf.«

Ich kleidete mich in der Abstellkammer um. Er kam nicht, um meine Haare zu sehen. Als ich wieder ins Atelier ging, warf ich einen Blick auf *Die Kupplerin,* die an der Wand hing. Der Mann lächelte die junge Frau an, als würde er auf dem Markt Birnen in der Hand prüfen, um zu sehen, ob sie reif waren. Mir wurde kalt.

Er hielt einen Ohrring am Draht hoch. Die Perle fing das Licht vom Fenster ein und warf einen kleinen, hellweißen Fleck zurück.

»Da bist du ja, Griet.« Er streckte mir die Perle entgegen.

»Griet! Griet! Da ist jemand, der dich sehen will!« rief Maertge vom Fuß der Treppe.

Ich trat ans Fenster. Er stellte sich neben mich, und wir sahen hinaus.

Unten auf der Straße stand Pieter der Sohn, die Arme vor der Brust verschränkt. Er schaute hinauf und sah uns zusammen am Fenster stehen. »Komm runter, Griet«, rief er. »Ich will mit dir reden.« Er sah aus, als würde er sich nie mehr von der Stelle rühren.

Ich trat vom Fenster zurück. »Es tut mir leid, Mijnheer«, sagte ich leise. »Ich bin gleich wieder da.« Ich lief in die Abstellkammer, zog mir die Tücher vom Kopf und setzte mir die Haube auf. Als ich durch das Atelier ging, stand er noch immer am Fenster, den Rücken mir zugewandt.

Die Mädchen saßen aufgereiht auf der Bank und starrten unverwandt auf Pieter, der ihren Blick entschlossen erwiderte.

»Gehen wir um die Ecke«, flüsterte ich und machte ein paar Schritte auf den Molenpoort zu. Pieter folgte mir nicht, sondern blieb mit verschränkten Armen stehen.

»Was hast du da oben getragen?« fragte er. »Auf dem Kopf?«

Ich blieb stehen und drehte mich zu ihm um. »Meine Haube.«

»Nein, das war etwas Blaues und Gelbes.«

Fünf Augenpaare beobachteten uns – die Mädchen auf der Bank, er am Fenster. Dann erschien Tanneke in der Tür. Jetzt waren es sechs.

»Bitte, Pieter«, zischte ich. »Laß uns ein Stück gehen.«

»Was ich zu sagen habe, kann alle Welt hören. Ich habe nichts zu verbergen.« Er schüttelte den Kopf, so daß seine blonden Locken herumflogen.

Mir wurde klar, daß er nicht schweigen würde. Er würde das, wovor mir zu hören graute, vor aller Ohren sagen.

Pieter hob die Stimme nicht, aber wir alle verstanden seine Worte. »Ich habe heute morgen mit deinem Vater gesprochen, und er hat eingewilligt, daß wir jetzt, wo du achtzehn bist, heiraten können. Du kannst von hier weggehen und zu mir kommen. Heute.«

Ich spürte, wie mein Gesicht heiß wurde; ob vor Zorn oder Scham, wußte ich nicht. Alle warteten, was ich sagen würde. Ich holte tief Luft. »Hier ist nicht der Ort, um über solche Dinge zu reden«, erwiderte ich streng. »Nicht hier auf der Straße. Es war verkehrt von dir herzukommen.« Ich wartete seine Antwort nicht ab, aber als ich mich zum Haus umdrehte, sah ich sein betroffenes Gesicht.

»Griet!« rief er.

Ich zwängte mich an Tanneke vorbei. Sie sprach so leise, daß ich nicht sicher war, ob ich sie richtig verstand. »Hure.«

Ich lief die Stufen hinauf ins Atelier. Als ich die Tür hinter mir schloß, stand er noch immer am Fenster. »Es tut mir leid, Mijnheer«, sagte ich. »Ich wechsele nur schnell die Haube.«

Er drehte sich nicht um. »Er ist immer noch da«, sagte er.

Als ich wiederkam, ging ich zum Fenster, stellte mich aber nicht zu nah an die Scheibe für den Fall, daß Pieter mich wieder mit den blauen und gelben Tüchern um den Kopf sehen würde.

Mein Herr schaute nicht mehr auf die Straße, sondern zum Turm der Nieuwe Kerk. Ich warf rasch einen Blick hinaus – Pieter war fort.

Ich setzte mich auf meinen Löwenkopfstuhl und wartete.

Als er sich endlich zu mir umdrehte, war sein Blick verhalten. Ich wußte weniger denn je, was er dachte.

»Du wirst uns also verlassen«, sagte er.

»Ach, Mijnheer, das weiß ich nicht. Gebt nichts auf Worte, die beiläufig auf der Straße gesagt werden.«

»Wirst du ihn heiraten?«

»Bitte fragt mich nicht nach ihm.«

»Nein, das sollte ich vielleicht wirklich nicht. Also, dann fangen wir an.« Er nahm etwas vom Schrank, der hinter ihm stand, und hielt mir einen Ohrring entgegen.

»Ich möchte, daß Ihr das tut.« Ich hätte nicht geglaubt, daß ich je so kühn sein könnte.

Er auch nicht. Er hob die Augenbrauen und öffnete den Mund, um etwas zu sagen, aber dann schwieg er.

Er trat an meinen Stuhl. Mein Kinn spannte sich an, aber es gelang mir, den Kopf nicht zu bewegen. Er streckte die Hand aus und berührte sanft mein Ohrläppchen.

Ich keuchte, als hätte ich unter Wasser die Luft angehalten.

Er rieb das geschwollene Ohrläppchen zwischen Daumen und Zeigefinger und zog es straff. Mit der anderen Hand steckte er den Draht des Ohrrings in das Loch, dann schob er ihn ganz durch. Ein brennender Schmerz durchfuhr mich, Tränen stiegen mir in die Augen.

Er nahm die Hand nicht fort. Seine Finger fuhren über meinen Hals und mein Kinn das Gesicht hinauf bis zur Wange, dann rieb er die Tränen, die mir aus den Augen rannen, mit dem Daumen fort. Er strich mit dem Daumen über meine Unterlippe. Meine Zunge schmeckte Salz.

Da schloß ich die Augen, und er nahm die Finger fort. Als ich die Augen wieder öffnete, stand er an seiner Staffelei und hatte die Palette in die Hand genommen.

Ich saß auf meinem Stuhl und schaute ihn über die Schulter hinweg an. Mein Ohr brannte, und das Gewicht der Perle zog am Ohrläppchen. Ich konnte an nichts denken als an seine Finger auf meinem Hals, seinen Daumen auf meiner Lippe.

Er sah mich an, begann aber nicht zu malen. Ich fragte mich, was er denken mochte.

Schließlich griff er wieder hinter sich. »Du mußt den anderen auch tragen«, erklärte er, nahm den zweiten Ohrring und hielt ihn mir hin.

Einen Moment konnte ich nichts sagen. Ich wollte, daß er an mich dachte, nicht an das Bild.

»Warum?« antwortete ich schließlich. »Man kann ihn auf dem Bild nicht sehen.«

»Du mußt beide tragen«, beharrte er. »Es ist unsinnig, nur einen zu tragen.«

»Aber – ich habe im anderen Ohr kein Loch«, stammelte ich.

»Dann mußt du eins machen.« Er hielt mir immer weiter den Ohrring hin.

Ich nahm ihn entgegen. Ich tat es für ihn. Ich holte meine Nadel und das Nelkenöl und stach mir ein Loch ins andere Ohr. Ich weinte nicht, ich wurde nicht ohnmächtig, ich gab keinen Laut von mir. Dann saß ich den ganzen Vormittag da. Er malte den Ohrring, den er sehen konnte, und ich spürte die Perle, die er nicht sehen konnte, wie Feuer in meinem anderen Ohr brennen.

Die Wäsche, die in der Küche einweichte, wurde kalt, das Wasser wurde grau. Tanneke klapperte in der Küche, draußen schrien die Mädchen, und wir saßen hinter unserer verschlossenen Tür und schauten uns an. Und er malte.

Als er schließlich den Pinsel und die Palette beiseite legte, bewegte ich mich nicht von der Stelle, obwohl mir die Augen weh taten, weil ich so lange zur Seite geschaut hatte. Ich wollte mich nicht bewegen.

»Es ist fertig«, sagte er. Seine Stimme war gedämpft. Er wandte sich ab und begann, das Palettenmesser mit einem Lumpen abzuwischen. Ich betrachtete das Messer – es war mit weißer Farbe beschmiert.

»Nimm die Ohrringe ab und gib sie Maria Thins, wenn du nach unten gehst«, fügte er hinzu.

Lautlos begann ich zu weinen. Ohne ihn anzusehen, stand ich auf und ging in die Abstellkammer, wo ich mir das blaue und das gelbe Tuch vom Kopf abwickelte. Ich wartete, die Haare um meine Schultern, aber er kam nicht. Jetzt, wo das Gemälde fertig war, wollte er mich nicht mehr.

Ich schaute mich in dem kleinen Spiegel an, dann nahm ich die Ohrringe ab. Beide Löcher in meinen Ohrläppchen bluteten. Ich tupfte sie mit einem Tuch ab, dann band ich mir die Haare hoch und bedeckte sie und meine Ohren mit meiner Haube. Die Spitzen hingen mir bis unters Kinn.

Als ich wieder hinauskam, war er nicht mehr da. Er hatte die Tür zum Atelier für mich offengelassen. Einen Augenblick überlegte ich, mir das Gemälde anzuschauen, um zu sehen, was er getan hatte; um es als fertiges

Bild zu sehen, mit dem Ohrring. Ich beschloß, bis abends zu warten, wenn ich es genau betrachten konnte, ohne Angst haben zu müssen, daß jemand hereinkommen könnte.

Ich ging durchs Atelier und schloß die Tür hinter mir.

Diese Entscheidung bedauerte ich mein Leben lang. Ich hatte das fertige Gemälde nie richtig gesehen.

Nur wenige Minuten, nachdem ich Maria Thins die Ohrringe gegeben und sie sie in die Schmuckschatulle gelegt hatte, kam Catharina zurück. Ich ging schnell in die Kochküche, um Tanneke mit dem Essen zu helfen. Sie weigerte sich, mich anzusehen, warf mir aber von der Seite Blicke zu und schüttelte gelegentlich den Kopf.

Zum Essen kam er nicht – er war außer Haus gegangen. Nachdem wir abgeräumt hatten, ging ich in den Hof, um die Wäsche fertig zu waschen. Ich mußte neues Wasser aus der Gracht holen und erhitzen. Während ich arbeitete, schlief Catharina im Herrschaftszimmer. Maria Thins war im Kreuzigungszimmer, rauchte ihre Pfeife und schrieb Briefe. Tanneke saß in der Haustür und nähte, Maertge hockte auf der Bank und klöppelte Spitze. Aleydis und Lisbeth kauerten neben ihr und sortierten ihre Muschelsammlung.

Cornelia war nirgends zu sehen.

Ich hängte gerade eine Schürze auf, als ich Maria Thins sagen hörte: »Wo gehst du hin?« Es war mehr der Ton ihrer Stimme als die Frage selbst, der mich in der Arbeit innehalten ließ. Sie klang ängstlich.

Ich schlich in den Hausgang. Maria Thins stand am Fuß der Treppe und schaute nach oben. Tanneke saß wie vorher in der Haustür, aber jetzt schaute sie nach innen und folgte dem Blick ihrer Herrin. Ich hörte das Knarzen der Stufen, keuchende Atemzüge. Catharina schleppte sich die Treppe hinauf.

In dem Augenblick wußte ich, was passieren würde – ihr, ihm, mir.

Da oben ist Cornelia, dachte ich. Sie zeigt ihrer Mutter das Gemälde.

Ich hätte das qualvolle Warten abbrechen können. Ich hätte auf der Stelle gehen können, zur Tür hinaus, die Wäsche ungewaschen lassen können, ohne einen Blick zurückzuwerfen. Aber ich konnte mich nicht rühren. Ich stand wie erstarrt da, ebenso wie Maria Thins. Auch sie wußte, was passieren würde, aber sie konnte es nicht verhindern.

Ich sank zu Boden. Maria Thins sah mich, aber sie sagte nichts. Sie blickte nur unverwandt zögernd nach oben. Dann verstummte das Ächzen der Stufen, und wir hörten Catharina mit schweren Schritten zur Tür des Ateliers gehen. Maria Thins rannte die Treppe hinauf. Ich blieb am Boden knien, zu elend, um aufzustehen. Tanneke stand in der Haustür, so daß es düster im Gang war. Sie sah mir mit ausdrucksloser Miene zu, die Arme vor der Brust verschränkt.

Wenig später war ein Wutschrei zu hören, dann erhobene Stimmen, die rasch gesenkt wurden.

Cornelia kam die Treppe hinunter. »Mama will, daß Papa nach Hause kommt«, erklärte sie Tanneke.

Tanneke trat rückwärts ins Freie und drehte sich zur Bank um. »Maertge, geh und hol deinen Vater aus der Gilde«, befahl sie. »Beeil dich. Sag ihm, daß es dringend ist.«

Cornelia sah sich um. Als sie mich bemerkte, hellte sich ihre Miene auf. Ich erhob mich und ging wie erstarrt in den Hof. Ich konnte nichts anderes tun, als Wäsche aufzuhängen und zu warten.

Als er ins Haus kam, dachte ich einen Moment, er würde im Hof nach mir suchen, wo ich verborgen zwischen den aufgehängten Laken stand. Aber er kam nicht – ich hörte seine Schritte auf der Treppe, dann nichts.

Ich hockte mich vor die warme Backsteinmauer und sah nach oben. Es war ein sonniger, wolkenloser Tag, der Himmel verlockend blau. An solchen Tagen liefen die Kinder schreiend durch die Straßen, gingen Paare zu den Stadttoren hinaus, an den Windmühlen vorbei die Grachten entlang, saßen alte Frauen mit geschlossenen Augen in der Sonne. Vermutlich saß mein Vater auf der Bank vor dem Haus, das Gesicht der Sonne zugewandt. Morgen mochte es wieder bitter kalt sein, aber heute war Frühling.

Sie schickten Cornelia nach mir. Als sie zwischen den aufgehängten Laken erschien und mit einem bösartigen Lächeln zu mir herunterschaute, hätte ich ihr gerne eine Ohrfeige gegeben, wie damals, als ich am ersten Tag zum Arbeiten ins Haus kam. Aber ich tat es nicht – ich saß nur da, die Hände im Schoß, die Schultern eingesunken, und beobachtete, wie sie ihre Schadenfreude zur Schau stellte. Die Sonne ließ goldene Strähnen in ihren roten Haaren aufleuchten – ein Vermächtnis ihrer Mutter.

»Du wirst oben verlangt«, sagte sie förmlich. »Sie wollen, daß du hinaufkommst.« Dann drehte sie sich um und hüpfte ins Haus zurück.

Ich beugte mich vor und wischte mir etwas Staub von einem Schuh. Schließlich stand ich auf, richtete mir den Rock, glättete die Schürze, zog die Spitzen meiner Haube gerade und prüfte, daß keine Haarsträhnen hervorlugten. Ich fuhr mir mit der Zunge über die Lippen und preßte sie zusammen, holte tief Luft und folgte Cornelia.

Catharina hatte geweint – ihre Nase war rot, die Augen verquollen. Sie saß auf dem Stuhl, der sonst vor seiner Staffelei stand – er hatte sie vor die Wand und den Schrank gerückt, wo er seine Pinsel und das Palettenmesser aufbewahrte. Als ich erschien, schob Catharina sich mühsam aus dem Stuhl hoch, so daß sie groß und breit vor mir stand. Wütend funkelte sie mich an, sagte aber nichts. Sie verschränkte die Arme fest über dem Bauch und krümmte sich ein wenig zusammen.

Maria Thins stand neben der Staffelei. Ihr Gesichtsausdruck war nüchtern, aber auch ungeduldig, als habe sie andere, wichtigere Dinge zu tun.

Er stand mit ausdrucksloser Miene und herabhängenden Armen neben seiner Frau und schaute auf das Bild. Er wartete darauf, daß jemand – Catharina, Maria Thins, ich – etwas sagte.

Ich blieb auf der Türschwelle stehen. Cornelia lauerte hinter mir. Von dort, wo ich stand, konnte ich das Gemälde nicht sehen.

Schließlich brach Maria Thins das Schweigen.

»Nun, Mädchen, meine Tochter will wissen, wie du dazu kommst, ihre Ohrringe zu tragen.« Sie sagte es so, als erwarte sie keine Antwort von mir.

Ich betrachtete ihr Gesicht. Sie würde nicht zugeben, daß sie mir die Ohrringe gegeben hatte. Und er auch nicht. Das wußte ich. Mir fiel nichts zu sagen ein. Also sagte ich nichts.

»Hast du den Schlüssel zu meiner Schmuckschatulle gestohlen und dir meine Ohrringe genommen?« Catharina sprach so, als wollte sie sich mit ihren Worten selbst überzeugen. Ihre Stimme zitterte.

»Nein, Mevrouw.« Obwohl ich wußte, daß es für alle einfacher wäre, wenn ich sagte, ich hätte die Ohrringe gestohlen, konnte ich nicht lügen.

»Lüg mich nicht an. Dienstmägde stehlen immer. Du hast meine Ohrringe genommen!«

»Sind sie jetzt nicht in der Schatulle, Mevrouw?«

Einen Moment wirkte Catharina verwirrt – weil ich eine Frage gestellt hatte, aber auch wegen der Frage selbst. Es war offensichtlich, daß sie nicht in ihre Schmuckschatulle geschaut hatte, seit sie das Gemälde gesehen hatte. Sie hatte keine Ahnung, ob die Ohrringe fehlten oder nicht. Aber sie wollte nicht, daß ich die Fragen stellte. »Sei still. Diebsgesindel. Sie werden dich ins Gefängnis werfen«, zischte sie, »und du wirst jahrelang keine Sonne sehen.« Sie krümmte sich wieder. Irgend etwas stimmte nicht mit ihr.

»Aber Mevrouw ...«

»Catharina, du darfst dich nicht so aufregen«, unterbrach er mich. »Van Ruijven wird das Gemälde abholen, sobald die Farbe getrocknet ist, und dann kannst du es vergessen.«

Auch er wollte nicht, daß ich etwas sagte. Offenbar wollte niemand das. Ich fragte mich, warum sie mich nach oben geholt hatten, wenn sie so große Angst hatten vor dem, was ich sagen könnte.

Ich könnte ja sagen: »Was ist mit der Art, wie er mich stundenlang angeschaut hat, als er das Bild malte?«

Ich könnte sagen: »Was ist mit Eurer Mutter und Eurem Mann, die Euch hinter Eurem Rücken belogen und hintergangen haben?«

Oder ich könnte einfach sagen: »Euer Mann hat mich angefaßt, hier, in diesem Raum.«

Sie wußten nicht, was ich sagen könnte.

Catharina war nicht dumm. Sie wußte, daß es in Wirklichkeit nicht um die Perlen ging. Sie wollte gerne glauben, daß die Ohrringe das Wichtige waren, sie versuchte, es so darzustellen, aber sie verriet sich selbst. Sie drehte sich zu ihrem Mann. »Warum hast du nie mich gemalt?« fragte sie.

Während sie einander in die Augen sahen, merkte ich

zum ersten Mal, daß sie größer war als er und in gewisser Weise auch kräftiger.

»Du und die Kinder, ihr gehört nicht in diese Welt«, sagte er. »Das sollt ihr auch gar nicht.«

»Aber sie schon?« schrie Catharina schrill und machte eine abrupte Kopfbewegung zu mir.

Er gab keine Antwort. Ich wünschte, Maria Thins und Cornelia und ich wären in der Küche oder im Kreuzigungszimmer oder auf dem Markt. Über solche Dinge sollten ein Mann und eine Frau unter vier Augen sprechen.

»Und mit *meinen* Ohrringen?«

Wieder schwieg er. Das erzürnte Catharina noch mehr als seine Worte. Sie schüttelte den Kopf, so daß ihr die blonden Locken um die Ohren flogen. »Das dulde ich nicht, nicht in meinem eigenen Haus«, erklärte sie. »Das dulde ich nicht!« Mit wilden Augen sah sie sich um. Als ihr Blick auf das Palettenmesser fiel, lief mir ein Schauder über den Rücken. Ich machte einen Schritt nach vorne, im selben Moment, als sie zum Schrank ging und das Messer packte. Ich hielt inne; ich wußte nicht, was sie als nächstes tun würde.

Aber er wußte es. Er kannte seine Frau. Er bewegte sich gleichzeitig mit ihr auf das Gemälde zu. Sie war schnell, aber er war schneller – er packte sie am Handgelenk, gerade als sie die rautenförmige Messerklinge in das Gemälde stoßen wollte. Er fing die Bewegung ab, kurz bevor die Klinge mein Auge berührte. Von dort, wo ich stand, konnte ich das runde Auge sehen, das Glitzern des Ohrrings, den er vor wenigen Stunden hinzugefügt hatte, und das Blitzen der Klinge, die vor dem Bild schwebte. Catharina wehrte sich, aber er hielt ihr Handgelenk fest umklammert und wartete, daß sie das Messer fallen ließ. Auf einmal ächzte sie. Sie schleuderte das Messer von sich und faßte sich an den Bauch. Das Messer schlitterte über die Fliesen auf mich zu, drehte sich im Kreis, wurde langsamer. Wir alle starrten es an. Als es sich zu drehen aufhörte, deutete die Spitze auf mich.

Ich sollte es aufheben. Dafür waren Dienstmägde da – um die Sachen ihrer Herrschaften aufzuheben und an ihren Platz zurückzulegen.

Ich schaute hoch und begegnete seinen Augen, hielt dem grauen Blick eine lange Sekunde stand. Ich wußte, es war das letzte Mal. Ich sah niemand anderen an.

In seinen Augen glaubte ich, Bedauern zu sehen.

Ich hob das Messer nicht auf. Ich drehte mich um und ging aus dem Zimmer, die Treppe hinab und durch die Tür, schob Tanneke beiseite. Als ich auf die Straße trat, warf ich keinen Blick zurück auf die Kinder, die auf der Bank sitzen mußten, auch nicht auf Tanneke, die sicher ein finsteres Gesicht machte, weil ich sie zur Seite gedrängt hatte, und auch nicht zu den Fenstern, wo vielleicht er stand. Ich trat auf die Straße und begann zu laufen. Ich lief den Oude Langendijck entlang und über die Brücke zum Marktplatz.

Nur Diebe und Kinder laufen.

Ich erreichte die Mitte des Platzes und blieb in dem Kreis mit dem achtzackigen Stern in der Mitte stehen. Jede Zacke zeigte in eine andere Richtung, die ich nehmen konnte.

Ich konnte zu meinen Eltern zurückgehen.

Ich konnte zu Pieter in die Fleischhalle gehen und einwilligen, ihn zu heiraten.

Ich konnte zu van Ruijven gehen – er würde mich mit einem Lächeln aufnehmen.

Ich konnte zu van Leeuwenhoek gehen und ihn bitten, sich meiner zu erbarmen.

Ich konnte nach Rotterdam gehen und Frans suchen.

Ich konnte allein ganz weit weg gehen.

Ich konnte ins Papistenviertel zurückgehen.

Ich konnte in die Nieuwe Kerk gehen und Gott um Hilfe anflehen.

Ich stand in dem Kreis und drehte mich um und um, während ich meine Entscheidung traf.

Und als ich meine Entscheidung getroffen hatte, die Entscheidung, die ich treffen mußte, stellte ich mich genau auf die Zackenspitze und folgte dem Weg, den sie mir wies, mit ruhigen Schritten.

1676

Als ich aufschaute und sie erkannte, wäre mir beinahe das Messer aus der Hand gefallen. Ich war ihr seit zehn Jahren nicht begegnet. Sie sah noch fast genauso aus wie früher, obwohl sie etwas fülliger geworden war, und außer den alten Pockennarben hatte sie jetzt auf einer Hälfte des Gesichts noch andere Narben – Maertge, die mich von Zeit zu Zeit besuchte, hatte mir von dem Unglück erzählt, von dem Fett, das von der Hammelkeule hochgespritzt war.

Fleisch zu braten hatte sie nie richtig verstanden.

Sie stand so weit von mir entfernt, daß man nicht sagen konnte, ob sie wirklich zu mir gekommen war. Aber ich wußte, es konnte kein Zufall sein. Zehn Jahre lang war es ihr gelungen, mir aus dem Weg zu gehen, und Delft war nicht groß. Ich war ihr kein einziges Mal begegnet, weder auf dem Markt noch in der Fleischhalle oder an einer der großen Grachten. Aber ich ging auch nicht den Oude Langendijck entlang.

Widerstrebend trat sie an den Stand. Ich legte das Messer beiseite und wischte mir die blutigen Hände an der Schürze ab. »Guten Tag, Tanneke«, sagte ich ruhig, als hätten wir uns zuletzt vor wenigen Tagen gesehen. »Wie geht es dir?«

»Die Herrin will dich sehen«, sagte Tanneke knapp und runzelte die Stirn. »Du sollst heute nachmittag ins Haus kommen.«

Es war viele Jahre her, seit jemand mir in diesem Ton etwas befohlen hatte. Kunden baten um Dinge, und das war etwas anderes. Wenn mir nicht gefiel, was sie sagten, konnte ich ihnen ihr Ansinnen abschlagen.

»Wie geht es Maria Thins?« fragte ich und bemühte mich, höflich zu bleiben. »Und wie geht es Catharina?«

»Wie zu erwarten unter den Umständen.«

»Ich vermute, sie werden schon zurechtkommen.«

»Meine Herrin mußte eins ihrer Grundstücke verkaufen, aber sie hat ein gutes Geschäft gemacht. Den Kindern wird es an nichts fehlen.« Wie früher ließ sich Tanneke keine Gelegenheit entgehen, Maria Thins gegenüber jedem zu loben, der es hören wollte, selbst wenn sie dafür zu viele Einzelheiten preisgeben mußte.

Zwei Frauen hatten sich hinter Tanneke angestellt und warteten darauf, bedient zu werden. Ein Teil von mir wünschte, sie stünden nicht da, damit ich Tanneke mehr Fragen stellen und sie dazu bringen konnte, mir noch viele andere Dinge zu erzählen. Doch ein anderer Teil von mir – der vernünftige Teil, dem ich jetzt seit vielen Jahren gehorchte – wollte nichts mit ihr zu tun haben. Ich wollte nichts hören.

Die Frauen traten von einem Fuß auf den anderen, während Tanneke ungerührt vor dem Stand stehenblieb; ihre Stirn war immer noch gerunzelt, aber ihr Ausdruck war freundlicher geworden. Sie betrachtete die Fleischstücke, die vor ihr auslagen.

»Möchtest du etwas kaufen?« sagte ich.

Meine Frage riß sie aus ihren Gedanken. »Nein«, brummte sie.

Sie kauften ihr Fleisch jetzt von einem Stand auf der

anderen Seite der Fleischhalle. Sobald ich neben Pieter zu arbeiten begonnen hatte, waren sie zu einem anderen Fleischer gegangen – von heute auf morgen, ohne ihre Rechnung zu begleichen. Sie schuldeten uns immer noch fünfzehn Gulden. Pieter ging nie zu ihnen, um das Geld zu verlangen. »Das ist der Preis, den ich für dich bezahlt habe«, sagte er manchmal im Scherz. »Jetzt weiß ich, wieviel eine Dienstmagd wert ist.«

Ich lachte nie, wenn er das sagte.

Eine kleine Hand zupfte mich am Kleid. Ich schaute nach unten. Der kleine Frans hatte mich entdeckt und klammerte sich an meinen Rock. Ich strich ihm über den Kopf, ein blonder Lockenschopf wie bei seinem Vater. »Da bist du ja«, sagte ich. »Wo sind denn Jan und deine Großmutter?«

Er war zu klein, um mir antworten zu können, aber da sah ich auch schon meine Mutter und meinen älteren Sohn zwischen den Ständen auf mich zukommen.

Tanneke schaute zwischen meinen Söhnen hin und her, und ihre Miene wurde versteinert. Sie warf mir einen vorwurfsvollen Blick zu, behielt aber ihre Gedanken für sich. Dann machte sie einen Schritt zurück und trat der Frau hinter ihr auf den Fuß. »Daß du heute nachmittag auch wirklich kommst«, sagte sie und ging davon, bevor ich etwas erwidern konnte.

Mittlerweile hatten sie elf Kinder – Maertge und der Marktklatsch hatten mich immer wieder ins Bild gesetzt. Doch das Kind, das Catharina an dem Tag mit dem Gemälde und dem Palettenmesser bekommen hatte, war gestorben. Sie hatte es noch im Atelier zur Welt gebracht – sie war nicht mehr in der Lage gewesen, die Treppe hinab in ihr eigenes Bett zu gehen. Das Kind war einen Monat zu früh gekommen und war klein und schwächlich. Es starb bald nach dem Geburtsfest. Ich wußte, daß Tanneke mir die Schuld am Tod des Säuglings gab.

Manchmal stellte ich mir sein Atelier mit Catharinas Blut am Boden vor und fragte mich, wie er noch dort arbeiten konnte.

Jan lief zu seinem kleinen Bruder und zog ihn in eine Ecke, wo sie anfingen, einen Knochen zwischen sich hin und her zu schießen.

»Wer war das?« fragte meine Mutter. Sie hatte Tanneke nie gesehen.

»Eine Kundin«, erwiderte ich. Ich verheimlichte ihr viele Dinge, von denen ich wußte, daß sie sie beunruhigen würden. Seit dem Tod meines Vaters war sie bei allem Neuen, Fremden scheu wie ein streunender Hund geworden.

»Sie hat aber nichts gekauft«, wandte meine Mutter ein.

»Nein. Wir hatten nicht, was sie wollte.« Bevor meine Mutter weitere Fragen stellen konnte, wandte ich mich der nächsten Kundin zu.

Pieter und sein Vater erschienen mit einer Rinderhälfte. Sie ließen sie auf den Tisch hinter dem Stand fallen und nahmen ihre Messer zur Hand. Für Jan und Frans war der Knochen vergessen; sie liefen, um ihnen zuzusehen. Meine Mutter wich ein Stück zurück – sie hatte sich nie mehr an den Anblick solcher Fleischmassen gewöhnt. »Ich gehe dann«, sagte sie und griff nach ihrem Einkaufseimer.

»Könntest du heute nachmittag auf die Jungen aufpassen? Ich muß ein paar Dinge erledigen.«

»Wohin gehst du?«

Ich hob die Augenbrauen. Ich hatte meine Mutter schon öfter ermahnt, sie solle nicht so viele Fragen stellen. Sie war alt und mißtrauisch geworden, obwohl nur selten etwas ihr Mißtrauen rechtfertigte. Aber jetzt, wo ich wirklich etwas vor ihr zu verbergen hatte, war ich seltsamerweise sehr ruhig. Auf ihre Frage schwieg ich nur.

Mit Pieter war es einfacher. Er schaute nur kurz von seiner Arbeit auf. Ich nickte ihm zu. Er hatte schon vor langer Zeit beschlossen, keine Fragen zu stellen, obwohl er wußte, daß ich manche meiner Gedanken nicht aussprach. Als er mir in unserer Hochzeitsnacht die Haube vom Kopf genommen und die Löcher in meinen Ohrläppchen gesehen hatte, fragte er nicht.

Die Löcher waren schon lange verheilt. Zurückgeblieben waren lediglich zwei kleine harte Stellen, die ich nur spürte, wenn ich sie fest zwischen den Fingern drückte.

Vor zwei Monaten hatte ich die Nachricht gehört. Seit zwei Monaten konnte ich durch Delft gehen, ohne mich zu fragen, ob ich ihm vielleicht begegnen würde. Im Laufe der Jahre hatte ich ihn gelegentlich aus der Ferne gesehen, wenn er auf dem Weg zu oder von der Gilde war oder in der Nähe des Gasthauses seiner Mutter oder wenn er zu van Leeuwenhoek ging, dessen Haus nicht weit von der Fleischhalle entfernt lag. Ich trat nie auf ihn zu, und ich wußte nie, ob er mich sah. Wenn er durch die Straßen oder über den Platz schritt, waren seine Augen immer in die Ferne gerichtet – nicht ungehörig oder absichtlich, sondern so, als lebe er in einer anderen Welt.

Zuerst war es sehr schwer für mich gewesen. Sobald ich ihn sah, erstarrte ich, wo immer ich auch war, die Brust wurde mir eng, ich konnte nicht mehr atmen. Ich mußte meine Reaktion vor Pieter dem Vater und dem Sohn verbergen, vor meiner Mutter, vor den Klatschsüchtigen auf dem Markt.

Lange Zeit dachte ich, ich könnte ihm noch etwas bedeuten.

Aber nach einer Weile gestand ich mir ein, daß ihm das Gemälde von mir immer wichtiger gewesen war als ich.

Nach Jans Geburt wurde es leichter, mich darin einzufinden. Durch meinen Sohn wandte ich mich mehr nach innen, mehr meiner Familie zu, wie ich es schon als Kind getan hatte, bevor ich Dienstmagd wurde. Als Mutter hatte ich soviel zu tun, daß mir keine Zeit blieb, um mich herumzublicken. Mit einem Neugeborenen im Arm ging ich nicht mehr um den achtzackigen Stern auf dem Marktplatz und fragte mich, was am Ende der Zacken liegen mochte. Wenn ich meinen früheren Herrn auf der anderen Seite des Platzes sah, kam es mir nicht mehr vor, als würde mein Herz von einer Faust zusammengepreßt. Ich dachte nicht mehr an Perlen und Pelz, verlangte nicht mehr danach, eines seiner Gemälde zu sehen.

Manchmal begegnete ich auf der Straße zufällig anderen aus dem Haus – Catharina, den Kindern, Maria Thins. Catharina und ich drehten beide den Kopf zur Seite. Es war einfacher so. Cornelia sah durch mich hindurch, aber in ihren Augen lag ein enttäuschter Blick. Ich glaube, sie hatte gehofft, mich vollständig zu zerstören. Lisbeth war immer damit beschäftigt, sich um die Jungen zu kümmern, die noch zu klein gewesen waren, um sich an mich zu erinnern. Und Aleydis war wie ihr Vater – ihre grauen Augen blickten um sich, ohne je etwas in ihrer Nähe wahrzunehmen. Im Laufe der Jahre kamen andere Kinder, die ich nicht kannte und lediglich an den Augen ihres Vaters oder dem Haar ihrer Mutter erkannte.

Von der ganzen Familie grüßten mich nur Maria Thins und Maertge. Maria Thins nickte kurz, wenn sie mich sah, Maertge kam heimlich in die Fleischhalle, um mit mir zu reden. Sie war es auch, die mir meine Habseligkeiten aus dem Haus im Papistenviertel brachte – die zerbrochene Fliese, das Gebetbuch, meine Krägen und Hauben. Maertge berichtete mir vom Tod seiner Mutter und daß er die Leitung des Gasthauses übernehmen mußte, von den wachsenden Schulden, von Tannekes Unglück mit dem Öl.

Und Maertge war es, die eines Tages frohlockend verkündete: »Papa hat mich auf dieselbe Art gemalt wie dich. Nur ich, wie ich über die Schulter schaue. Das sind die einzigen Bilder, die er so gemacht hat.«

Nicht genau dieselbe Art, dachte ich. Nicht genau dieselbe. Aber es überraschte mich, daß sie von dem Gemälde wußte. Ich fragte mich, ob sie es gesehen hatte.

Ich mußte sehr vorsichtig sein, wenn ich mit ihr sprach. Solange sie noch ein Mädchen war, kam es mir nicht richtig vor, ihr zu viele Fragen über ihre Familie zu stellen. Ich mußte mich gedulden, bis sie mir das eine oder andere von sich aus mitteilte. Als sie schließlich alt genug wurde, um offener mit mir zu reden, wollte ich von ihrer Familie schon nicht mehr soviel erfahren. Ich hatte meine eigene.

Pieter fand sich mit ihren Besuchen ab, aber ich wußte, daß ihm in ihrer Gegenwart unbehaglich war. Er war erleichtert, als Maertge den Sohn eines Seidenhändlers heiratete, mich seltener besuchen kam und ihr Fleisch bei einem anderen Stand kaufte.

Jetzt, nach zehn Jahren, wurde ich in das Haus bestellt, aus dem ich so unvermittelt davongelaufen war.

Zwei Monate zuvor hatte ich am Stand gerade Zunge aufgeschnitten, als ich eine wartende Kundin zu einer anderen sagen hörte: »Das muß man sich einmal vorstellen, da stirbt er einfach und hinterläßt elf Kinder und eine hochverschuldete Witwe.«

Ich schaute auf, das Messer schnitt tief in meinen

Handballen. Den Schmerz spürte ich erst, als ich gefragt hatte: »Von wem sprichst du?« und die Frau antwortete: »Der Maler Vermeer ist gestorben.«

Als ich an dem Tag am Stand zu arbeiten aufhörte, bürstete ich mir die Fingernägel besonders sorgsam. So gründlich schrubbte ich sie mir schon lange nicht mehr jeden Tag, sehr zur Erheiterung von Pieter dem Vater. »Siehst du, du hast dich an schmutzige Hände genauso gewöhnt wie an die Fliegen«, sagte er oft. »Jetzt, wo du die Welt ein bißchen besser kennst, weißt du, daß es keinen Grund gibt, sich ständig die Hände zu waschen. Sie werden sowieso nur wieder schmutzig. Sauberkeit ist nicht so wichtig, wie du damals als Dienstmagd dachtest, was?« Aber manchmal zerstieß ich Lavendel und steckte ihn mir ins Leibchen, um den Geruch von Fleisch zu überlagern, der mich überall zu begleiten schien, selbst wenn ich weit weg von der Fleischhalle war.

Ich hatte mich an vieles gewöhnen müssen.

Ich zog mir ein anderes Kleid an, eine saubere Schürze, eine frischgestärkte Haube. Ich trug meine Haube immer noch auf dieselbe Art, und wahrscheinlich sah ich ganz ähnlich aus wie an dem Tag, an dem ich meine Arbeit als Dienstmagd begonnen hatte. Nur meine Augen waren nicht mehr so rund und unschuldig.

Es war zwar Februar, aber nicht bitter kalt. Auf dem Marktplatz waren viele Menschen unterwegs – unsere Kunden, unsere Nachbarn, Leute, die uns kannten und bemerken würden, daß ich zum ersten Mal seit zehn Jahren einen Schritt auf den Oude Langendijck setzte. Früher oder später würde ich Pieter von meinem Besuch dort erzählen müssen. Nur wußte ich im Augenblick noch nicht, ob ich ihn wegen des Grundes würde anlügen müssen.

Ich überquerte den Platz, dann die Brücke, die über die Gracht zum Oude Langendijck führte. Ich zögerte nicht, denn ich wollte nicht noch mehr Aufmerksamkeit auf mich lenken. Ich bog ab und ging die Straße entlang. Es war nicht weit – in einer halben Minute hatte ich das Haus erreicht –, aber mir kam es sehr weit vor, so, als würde ich in eine fremde Stadt reisen, in der ich seit vielen Jahren nicht mehr gewesen war.

Da der Tag so mild war, stand die Haustür offen, und auf der Bank saßen Kinder – insgesamt vier, zwei Jungen und zwei Mädchen, aufgereiht wie ihre älteren Schwestern damals vor zehn Jahren, als ich zum ersten Mal zum Haus gekommen war. Der Älteste blies Seifenblasen, wie Maertge es getan hatte, aber sobald er mich sah, legte er die Pfeife beiseite. Er war wohl zehn oder elf Jahre alt. Nach einem Moment wurde mir klar, daß es Franciscus sein mußte, obwohl ich in ihm nichts von dem kleinen Kind erkennen konnte, um das ich mich gekümmert hatte. Aber dann hatte ich mir, als ich jung war, Wickelkinder nie richtig angesehen. Die anderen kannte ich gar nicht, obwohl ich sie gelegentlich mit den älteren Mädchen in der Stadt gesehen hatte. Alle starrten mich an.

Ich wandte mich an Franciscus. »Bitte sag deiner Großmutter, daß Griet gekommen ist.«

Franciscus drehte sich zu dem älteren der beiden Mädchen. »Beatrix, geh Maria Thins holen.«

Gehorsam sprang das Mädchen auf und lief ins Haus. Mir fiel ein, wie Maertge und Cornelia damals gewetteifert hatten, mich anzukündigen, und ich mußte lächeln.

Die Kinder starrten mich immer weiter an. »Ich weiß, wer du bist«, erklärte Franciscus.

»Ich glaube kaum, daß du dich an mich erinnern kannst, Franciscus. Als ich dich kannte, warst du noch ganz klein.«

Er überging meine Antwort – er folgte seinem eigenen Gedankengang. »Du bist die Dame auf dem Bild.«

Erschrocken fuhr ich zusammen, Franciscus lächelte triumphierend. »Doch, die bist du, obwohl du auf dem Bild keine Haube trägst, sondern ein komisches blaues und gelbes Tuch.«

»Wo ist das Gemälde?«

Es schien ihn zu überraschen, daß ich diese Frage stellen mußte. »Bei van Ruijvens Tochter natürlich. Er ist letztes Jahr gestorben, weißt du.«

Ich hatte die Nachricht in der Fleischhalle gehört und war insgeheim erleichtert gewesen. Nachdem ich das Haus im Papistenviertel verlassen hatte, hatte van Ruijven mir nie mehr nachgestellt, aber ich hatte immer befürchtet, daß er eines Tages mit seinem öligen Lächeln und seinen tastenden Händen wieder auftauchen könnte.

»Woher kennst du das Gemälde denn, wenn es in van Ruijvens Haus hängt?«

»Papa wollte es als Leihgabe haben, nur für eine Weile«, erklärte Franciscus. »Am Tag nachdem Papa gestorben ist, hat Mama es van Ruijvens Tochter zurückgeschickt.«

Mit zitternden Händen richtete ich meine Ärmeljacke. »Er wollte das Bild noch einmal sehen?« brachte ich mit kleiner Stimme hervor.

»Ja, Mädchen.« Unvermittelt stand Maria Thins in der Haustür. »Das hat das Leben hier nicht einfacher gemacht, das kann ich dir sagen. Aber zu der Zeit war er in einem solchen Zustand, daß wir nicht wagten, ihm den Wunsch abzuschlagen, nicht einmal Catharina.« Sie sah noch genauso aus wie damals – sie würde nie altern. Eines

Tages würde sie einfach einschlafen und nicht mehr aufwachen.

Ich nickte kurz. »Mein Beileid für Euren Verlust und Euren Kummer, Mevrouw.«

»Nun ja, das Leben ist närrisch. Wenn man lange genug lebt, kann einen nichts mehr überraschen.«

Ich wußte nicht, was ich auf eine solche Äußerung erwidern sollte, also stellte ich lediglich fest: »Ihr wolltet mich sehen, Mevrouw.«

»Nein, Catharina wollte dich sehen.«

»Catharina?« Unwillentlich schwang in meiner Stimme Überraschung mit.

Maria Thins lächelte säuerlich. »Manche Gedanken hast du nie für dich behalten können, Mädchen, stimmt's? Na, macht nichts, ich nehme an, du kommst mit deinem Fleischer gut zurecht, solange er dir nicht zu viele Fragen stellt.«

Ich öffnete den Mund, um etwas zu sagen, schloß ihn aber wieder.

»Gut. Du machst Fortschritte. Also, Catharina und van Leeuwenhoek sind im Herrschaftszimmer. Er ist der Testamentsvollstrecker, weißt du.«

Ich wußte nichts. Ich wollte sie fragen, was sie damit meinte, warum van Leeuwenhoek da war, aber ich wagte es nicht. »Ja, Mevrouw«, sagte ich nur.

Maria Thins kicherte ein wenig. »Mit keiner anderen Dienstmagd haben wir so viel Ärger gehabt«, murmelte sie, bevor sie kopfschüttelnd im Haus verschwand.

Ich trat in den vorderen Gang. An den Wänden hingen überall noch Gemälde. Manche erkannte ich wieder, andere nicht. Halb erwartete ich, mich selbst inmitten der Stilleben und Seestücke zu sehen, aber natürlich war ich nicht da.

Ich blickte zur Treppe, die zu seinem Atelier hinaufführte, und blieb stehen; meine Brust zog sich zusammen. Wieder in diesem Haus zu stehen, sein Zimmer über mir zu wissen, war mehr, als ich glaubte, ertragen zu können, auch wenn ich wußte, daß er nicht da war. So viele Jahre hatte ich mir nicht gestattet, an die Stunden zu denken, in denen ich neben ihm Farben zerstoßen hatte, im Licht der Fenster gesessen und zugesehen hatte, wie er mich ansah. Zum ersten Mal in zwei Monaten begriff ich wirklich, daß er tot war. Er war tot, und er würde keine Bilder mehr malen. Es gab nur wenige – ich hatte gehört, daß er nie schneller gemalt hatte, wie Maria Thins und Catharina es sich von ihm gewünscht hatten.

Erst als ein Mädchen den Kopf zur Tür des Kreuzigungszimmers heraussteckte, zwang ich mich, tief Luft zu holen und den Gang entlang auf sie zuzugehen. Cornelia war jetzt etwa so alt wie ich, als ich zum Arbeiten ins Haus gekommen war. Ihre roten Haare waren im Verlauf der zehn Jahre dunkler geworden und jetzt zu einer schlichten Tracht frisiert, ohne Schleifen oder Zöpfe. Mit der Zeit hatte ich sie immer weniger als Bedrohung empfunden. Im Grunde tat sie mir beinahe leid – auf ihrem Gesicht lag ein verschlagener Ausdruck, der bei einem Mädchen ihres Alters häßlich wirkte.

Ich fragte mich, was aus ihr werden würde, was aus ihnen allen werden würde. Trotz Tannekes Vertrauen auf das Geschick ihrer Herrin, Geschäfte gut zu regeln, war die Familie sehr groß und tief verschuldet. Auf dem Markt hatte ich gehört, daß sie die Rechnung ihres Bäckers seit drei Jahren nicht mehr beglichen hatten, und nach dem Tod meines Herrn hatte der Bäcker aus Mitleid mit Catharina ein Gemälde als Bezahlung angenommen. Kurz überlegte ich mir, ob Catharina auch mir ein Gemälde geben wollte, um die Schulden bei Pieter zu begleichen.

Cornelias Kopf verschwand wieder, und ich trat ins

Herrschaftszimmer. Seit meiner Zeit dort hatte es sich kaum verändert. Um das Bett hingen dieselben grünen Seidenvorhänge, die mittlerweile verblichen waren. Der mit Elfenbein eingelegte Schrank war noch da, ebenso wie der Tisch und die spanischen Lederstühle, die Gemälde von seiner und ihrer Familie. Alles kam mir älter vor, staubiger, verschlissener. Die roten und braunen Fliesen am Boden hatten Sprünge oder fehlten stellenweise ganz.

Van Leeuwenhoek stand mit dem Rücken zur Tür, die Hände hinter sich verschränkt, und betrachtete das Gemälde von Soldaten in einer Taverne. Er drehte sich um und verbeugte sich vor mir; er war derselbe freundliche Herr geblieben.

Catharina saß am Tisch. Ich hatte erwartet, daß sie Schwarz tragen würde, aber das tat sie nicht. Ich weiß nicht, ob sie mich absichtlich verhöhnen wollte, aber sie trug die gelbe, mit Hermelin besetzte Ärmeljacke. Auch sie wirkte verblichen, als sei sie zu oft getragen worden. An den Ärmeln waren ein paar nachlässig geflickte Risse, und der Pelz war an manchen Stellen von Motten zerfressen. Trotzdem spielte Catharina ihre Rolle als elegante Dame des Hauses. Sie hatte sich die Haare sorgfältig frisiert, sich gepudert und ihre Perlenkette umgelegt.

Die Ohrringe trug sie nicht.

Ihr Gesicht stand in völligem Widerspruch zu dieser Eleganz. Selbst die dickste Puderschicht konnte ihren eisigen Zorn, ihren Widerwillen, ihre Angst nicht verbergen. Sie wollte mich nicht empfangen, aber sie mußte es tun.

»Mevrouw, Ihr wolltet mich sehen.« Ich hielt es für besser, mich an sie zu richten, obwohl ich beim Reden van Leeuwenhoek ansah.

»Ja.« Catharina deutete nicht auf einen Stuhl, wie sie es bei einer anderen Dame getan hätte. Sie ließ mich stehen.

Es entstand eine peinliche Stille, während sie saß und ich dastand und wartete, daß sie begann. Es war unverkennbar, daß sie sich zum Reden zwingen mußte. Van Leeuwenhoek trat von einem Fuß auf den anderen.

Ich versuchte nicht, es ihr leichter zu machen. Es gab keine Möglichkeit, wie ich das hätte tun können. Ich verfolgte ihre Hände, wie sie einige Papiere auf dem Tisch ordnete, über den Rand der Schmuckschatulle fuhr, die Puderquaste aufnahm und wieder hinstellte. Dann wischte sie sich die Hände an einem weißen Tuch ab.

»Du weißt, daß mein Mann vor zwei Monaten gestorben ist?« fragte sie schließlich.

»Ja, ich habe es gehört, Mevrouw. Es tat mir sehr leid. Möge Gott ihn beschützen.«

Catharina schien meine wenigen Worte gar nicht wahrzunehmen. In Gedanken war sie anderswo. Sie nahm wieder die Quaste auf und strich mit den Fingern durch die Borsten.

»Weißt du, es war der Krieg mit Frankreich, weswegen wir in die schlimme Lage gekommen sind. In der Zeit wollte nicht einmal van Ruijven noch Bilder kaufen. Und meine Mutter hatte Schwierigkeiten, den Mietzins einzutreiben. Und er mußte die Hypothek auf das Gasthaus seiner Mutter übernehmen. Kein Wunder, daß alles so schwierig wurde.«

Das letzte, was ich von Catharina erwartet hätte, war eine Erklärung, warum sich so viele Schulden angehäuft hatten. Fünfzehn Gulden sind nach all dieser Zeit nicht so sehr viel, wollte ich sagen. Pieter hat die Sache vergessen. Denkt nicht mehr daran. Aber ich wagte nicht, sie zu unterbrechen.

»Und dann die ganzen Kinder. Weißt du, wieviel Brot elf Kinder essen?« Sie sah kurz zu mir auf, dann wieder zur Puderquaste.

In drei Jahren den Gegenwert eines Gemäldes, antwortete ich im stillen. Eines herausragenden Gemäldes, bei einem mitfühlenden Bäcker.

Aus dem Gang hörte ich das Klicken einer losen Fliese, das Rascheln eines Kleids, das sofort festgehalten wird. Cornelia, dachte ich. Sie spioniert immer noch. Auch sie spielt in diesem Drama ihre Rolle.

Ich wartete, unterdrückte die Fragen, die ich stellen wollte.

Schließlich sprach van Leeuwenhoek. »Griet«, begann er. »Wenn ein Testament aufgesetzt worden ist, muß ein Inventar vom Besitz der Familie erstellt werden, damit man das Vermögen gegen die Schulden aufrechnen kann. Aber es gibt einige Dinge, die Catharina regeln möchte, bevor es dazu kommt.« Er warf einen Blick auf Catharina. Sie spielte nach wie vor mit der Puderquaste.

Sie können sich noch immer nicht leiden, dachte ich. Wenn es sich vermeiden ließe, säßen sie nicht einmal zusammen in einem Raum.

Van Leeuwenhoek nahm ein Blatt Papier vom Tisch. »Diesen Brief hat er mir zehn Tage vor seinem Tod geschrieben«, sagte er zu mir. Dann wandte er sich an Catharina. »Das müßt Ihr tun«, befahl er. »Sie gehören Euch, und deswegen liegt es an Euch, sie herzugeben, nicht an ihm oder an mir. Als sein Testamentsvollstrecker sollte ich nicht einmal hier im Raum sein und das miterleben, aber er war mein Freund, und ich möchte, daß ihm sein Wunsch erfüllt wird.«

Catharina riß ihm das Blatt aus der Hand. »Mein Mann war nicht krank«, sagte sie zu mir. »Er ist erst ein oder zwei Tage vor seinem Tod wirklich krank geworden. Nur die Schulden haben ihn in den Wahn getrieben.«

Ich konnte mir meinen Herrn nicht im Wahn vorstellen.

Catharina schaute auf den Brief, warf einen Blick zu van Leeuwenhoek und öffnete dann ihre Schmuckschatulle. »Er wollte, daß du sie bekommst.« Sie nahm die Ohrringe heraus und legte sie nach kurzem Zögern auf den Tisch.

Plötzlich überkam mich ein Schwächegefühl. Ich legte die Finger auf die Stuhllehne, um mich abzustützen.

»Ich habe sie nie mehr getragen«, fuhr Catharina verbittert fort. »Ich konnte es nicht.«

Ich öffnete die Augen. »Ich kann Eure Ohrringe nicht nehmen, Mevrouw.«

»Warum nicht? Du hast sie schon einmal genommen. Außerdem liegt die Entscheidung nicht bei dir. Er hat für dich entschieden, und für mich. Sie gehören jetzt dir, also nimm sie.«

Ich zögerte, dann streckte ich die Hand aus und nahm sie auf. Sie fühlten sich kühl und glatt an, wie in meiner Erinnerung. In der grau-weißen Rundung spiegelte sich eine ganze Welt.

Ich nahm sie.

»Und jetzt geh«, befahl Catharina. Ihr Stimme war erstickt von unterdrückten Tränen. »Ich habe getan, was er von mir verlangt hat. Mehr tue ich nicht.« Sie stand auf, zerknüllte das Blatt Papier und warf es ins Feuer. Den Rücken mir zugewandt, sah sie zu, wie es in Flammen aufging. Sie tat mir aufrichtig leid. Obwohl sie es nicht sehen konnte, nickte ich ihr respektvoll zu, dann van Leeuwenhoek, der mich anlächelte. »Gib acht, daß du bleibst, wer du bist«, hatte er mich vor vielen Jahren gewarnt. Ich fragte mich, ob ich das getan hatte. Manchmal war es nicht leicht, das zu wissen.

Ich ging leise aus dem Zimmer, meine Ohrringe in der Hand. Unter meinen Füßen klickten die losen Fliesen. Lautlos schloß ich die Tür hinter mir.

Draußen im Gang stand Cornelia. Das braune Kleid, das sie trug, war mehrfach geflickt und nicht so sauber, wie es sein sollte. Als ich an ihr vorbeiging, sagte sie mit einer gedämpften, begierigen Stimme: »Du könntest sie mir geben.« Ihre Augen blitzten habsüchtig.

Ich gab ihr eine Ohrfeige.

Als ich wieder den Marktplatz erreichte, blieb ich neben dem Stern in der Mitte stehen und schaute auf die Perlen in meiner Hand. Ich konnte sie nicht behalten. Was sollte ich damit anfangen? Ich konnte Pieter nicht sagen, wie ich zu ihnen gekommen war – dann würde ich alles erklären müssen, was vor so langer Zeit passiert war. Ich konnte die Ohrringe sowieso nicht tragen – die Frau eines Fleischers trug solchen Schmuck ebensowenig wie eine Dienstmagd.

Ich umrundete den Stern ein paarmal. Dann machte ich mich auf den Weg zu einem Geschäft, von dem ich gehört, das ich aber nie aufgesucht hatte. Es lag in einer Gasse hinter der Nieuwe Kerk. Vor zehn Jahren hätte ich einen solchen Laden nicht betreten.

Es gehörte zum Gewerbe des Mannes, Geheimnisse zu wahren. Ich wußte, er würde mir keine Fragen stellen und auch niemandem je sagen, daß ich bei ihm gewesen war. Er hatte so viele Dinge kommen und gehen sehen, daß er nicht mehr neugierig war auf die Geschichten, die sich dahinter verbargen. Er hielt die Ohrringe ins Licht, biß hinein, nahm sie nach draußen, um sie genau anzusehen.

»Zwanzig Gulden«, sagte er.

Ich nickte, nahm die Münzen, die er mir reichte, und ging, ohne einen Blick zurückzuwerfen.

Für fünf Gulden hatte ich keine Erklärung. Diese fünf

Münzen trennte ich von den anderen ab und hielt sie fest umklammert. Ich würde sie irgendwo verstecken, wo Pieter und die Kinder sie nicht finden würden, an einem geheimen Ort, den nur ich kannte.

Ich würde sie nie ausgeben.

Über die anderen Münzen würde Pieter sich freuen. Die Schuld war beglichen. Ich hatte ihn nichts gekostet. Eine Dienstmagd hatte sich freigekauft.

Danksagung

Eine der aufschlußreichsten Quellen über die Niederlande im 17. Jahrhundert ist Simon Schamas *Überfluß und schöner Schein* (dt. 1994). Das wenige, das über Vermeers Leben und Familie bekannt ist, dokumentierte John Montias umfassend in seinem Buch *Vermeer and His Milieu* (1989). Der Katalog der Vermeer-Ausstellung 1996 enthält wunderschöne Reproduktionen und verständliche Analysen seiner Gemälde.

Ich danke Philip Steadman, Nicola Costaras, Humphrey Ocean und Joanna Woodall für die Gespräche, die sie mit mir über verschiedene Aspekte von Vermeers Werk geführt haben. Mick Bartram, Ora Dresner, Nina Killham, Dale Reynolds sowie Robert und Angela Royston halfen mir mit ihren Kommentaren zum Manuskript in seinen diversen Stadien. Und zu guter Letzt Dank an meinen Agenten Johnny Geller und meine Lektorin Susan Watt für ihre großartige Arbeit.

»Eine hinreißend fabulierte, versponnene Geschichte« FAZ

Der Papst ist tot und die Kardinäle der Welt sind zur Wahl seines Nachfolgers im Vatikan versammelt. Tage, Wochen, Monate vergehen, doch sie kommen zu keiner Einigung. Da beginnen seltsame Ereignisse das Konklave heimzusuchen ...

»Fesselnd und respektlos, aber niemals zynisch.«
La Repubblica

Roberto Pazzi
Konklave
Roman

List Taschenbuch

L88

Vermeer 2
T2
7+
STRATEGY
LINE
www.pegi.info
PC CD-ROM